Sargas' bloedstrijd

Eerste druk © 2017 Allart Hakvoort & Durk IJtsma

Coverillustratie: Ralf Onvlee

ISBN: 978-94-022-3344-5

Uitgeverij Boekscout.nl Soest
www.boekscout.nl

Niets uit deze uitgave mag verveelvoudigd en/of openbaar gemaakt worden door middel van druk, fotokopie, microfilm, internet of op welke wijze dan ook, zonder schriftelijke toestemming van de uitgever.

Allart Hakvoort
& Durk IJtsma

SARGAS' BLOED STRIJD

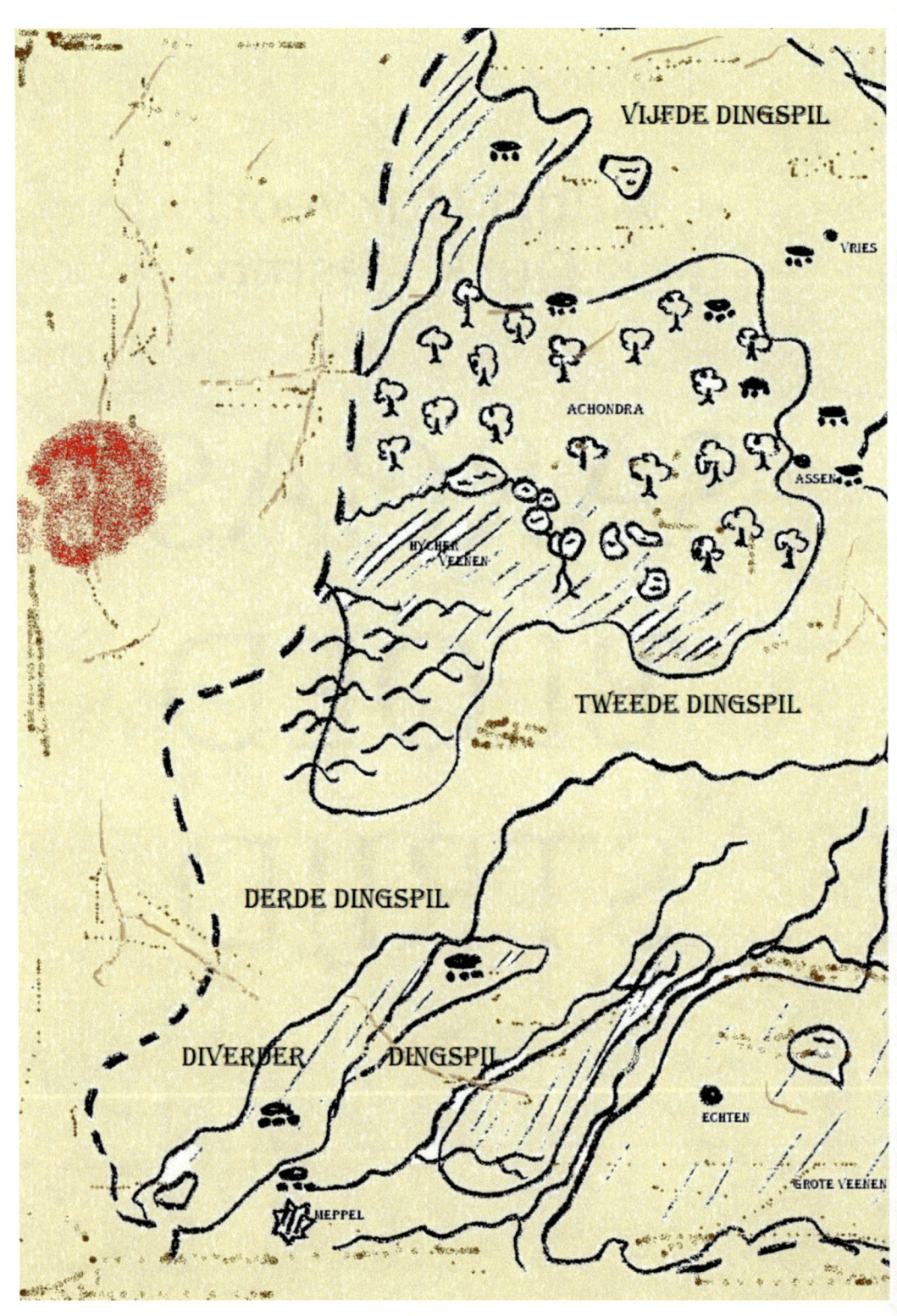

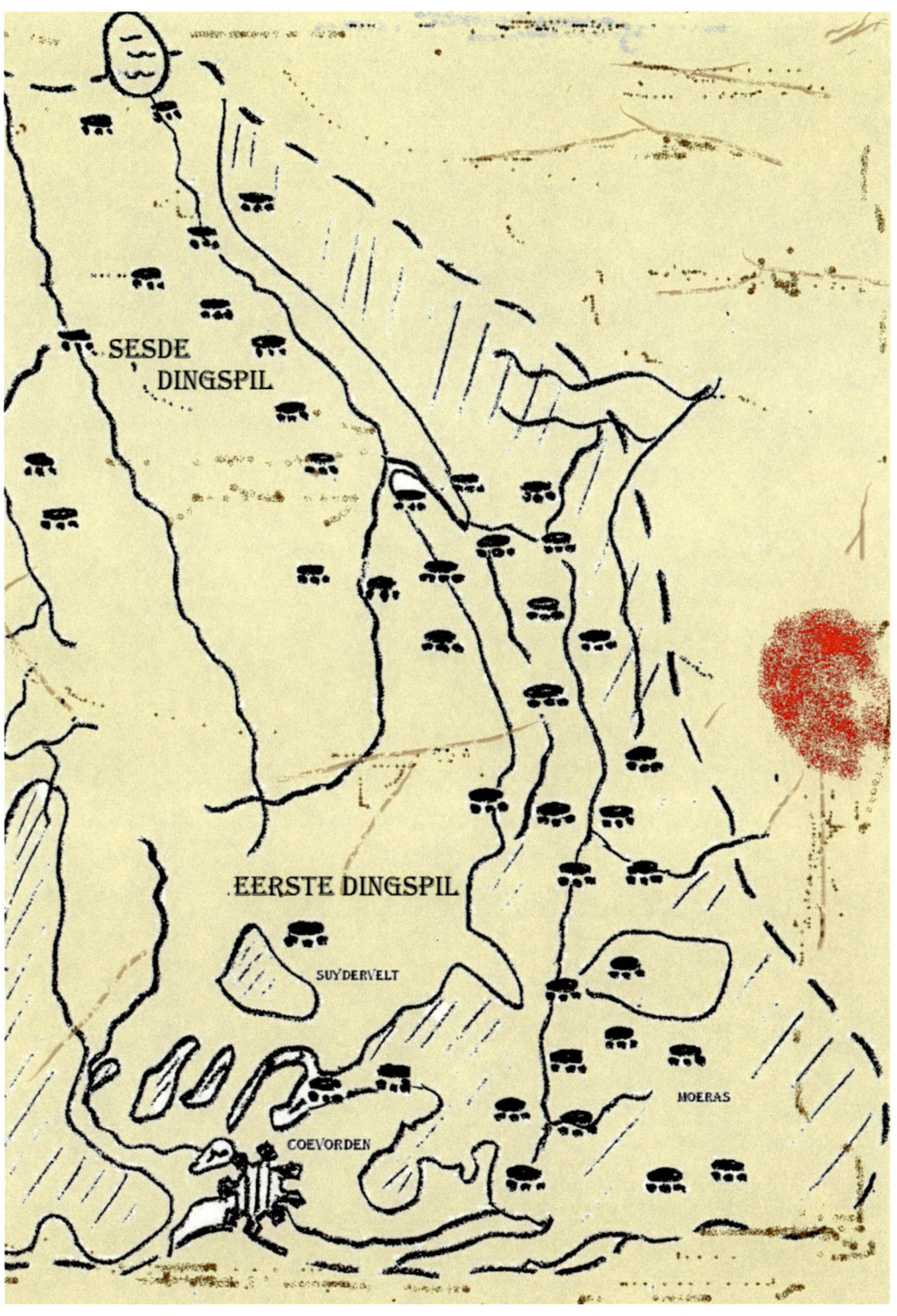

VOORWOORD

Drenthe heeft een rijke geschiedenis en tal van mythen en legenden. Wij als film- en fantasieliefhebbers vinden dat iedereen kennis moet maken met deze prachtige verhalen. Daarom hebben wij die verwerkt in een spannend avontuur.

In het boek staan enkele namen en voorwerpen tussen sterretjes **. Als je over die onderwerpen meer wilt weten, kun je informatie opzoeken op internet.

Veel leesplezier!

Voor Josh

Ouwe strijder/makker
Bedankt voor je aanloop en steun.
Heel veel sterkte en succes met alles.

HOOFDSTUK 1
EEN BELANGRIJKE VONDST

Anne legde haar kwastje weg en keek vol ongeloof naar het voorwerp dat zojuist uit de zanderige grond tevoorschijn was gekomen. Ze pakte haar mobieltje, maakte er een foto van en appte het meteen naar haar vader.
Nog geen seconde later belde hij. 'Dit is echt ongelofelijk. Besef je wel wat je hebt gevonden!?', riep hij enthousiast.
'Uh...Ja...Ik denk het...', zei Anne voorzichtig.
'Ik denk het? Ik denk het? Het is echt geweldig. Het is een*kleitablet met spijkerschrift!*Als die authentiek is. En zo lijkt het. Dan is die de grootste ontdekking in Drenthe van de laatste decennia.
Dit moet Harrie horen! Blijf daar en laat niemand zien wat je hebt gevonden. Wij komen direct naar jou toe.'
Anne was vanmorgen vroeg door haar vader bij het Balloërveld afgezet. Een groot heidegebied dat tussen de Drentse plaatsen Gasteren, Rolde en Loon ligt. Haar vader was archeoloog en samen deden zij daar al enkele maanden bodemonderzoek. Haar vader moest die morgen nog voor een vergadering naar het *Hunebedcentrum*. Een museum over de prehistorie in het plaatsje Borger. En daarom mocht Anne zelf beginnen met graven. Veel van haar klasgenoten dachten dat archeologen van die schatgravers waren uit spannende films als Indiana Jones, the Mummy of National Treasure. Maar het was allesbehalve spannend om op zaterdagmorgen op je knieën met de handen in de koude aarde naar oude voorwerpen te zoeken. En voordat je überhaupt mocht gaan graven was je al weken verder. Er moest van tevoren een opgraafvergunning worden aangevraagd, vervolgens een uitgebreide bodemanalyse gedaan worden en daarna kon je pas gericht gaan zoeken. En niet iedereen mocht zomaar graven. Dat mocht alleen door vakbekwame archeologen gedaan worden. Dus

feitelijk was ze nu strafbaar bezig. Maar zij en haar vader deden wel meer dingen die niet mochten.

Ze keek over de heide en behalve een wandelaar en twee hardlopers was er niemand te zien. Ze ging weer op haar knieën zitten en maakte de kleitablet verder vrij, zodat haar vader deze straks gemakkelijk uit de grond kon tillen.

De afgelopen weken hadden ze al meerdere kleine stukjes aardewerk gevonden uit het neolithicum, de periode van het *Trechterbekervolk*. Een volk dat vijfduizend jaar geleden in Drenthe leefde en beter bekend staat als de Hunebedbouwers.

Haar vader kreeg telkens als ze aan het graven waren een vreemd gevoel van binnen. Hij kon niet precies omschrijven wat het was. Maar het voelde als een oerkracht, die hem de aarde in leek te willen zuigen. Ze hadden het vermoeden dat ze iets groots op het spoor waren en daarom zochten zij ieder minuutje van hun vrije tijd de bodem af.

Een halfuur later zag ze Harrie en haar vader over de heide aan komen lopen. Tussen zich in droegen ze een grote koffer. Niet zomaar één. Het was een speciale vacuümkoffer. Met een druk op de knop kon je alle lucht eruit zuigen, zodat er bij het voorwerp, dat je erin vervoerde, geen schadelijke organismen konden komen.

'Há! Onze Toparcheoloog', zei haar vader trots. 'Laat maar eens zien wat jij hebt gevonden.'

De mannen zetten de koffer neer en knielden naast het gat met de speciale vondst. Ze keken onderzoekend naar de kleitablet. Ze waren enkele minuten doodstil en toen sprongen ze vrijwel tegelijk omhoog. Ze keken elkaar aan en omhelsden elkaar en begonnen te springen en te joelen. 'Yes! Yes! Yes! Hij is echt! Hij is echt!'

Ze tilden Anne op hun schouders en joelden en juichten alsof ze de wereldbeker voetbal hadden gewonnen. Als kleine kinderen sprongen en dansten ze minuten lang op en neer. Ze waren door het dolle heen.

Anne keek rond of niemand hen zag. Zij schaamde zich voor het gedrag van de mannen en was bang dat ze zo onnodig de aandacht zouden trekken.

Toen ze eindelijk tot rust waren gekomen, deden ze witte katoenen handschoenen aan en tilden het voorwerp voorzichtig in de koffer en sloten die luchtdicht af.

Ze bleven nog enkele uren op het Balloërveld, om iedere millimeter van de grond verder af te zoeken en er zeker van te zijn, dat er niet nog meer voorwerpen uit de oudheid zouden liggen. Maar ze vonden niets. En dat was natuurlijk ook niet nodig. Als archeoloog deed je een dergelijke grote vondst tenslotte maar één keer in je leven en daar moest je dan ook supertevreden mee zijn.

Anne, Harrie en haar vader reden naar het Hunebedcentrum en brachten de tablet naar de moderne onderzoekskamer. Harrie had andere verplichtingen en kon tot zijn spijt niet blijven.

Anne en haar vader haalden de tablet voorzichtig uit de koffer en legden die op een speciale tafel waarmee een 3d-scan kon worden gemaakt. Na enkele minuten verscheen de tablet als een hologram voor hen boven de tafel.

Ze konden de tablet daardoor van alle kanten goed bekijken. Terwijl ze de 3d-projectie millimeter voor millimeter onderzochten, werd hun aandacht al snel naar de achterkant van de tablet getrokken. Het was alsof er een dubbele laag op de achterkant zat. Ze pakten een röntgenapparaat om daarmee door de kleilaag heen te kijken. Door de straling zouden eventuele ijzer- en loodsporen van het verven en beitelen zichtbaar moeten worden.

Haar vader keek naar het beeldscherm en wees naar de vormen die zichtbaar werden. 'De echo laat duidelijk reliëf zien. Kijk naar die vormen. Het lijkt wel een tekening.' Met een speciaal krabbertje verwijderde hij voorzichtig de toplaag en wat ze toen ontdekten overtrof hun stoutste dromen. Er kwam een afbeelding tevoorschijn van een man die opgebaard lag boven op een stapel hout in een bootje. Het bootje dreef op een meertje, dat omringd was door vlammen. De man droeg kleding van dierenhuiden en aan zijn wapens en sieraden te zien moest het een belangrijk man zijn geweest. In zijn dichtgevouwen handen hield hij een bijl vast.

Anne en haar vader konden het nauwelijks bevatten. Een afbeelding uit die tijd kwam vrijwel niet voor. Alleen in de jaren zeventig van de vorige eeuw was er bij opgravingen in Krakau in Polen een beker gevonden met een afbeelding van een kar uit het neolithicum. Onder

archeologen beter bekend als *Trechterbeker van Bronocice*. Maar dat was kinderwerk in vergelijking met deze gedetailleerde schets.
'Misschien zegt het spijkerschrift meer over deze afbeelding?', zei haar vader.
De symbolen werden in de computer geüpload en die begon direct met het vertalen van het spijkerschrift. Het wordt spijkerschrift genoemd, omdat de gekerfde symbolen normaal gesproken de vorm hebben van spijkers. Maar wat Anne voor haar zag liggen, was schrift dat al verder ontwikkeld was. Het waren pictogrammen. Je kon ze het beste vergelijken met de hiërogliefen uit het oude Egypte. Anne wist dat een afbeelding van een voet stond voor staan of gaan. En een pictogram van een vogel en een ei voor opvoeden.
Na een paar uur verscheen de vertaling op een groot projectiescherm in de kamer:

'Bijl voor het volk.
Bijl van doden
Van de Demonen.
Haldor zal heersen.
Onoverwinnelijke macht,
Kracht
Geofferd aan het water
Verloren in het purgatorium.'

Haar vader staarde met grote ogen naar de tekst. 'Thorstein. Die bijl in zijn handen is Thorstein!'
'Wat zeg je pap?'
'Ik ben ooit een eeuwenoud stuk perkament tegengekomen. Het ging over Haldor, de koning van het Trechterbekervolk. Hij bezat een magische bijl genaamd Thorstein en hiermee heerste hij over Drenthe en de andere noordelijke gebieden. Maar het was slechts een deel van het verhaal. Het andere deel ontbrak. Op dat moment was ik met hele andere dingen bezig en daarom heb ik er verder nooit meer naar omgekeken.'
Anne keek hem aan. 'Maar er staat dat de bijl is verloren in het water van het *purgatorium*? Dat betekent toch 'Het Vagevuur'?'

Haar vader knikte.
Anne zag een twinkeling in zijn ogen. 'Het veenmeertje! Pingoruïne 'Het Vagevuur'!', riep ze.
Haar vader kreeg een brede glimlach op zijn gezicht. 'Dat is precies wat ik ook dacht. Het veenmeertje moet wel de plek zijn waar Haldor is geofferd. En als dat zo is, dan ligt die bijl er misschien ook nog. Ik wil morgen al starten met zoeken!'
Ze besloten hun ontdekking nog niet naar buiten te brengen en zelfs niet aan Harrie te vertellen. Iedere vondst moest officieel binnen twee jaar gemeld worden, want dat was vastgelegd in de Monumentenwet. Dus hadden ze theoretisch nog zevenhonderdnegenentwintig dagen voor ze de kleitablet moesten aanmelden en iemand achter hun ontdekking kon komen.

In een van de kamers van een oud landhuis ergens in Drenthe begon een lampje naast een aantal beeldschermen driftig te knipperen. Een grote gespierde beveiliger, met een speldje op zijn zwarte jasje dat vertelde dat zijn naam Dave was, hing achterover in zijn bureaustoel en speelde een spelletje voetbal op zijn tablet. Hij was zo verdiept in zijn wedstrijd, dat hij het knipperende lichtje niet eens zag.
Enkele minuten later stapte een andere beveiliger met twee dampende pizza's de kamer binnen.
'Wat? Hoe lang knippert dat ding al, Dave?' Hij gooide de pizza's op het bureau en nam plaats achter de beeldschermen.
De gespierde vent kwam rustig overeind en keek zijn collega aan. 'Geen idee hoe lang dat ding al knippert, Jeffrey. Het moet nog maar pas zijn, want ik zit nog maar net in de wedstrijd.'
'We moeten direct het protocol volgen en daarna de baas waarschuwen', zei Jeffrey zenuwachtig. 'Hij wacht al jaren tot het stomme lampje gaat branden.'
Op de achterbank van een luxe Bentley, die minstens 250.000 euro had gekost, nam een man met zwarte hoed, blauw pak en opvallende krokodillenleren schoenen zijn telefoon op.
'Wat zeg je? De woorden Haldor en bijl? Waar? Het Hunebedcentrum in Borger zeg je? Dat is goed nieuws Jeffrey! Stuur meteen onze man uit *Zuidlaren* die kant op en laat hem achterhalen waarom deze

combinatie van woorden daar is gedownload!'
De man in de Bentley kreeg een brede grijns op zijn gezicht. 'Zou hij nu eindelijk hebben gevonden waar hij al jaren naar op zoek was?'

HOOFDSTUK 2
PINGORUÏNE 'HET VAGEVUUR'

Anne en haar vader reden die zondagmorgen op hun elektrische quads door het bos richting de pingoruïne met de duistere naam 'Het Vagevuur'.
Annes vader had achter zijn quad een karretje, waarin een zandzuigmachine en duikspullen zaten.
De eigenaar die hun de zuigmachine had verhuurd was allesbehalve blij geweest met het telefoontje op de late zaterdagavond, de dag ervoor. Hij had in eerste instantie geweigerd mee te werken. Maar een telefoontje van hun machtige vrienden en niet te vergeten een forse vergoeding waren genoeg geweest om hem te overtuigen.
De machine, die ze hadden gehuurd, kon met een slang zand van de bodem zuigen en het vervolgens filteren. Zodoende kon je voorwerpen die in het zand lagen verborgen op een gemakkelijke manier blootleggen. Aan de zuigmond was een camera met GPS bevestigd. Daarmee kon je iedere vierkante centimeter van de bodem afzoeken zonder een stuk over te slaan. Vanaf de kant kon je mee kijken. Een dure maar efficiënte manier om voorwerpen te vinden. Het had haar vader nu al tienduizenden euro's gekost, maar de kleitablet met afbeelding en eventueel ook nog de bijl zouden het honderdvoudige opleveren. Na enkele uren vonden ze een stel pijlpunten en potscherven en ze wisten dat ze op het juiste spoor waren. Haar vader bleef onder water om de bodem af te zoeken tot aan het laatste beetje lucht in zijn flessen Anne keek intussen op een beeldschermpje mee.
Aan het begin van de avond begon de slang te trillen. Anne, die even niet oplette, schrok. Het beeld was zwart geworden. Haar hart klopte in haar keel en even dacht ze, dat er wat met haar vader aan de hand was. Gelukkig kwam hij snel boven water met in zijn hand de slang, waarvan de zuigmond gesmolten was. 'Humm mu hmm mum mu',

murmelde hij. Hij spuugde het mondstuk van de perslucht uit! 'Hij ligt daar! Hij ligt daar!'
Anne keek naar de slang 'Maar hoe kan die zuigmond gesmolten zijn?'
'Ik vermoed dat het de kracht van de bijl is.'
Haar vader deed zijn wetsuit een beetje los en haalde een kettinkje tevoorschijn, waar een zilveren taxustak aan hing. ' Moet je kijken!' De vorm van de taxustak was in zijn borst geschroeid.
'Dat ding heeft een ongelofelijke energie. De pijn werd mij haast te veel.'
Hij gaf het kettinkje aan Anne.
'Ik zal het nu zonder proberen!' Hij deed een paar volle flessen perslucht op zijn rug en dook weer de diepte in.
Vanuit het bos had een man naar de werkzaamheden gekeken en wat in zijn telefoon gefluisterd.
Enkele minuten later galmde het geluid van crossmotoren door het bos. 'Stelletje gekken', dacht Anne. 'Ze moesten eens weten hoeveel schade ze de natuur toebrachten.'
Anne kon via een camera op de helm van haar vader alles volgen. Ze zag nog net hoe hij een voorwerp uit de bodem trok, voordat een wolk van aarde het water vertroebelde.
Anne had de crossmotoren dichterbij horen komen. Maar plotseling was het geluid verdwenen.
Ze hoopte dat ze boswachter Bart Zwiers tegen waren gekomen en een flinke boete hadden gekregen.
Haar vader kwam boven water en keek behoedzaam om zich heen. Hij liet voorzichtig de bijl zien en schoof hem direct in een leren tas. 'We bekijken hem wel op een veiliger plek', fluisterde hij.
Anne gaf het kettinkje met de taxustak terug aan haar vader, die het om zijn nek deed.
Hij gaf het tasje met de bijl aan Anne. 'Moet je de bovennatuurlijke kracht eens voelen.'
Anne pakte de tas en voelde de bijl. Meteen leek al het geluk uit haar gezogen te worden. Ze voelde verdriet, pijn en angst naar boven komen. Ze hoorde mensen schreeuwen en huilen van pijn.
'Raar gevoel hè?', zei haar vader, die zijn duikbril, flessen met pers-

lucht af- en wetsuit uitdeed. 'Het is een duistere kracht.'
'Raar' vond zij een understatement. Het was eerder verschrikkelijk! Angstaanjagend!
'Dus....Je hebt hem gevonden?!', hoorden ze opeens een ijzige stem zeggen.
Anne en haar vader draaiden zich verschrikt om.
Uit het bos kwam hinkend een man met wandelstok aangelopen. Hij droeg een zwarte lange jas en op zijn hoofd een zwarte hoed, waardoor zijn gezicht niet goed zichtbaar was. Op twintig meter van hen bleef hij leunend op zijn wandelstok staan.
Anne's vader ging beschermend voor haar staan.
'Geef die bijl maar hier!', riep de man.
'Op mijn teken spring je op de quad en haal je hulp. Verberg die tas op een veilige plaats. Die mag niet in verkeerde handen vallen', fluisterde haar vader.
Anne had geleerd om geen vragen te stellen en gewoon te doen wat haar vader zei. Ze propte snel het tasje onder haar trui en keek van achter haar vaders brede schouders naar de man.
'Ik weet niet waar u het over heeft?', zei haar vader rustig tegen de man. 'We doen hier milieu- onderzoek. Niets interessants, dus u kunt weer gaan.'
'U weet best waar ik het over heb, Professor Van Echten!'
Annes vader bukte en pakte een stalen stang van de grond en liep rustig op de man af. 'Ik houd er niet van dat u mij en mijn dochter bedreigt. U kunt hier dus beter weggaan, voor ik boos word!'
'Wat dacht u professor? Dat ik alleen was gekomen?'
Hij floot op zijn vingers en achter hem kwamen nu vijf personen in motorpakken met witte helmen aangelopen. 'Nu!', riep haar vader.
Anne bedacht zich geen moment en sprintte naar haar quad. Ze zag nog net hoe haar vader op de mannen afstormde.
Anne sprong op de quad en reed langs de rand van het meertje. Tijdens het rijden deed ze iets waarvan ze niet eens wist waarom ze het precies deed. Ze pakte het tasje onder haar trui vandaan en wierp het, zonder dat iemand het kon zien, terug in de pingoruïne. Ze maakte een scherpe bocht en verdween in het bos. Anne haar hersenen maakten overuren. 'Wie was die man en hoe wist hij van Thorstein?'

Iedere normale tiener zou naar de het politie rijden. Maar dat was geen optie. Die zou lastige vragen gaan stellen. Dat kon niet. Dat mocht niet. Niemand mocht ooit in hun privéleven gaan neuzen. Niemand mocht ooit achter het geheim van hun familie komen. Ze had daarom maar één optie en dat was naar de enige mensen gaan die ze kon vertrouwen. Haar tweede familie. Machtige mensen met regels en tradities. Mensen die onder de wet leefden, maar niet bang waren om zo nu en dan boven de wet te opereren. Mensen die hun leven zouden geven om haar vader te redden uit de handen van die mannen. En daarom reed ze het bos uit en draaide de openbare weg op. Zo hard als ze kon reed ze richting het Drentse plaatsje Bunne. Dit was de plaats waar het hoofdkantoor van haar tweede familie al eeuwen was gevestigd.

Na enkele kilometers hoorde ze het geluid van crossmotoren. Ze draaide zich om en zag dat twee van de vijf personen uit het bos de achtervolging op haar hadden ingezet. De motoren waren veel sneller en ze besefte dat ze haar voorsprong niet lang zou vasthouden. Al rijdend rommelde ze met haar linker hand in het koffertje dat achter op de quad was bevestigd. Al snel had ze de satelliettelefoon die ze zocht te pakken. Ze drukt op een groene knop en er was een klik en aan de andere kant van de lijn. 'Wie weet waar Roodkapje woont?', hoorde ze een door een computer vervormde stem vragen.

'Vilks', antwoordde Anne. Wat in het Lets 'Wolf' betekent.

'Wat is het probleem?'

'Ik word achterna gezeten door twee vijanden en ook mijn vader is in gevaar!'

Het was even een paar seconden stil. 'We zien je op het scherm. Neem het weggetje links van je. Hier komen vrijwel geen mensen langs. Hulp is onderweg!'

Anne stuurde een landweggetje in een zag de mannen steeds dichterbij komen.

Bij zes mensen tegelijk ging een pieper af. Ze lieten meteen hun werkzaamheden liggen en stapten in hun sportwagens. Binnen vijf minuten stonden de zes mannen in een hangar op *Groningen Airport Eelde* zich in niet alledaagse kleren te hijsen. Ze droegen strakke zwarte pakken die van leer waren gemaakt, een helm en in een schede aan hun riem zat een zwaard. Op hun rug droegen ze een rond schild en iedere man had een riem over zijn schouder, waar een vreemd middeleeuws wapen aan hing. De deur van de hangar ging open en ze duwden met hun allen een moderne helikopter naar buiten. Nog geen tien minuten nadat hun piepers waren afgegaan, zaten zes moderne ridders in de helikopter, op weg naar de coördinaten die op het scherm van de piloten doorkwamen.

Anne was maar zes kilometer van het hoofdkwartier verwijderd en had nog maar tientallen meters voorsprong op de crossmotoren. Ze probeerde van alles om hen af te schudden, maar het lukte haar niet. Ze scheurde tussen bramenstruiken door en sprong over slootjes. Ze reed dwars door een houten hekje en hobbelde door een groentetuin van een hobbyboer. Maar haar achtervolgers waren blijkbaar goed getrainde professionals, die zich niet zo gemakkelijk uit het veld lieten slaan.

Anne begon te twijfelen. Zou ze stoppen? Twee mannen moesten voor haar toch geen probleem zijn?

Maar net toen ze zou afremmen, zag ze dat de mannen stroomstootwapens trokken.

Anne had tijdens één van haar vele trainingen al eens ondervonden hoe dat voelde en dat hoefde ze echt niet meer mee te maken. Dus zat er niets anders op dan door te rijden en te bidden dat hulp op tijd zou komen.

Anne slalomde nu over een zandpad en reed van de linker berm naar de rechter, zodat haar achtervolgers geen kans hadden haar voorbij te komen of de stalen pennen met draad in haar lichaam te schieten.

Anne zag voor haar in de lucht iets glinsteren en een gevoel van opluchting ging door haar lichaam. Ze wist meteen wat dat was en ging midden op het pad rijden en wachtte tot de mannen vlak achter haar reden. Toen de vijanden op het punt stonden hun wapens af te vuren trapte ze op de rem. De achtervolgers konden haar maar net op tijd ontwijken en vlogen links en rechts langs haar.

Anne bleef midden op het pad stilstaan en deed haar handen in de lucht om zich over te geven. Nou ja, over te geven? Meer om haar vrienden de kans te geven niet te missen.

De mannen stonden nu met ronkende motoren dreigend voor haar.

Maar Anne keek hen lachend aan. De mannen stapten van hun nog draaiende motoren. Door het ronkende geluid hoorden ze de grijze helikopter niet aankomen. Pas toen de helikopter nog maar enkele meters van hen verwijderd was, schrokken ze door de wind en het opstuivende zand dat de rotoren veroorzaakten. De mannen draaiden zich om, maar het was al te laat. Een van de ridders had al twee kleine ijzeren schijven afgevuurd. De mannen werden door de projectielen geraakt en vielen schokkend achterover.
Anne kende het wapen. De schijven bevatten een elektrische lading die zich met kleine puntjes in het lichaam van een vijand boorde en dan een stroomstoot gaf. 'Oog om oog, tand om tand', lachte ze.
Anne werd de helikopter in geholpen en ze vlogen meteen richting het meertje dat tussen de Groningse plaats Leek en Drentse plaats Roden ligt. Bij de pingoruïne troffen ze niemand meer aan. Alleen de duikspullen en de kar met zuigmachine stonden er nog. Het meest opvallend was het dat de quad van haar vader weg was. Anne hoopte maar dat het betekende, dat hij was ontkomen.
Ze zagen de sporen van crossmotoren en de quad en volgden deze het bos in. Uiteindelijk kwamen de sporen bij de openbare weg uit. Helaas liep het spoor hier na enkele kilometers dood. Die avond en nacht bleven de mannen, zowel vanuit de helikopter als op de grond, zoeken naar haar vader en de wit gehelmde mannen. Maar ze vonden niets.

Haar vader was nu een week weg. Al die dagen hadden ze in angst en onzekerheid gezeten. Haar moeder was er depressief van geworden. Die zat de hele dag met haar telefoon in de hand, hopend op een bericht. Ook sliep haar moeder nog amper en dronk iedere avond een fles wijn leeg, om maar minder aan haar vader te denken. Ook Anne was ongerust, maar zocht haar rust in de archeologie. Na een week viel er een briefje op de mat van hun huis in Groningen.
*'Geef ons de bijl en laat die achter bij *D4*. Anders zien jullie hem niet terug.'*
D4 is de aanduiding voor een hunebed dat bij het Drentse plaatsje Midlaren ligt.
Ze ging met de mensen uit Bunne terug naar de pingo en samen zoch-

ten ze met duikerspakken aan op de plek waar Anne de bijl in het water had gegooid. Maar ze vonden niets. Helemaal niets. Ze wist toch zeker, dat ze het tasje met de bijl niet ver van de kant in het water had gegooid. Maar zelfs na een dag zoeken vonden ze niet wat ze zochten. 'Zou iemand anders haar hebben gevonden of misschien een hond die haar tijdens het zwemmen voor een speeltje had aangezien?'
Ze moest die bijl hebben, anders zou ze haar vader niet terug zien! Anne had een plan. Ze zocht hulp bij Sebastiaan, een archeoloog die ook veel voor het Hunebedcentrum werkte. Hij was een ster in het maken van replica's. Ze vroeg hem een replica van de bijl te maken. Ze vertelde hem dat het voor een schoolproject was en dat het maandag al af moest zijn. Sebastiaan had haar aangekeken en gezegd zijn best te doen.

Die maandag erop legde ze de replica bij het hunebed D4 neer. Anne en de mensen die haar hielpen hoopten dat de ontvoerders zouden toehappen. Maar er kwam niemand opdagen.
Er viel weer een briefje op de deurmat in Groningen. Deze keer was de toon nog dreigender.
'De ECHTE bijl in ruil voor de professor! Als er voor morgenmiddag geen bijl is, zal niemand van de familie Van Echten meer veilig zijn!'

Het leven van Anne en dat van haar moeder liepen nu ook gevaar en daarom kregen ze opdracht van hun tweede familie om onder te duiken. Om geen argwaan te wekken, vertelden ze aan vrienden en familie, dat ze allemaal waren vertrokken naar de regenwouden in Zuid-Amerika voor archeologisch werk. Maar in werkelijkheid waren ze slechts 16 km van hun huidige woonplaats Groningen in het Drentse plaatje Vries gaan wonen. Anne vond dat slim. Want wie zou nu zo dicht bij huis naar hun op zoek gaan? Omdat de kans zo wel groot was, dat ze een bekende tegen het lijf zou lopen, moest Anne van school, achternaam en uiterlijk veranderen. De Orde regelde alles. Valse namen, identiteitsbewijzen en bankrekeningen. De telefoongesprekken die Anne met familie of vrienden hield werden omgeleid via Zuid-Amerika. Op Facebook kwamen bewerkte foto's te staan, die zogenaamd in de jungle waren gemaakt en hun familie en vrienden kregen zelfs officiële ansichtkaartjes uit het 'verre land'.

Vóór haar make-over hoorde Anne al niet tot populaire meiden van de school. Ze droeg geen hippe kleding en liep ook niet op de coolste sneakers. Ze was een meisje aan wie niemand echt aandacht schonk. Anne had gelukkig vijf goede vrienden. Een groepje van alternatievelingen met wie ze haar tussenuren en pauzes doorbracht. Nu zag ze er totaal anders uit. Niet dat het wat uitmaakte. Want ook op haar nieuwe school leek iedereen haar vreemd te vinden of te negeren. Misschien was dat ook niet zo verwonderlijk, want ze was een tikkeltje doorgeschoten in haar metamorfose. Ze droeg een hippiehoofddoek met dreadlockhaar. Ze had een grote zwarte bril en droeg voornamelijk felgekleurde, gebreide mutsjes en truien. Om het geheel af te maken had ze aan haar voeten een stel legerkistjes. Zelfs Pippi Langkous zou jaloers zijn geweest op haar kledingkeuze. Anne had er wel erg aan moeten wennen, dat ze geen vriendinnen had en zelfs door de alto's raar gevonden werd. Maar langzamerhand raakte ze gewend aan haar nieuwe opvallende onopvallendheid.

HOOFDSTUK 3
KAMPEREN

Het was nu eind juli en alweer drie weken geleden dat Anne haar vader was verdwenen. Haar moeder at intussen een potje homeopathische rusttabletten per dag leeg. Er was geen nieuwe brief van de ontvoerders gekomen en ook de Orde had geen idee wie achter de ontvoering kon zitten. Ondanks het gemis sprong ze die morgen positief uit bed. Vanmiddag zou ze met haar klasgenoot Koen kamperen in het bos in het nabijgelegen plaatsje Norg. Niet puur voor de lol. Ze hadden van school de opdracht gekregen, om in de vakantie culturele plekken rond hun dorp te bezoeken en daar na de vakantie een verslag over te schrijven. Anne had daarom voorgesteld, om een weekend te gaan kamperen. Wel elk in hun een eigen tent natuurlijk. Want van jongens moest zij nog niets hebben en zeker niet van Koen. Hij was wel de enige op school die haar niet negeerde en oprecht aardig leek te zijn. Dus dat was wel fijn. Misschien was het omdat ze beiden nieuw op deze school waren en niemand anders hadden. Maar dat maakte haar niet uit. Want ze had in ieder geval iemand om mee te praten. Nou ja, praten? Het was voornamelijk Koen die bleef praten en heel zijn hebben en houden met haar deelde. Dat scheelde, want dan hoefde zij niet over haar verdriet te praten. Tot haar verbazing had Koen nog nooit gekampeerd of in een tent geslapen. Anne ging haar hele leven al kamperen en dat had natuurlijk alles met haar vaders werk te maken.

Nadat ze in haar kleren was geschoten en zich had opgefrist, liep ze de trap af. In de gang werd ze vrolijk begroet door haar kat Lundi, die met haar lijfje om haar benen spinde. Het plaatselijke krantje de Vriezer Post lag al op de mat en Anne haar oog viel meteen op de krantenkop.

'Mysterieuze gaten gevonden bij culturele monumenten in gemeente

Tynaarlo.' Ze pakte het krantje op en las verder.

'In de afgelopen weken zijn er gaten gegraven in en rond verschillende hunebedden in Drenthe. Enkele gaten waren wel anderhalf meter diep en de politie roept dan ook getuigen op zich te melden, voordat er ongelukken gebeuren. Vooralsnog tast de politie in het duister.' Anne schudde haar hoofd. 'Belachelijk! De wereld wordt alsmaar gekker.' Ze liep naar de keuken en gooide de krant in de oudpapierbak. Blijkbaar had haar moeder vannacht trek gekregen. Het aanrecht was een zootje. Er lagen deels opgegeten broodjes en er stonden half leeggedronken glazen melk en jus d'orange. Ook zaten er weer geen deksels op het broodbeleg. Haar moeder was sinds de verdwijning van haar vader labiel en chaotisch. Ze was altijd al bang geweest, dat hij op een dag niet meer zou thuiskomen. Dat was met zijn dubbelleven natuurlijk ook een terechte angst. Waarschijnlijk voelde iedere vrouw van een politieagent of militair zich ook zo. Blijkbaar was de combinatie wijn en rusttabletten ook vannacht weer geslaagd, want ze zag haar moeder languit snurkend op de bank met de lege wijnfles nog in haar hand. Ze had nog wel de moeite genomen om een briefje te schrijven:

'Lieve, lieve schat,
Ik wens jou en Koen een heel fijn kampeerweekend.
Passen jullie goed op elkaar?
Veel plezier en tot zondagavond.

Veel liefs! Mama'

Omdat Anne het zonde vond om eten weg te gooien, pakte ze de restjes brood en drinken van haar moeder en maakte er nog een fatsoenlijk ontbijtje van. Het was heerlijk weer en Anne nam plaats in de achtertuin. Die was een weerspiegeling van haar moeders stemming. Een wirwar van kleurige bloemen en daartussen onkruid. Haar moeder noemde het een wilde bloementuin. Maar Anne noemde de wildernis chaos. Ze genoot van de zon en haar ontbijt en zat ondertussen te bedenken wat ze Koen allemaal wilde laten zien en vertellen over Drenthe.
Eerlijk gezegd leek het haar geen gemakkelijk opgave. Hij wist waar-

schijnlijk niet eens dat kastanjes aan een kastanjeboom groeien.

Na het ontbijt pakte ze haar kampeerspullen, gaf Lundi nog een aai over de bol en stapte de deur uit. Ze fietste naar een carpoolplek waar Harrie haar zou ophalen, om haar mee te nemen naar het Hunebedcentrum. Hij was de enige die de echte situatie kende. Nou ja, de echte? Harrie wist dat haar vader ontvoerd was en dat ze waren ondergedoken. Maar hij wist niets van de bijl en zeker niets van de Orde. Harrie had hen de afgelopen weken fantastisch geholpen. Anne hielp Harrie met allerlei klusjes in het Hunebedcentrum. Bang dat ze herkend zou worden was ze niet. Ze herkende zichzelf nog amper. Ze had de week ervoor al rondleidingen aan toeristen gegeven en Harrie had gezegd dat zij net zo enthousiast over historie kon vertellen als haar vader. Daar was ze erg trots op geweest. Het liefst wilde zij zelf ook archeoloog worden.

Anne was intussen bij de carpoolplaats en zag de oude Saab van Harrie op de parkeerplaats staan. Hij was net als anders keurig op tijd. Ze zette haar fiets op slot, stapte in en ze reden weg.

Op hetzelfde moment werd in het naastgelegen dorpje Tynaarlo iemand wreed verstoord in zijn diepe slaap.

'Koen! Wakker worden! Het is al negen uur!', riep een bekakte vrouw in een iets te krap mantelpakje onderaan een lange wenteltrap.

Uit een van de acht slaapkamers van de villa klonk zachtjes een 'Ja, Mam.'

Koen, een grote stevige jongen, draaide zich nog eens om. 'Moet ik nou al uit bed?', jammerde hij tegen zichzelf.

'Nu, Soesje!', riep zijn moeder wier stem door de ruime hal galmde.

Koen pakte zijn telefoon en las eerst de appjes van de uitvindersgroep. Daarna neusde hij in Facebook en vervolgens stapte hij met tegenzin uit bed. Hij trok zijn rode broek, witte polo en zijn bootschoenen aan en liep naar de badkamer van zijn eigen kamer, waar hij zijn duffe hoofd in de spiegel bekeek. 'Bah, eerst werken en dan ook nog kamperen', mopperde hij tegen zijn eigen spiegelbeeld. Hij plensde wat water in zijn gezicht en deed een flinke klodder gel in zijn bruine haar en kamde het tot een keurige scheiding. Toen hij uiteindelijk beneden kwam, stond zijn ontbijt al keurig buiten op de veranda klaar. De villa stond aan een groot privémeer waarvan alleen

omwonenden gebruik mochten maken. Vanaf het terras had je een prachtig uitzicht over het meer en het enige dat je hoorde was het geluid van een stel meerkoeten, dat ruziënd tussen het riet zwom. Al had Koen er geen flauw besef van dat dit meerkoeten waren. Voor hem waren het gewoon irritante lawaaierige beesten.
'Goedemorgen, Mam. Bedankt voor het ontbijt', zei hij sloom.
'Graag gedaan Soesje van me', antwoordde zijn moeder, die op een ligstoel een modeblad lag te lezen. 'Je moet goed eten, want het worden zware dagen voor jou.'
Koen schoof zwijgend aan tafel en begon aan zijn croissantje kaas, om vervolgens een bolletje ham, bolletje rosbief, stukje chocoladecake, glas melk en kop thee naar binnen te werken. 'Mam, waar is Papa?', vroeg Koen die nog een stukje worst naar binnen propte. 'Hij zou toch vrij zijn?'
'We praten niet met volle mond, Soesje. Jouw vader werd vanmorgen om zes uur door een belangrijke klant gebeld, die hem dringend nodig had.'
'Oh, waarom? Hij heeft toch vakantie?', zei Koen verbaasd.
'Soesje van me. Je weet het toch: Werk, werk, werk! Eet jij maar snel door want anders kom jij nog te laat bij de supermarkt.'
Koen had en kon alles krijgen dat zijn hartje begeerde. Zijn vader leek genoeg geld op de bank te hebben, om nu te kunnen stoppen met werken. Maar desondanks vonden zijn ouders het belangrijk dat hij zijn eigen geld leerde verdienen. En daarom werkte hij, volledig tegen zijn zin, als vakkenvuller bij de plaatselijke supermarkt in het naastgelegen Vries.
Toen Koen zijn vorstelijke ontbijt eindelijk op had, schoof hij sloom van tafel en liep richting de schuur.
'Vergeet jij niet wat?', vroeg zijn moeder met getuite lippen.
'O ja, mijn telefoon.'
'Nee Soesje. Je moeder een kus te geven!'
Koen deed maar wat zijn moeder hem vroeg. Na de kus pakte zijn moeder, die twee koppen kleiner was dan hem, hem zo stevig beet dat hij haast geen adem meer kreeg.
'Het is al goed, Mam! Ik verdwijn niet van de planeet!', zei hij kreunend. 'Ik ga maar een paar dagen kamperen!'

Zijn moeder pinkte een traantje weg en drukte haar hoofd nog steviger in zijn buik.
'Een Van Weijck die gaat kamperen. Wie had dat ooit gedacht!'
Koen moest zich echt lostrekken, anders kwam hij nooit op zijn werk. Hij liep snel, voor het geval zijn moeder zich toch zou bedenken en hem nog een keer zou willen knuffelen, naar de schuur om zijn fiets te pakken. Koen kreeg vaak het gevoel, dat zijn moeder hem klein wilde houden. Dat was erger geworden toen zijn broer en zus uit huis gingen om te studeren. 'Ze was vast bang om alleen achter te blijven', dacht hij.
'Ik heb de kampeerspullen naast jouw fiets gezet!', riep ze hem nog achterna 'Er zit een nieuwe tent, slaapzaak, kookspullen, reservetelefoon, EHBO-trommel en natuurlijk jouw lievelingseten en -drinken in!', voegde ze daaraan toe.
'Bedankt, Mam!', riep hij zuchtend toen hij de grote rugtas zag staan. Het ding was niet gewoon groot, maar gigantisch groot. Koen probeerde de rugtas op te tillen. Maar kreeg hem in eerste instantie niet eens van de grond. Dat was niet omdat hij slap was. In tegendeel, Koen was erg groot en sterk voor zijn leeftijd. Maar het leek wel of er een betonblok in die rugtas zat. Hij vroeg zich af hoe zijn moeder in vredesnaam die tas hier had gekregen. Met een heftruck? Koen kon hem maar op een manier op zijn rug krijgen. Hij ging op zijn hurken zitten en deed de hengsels om zijn schouders. Daarna gebruikte hij al zijn kracht en ging staan. Wankelend stapte hij op zijn fiets en hij moest vooroverbuigen, anders zou hij met fiets en al achterovervallen. Jaloers keek hij naar de oude scooter van zijn broer, die hij zou krijgen wanneer hij zestien zou worden. Maar helaas moest hij daar nog een paar jaar op wachten. Tot die tijd moest hij fietsen. Hij deed zijn hoofdtelefoon op, swipete over zijn smartphone en koos een nummer van zijn favoriete dj, Dj Hardwell, en vertrok richting Vries.

HOOFDSTUK 4
DE GRAAFMACHINE

Het was vrijdagmiddag één uur. Twee mannen in oranje jassen en bouwvakkershelmen op stonden aandachtig naar graafwerkzaamheden te kijken. Het waren de neven Robbert en Freek van Weijck, van het gelijknamige bouwbedrijf Van Weijck. Vanmorgen werden zij door een oude bekende gebeld. De klant vroeg hun naar een hunebed te komen bij het dorp *Zeijen*, dat ten zuidoosten van Vries ligt. Robbert had in eerste instantie gezegd, dat hij vakantie had. Maar de klant had erop aangedrongen, dat ze zouden komen. En aangezien de klant stinkend rijk was en de vorige klussen ook goed betaalde, stemden ze ermee in. Toen de neven bij het natuurgebied aankwamen stond de peperdure Bentley van de klant al te wachten. Het geblindeerde achterraampje was net als de vorige keren slechts een stukje open gegaan. Alleen de zwarte hoed van de klant was zichtbaar. Hij vroeg hun om het hunebed af te graven en alles dat ze daarin zouden vinden aan hem te geven. De neven hadden gezegd dat dit niet de bedoeling kon zijn, omdat hunebedden beschermd zijn. Maar de klant bood hun ter plaatse veel geld aan, om gewoon te gaan graven en geen vragen te stellen. Aangezien er gemakkelijk veel mee te verdienen was, gingen ze ermee akkoord. Met als voorwaarde dat ze het hunebed achteraf mochten herstellen. Ze lieten een graaf- en zeefmachine komen en, om nieuwsgierigen op afstand te houden, zetten de boel af met bouwhekken en plaatsten ze bordjes met '**VERBODEN TOEGANG, archeologisch onderzoeksgebied.**'
Robbert en Freek keken bezorgd naar de graafmachine, die uit alle macht aarde onder het hunebed probeerde weg te krijgen.
'Verdorie!', riep Freek geïrriteerd, 'Het lijkt of de schep door een onzichtbare kracht wordt vastgehouden.'
'Doe eens normaal, je wordt toch niet paranoïde', zei Robbert die ook

niet begreep, dat een dergelijke simpele klus zo lastig begon.

'Ik meen het! Je ziet het toch zelf?', zei Freek, die nu ongeduldig heen en weer begon te lopen.

'Er ligt vast nog een hunebedsteen vlak onder het aardoppervlak', antwoordde Robbert rustig.

Hij gebaarde naar Johan, dat hij moest stoppen met graven. De neven liepen naar het hunebed, om het probleem te bekijken.

Maar toen ze de schep van de kraan zagen, keken ze elkaar verbaasd aan.

'Dit kan niet', reageerde Freek onzeker. 'Die grond lijkt echt behekst.'

Johan, de machinist, was ook komen kijken en geloofde zijn ogen niet. De schep had niet de vorm die hij moest hebben en er hing een helder schijnende gloed omheen.

'Hij...., Hij is gesmolten!?', stotterde hij. 'Ik zei toch al dat het hier spookte!' Bang keek hij zijn bazen aan. 'Ik heb vakantie en ik werk hier niet meer aan mee! Jullie mogen het geld houden. Ik ga naar huis!' Johan liep met grote passen weg zonder nog om te kijken.

'Johan...! Maak je nu niet druk. Er is vast een verklaring voor!', riep Robbert hem achterna.

Maar voor Robbert nog een woord tegen hem kon zeggen, was Johan al op zijn fiets gestapt en weggereden.

'Ik wil dat we stoppen', zei Freek, die nu boos begon te worden: 'Vanmorgen hebben onze medewerkers al meer rare dingen gezien.'

'Ik denk dat jij ze ziet vliegen. Jij gelooft toch zelf niet dat er *Witte Wieven*, of hoe die bosgeesten ook mogen heten, hier rondwalen? Laat me niet lachen!'

'Maar hoe verklaar je dan die gesmolten schep en die gekleurde gloed?', zei Freek.

'Dat is inderdaad vreemd.' Robbert krabde nadenkend op zijn achterhoofd. 'Ik zal Johan vragen of hij straks die machines en hekken wil opruimen en zijn mond niet open te doen, want de media moeten hier geen lucht van krijgen. Wij hebben ons best gedaan. Ik zal de klant op de hoogte brengen, dat we stoppen en dat hij het zelf maar moet doen. Jammer van het geld. Maar ik heb hier ook geen goed gevoel meer over.'

De mannen gooiden met een schep wat aarde over het gesmolten metaal en vertrokken zonder er nog naar om te kijken.

HOOFDSTUK 5
HUNEBED VAN ZEIJEN

Koen was na zijn werk direct doorgefietst naar snackbar Plaza en had daar een van de grootste hamburgers gekocht die er te krijgen was. Hij fietste al etend naar de rand van het dorp en zag dat Anne hem al stond op te wachten. Hij wist dat zij een hekel had aan alles waar 'fast' en 'food' op stond. Hij propte snel het laatste stukje burger in zijn mond en spoelde het weg met een slok cola.
Anne moest lachen. Ze zag Koen met een rood hoofd en de gigantische rugtas aan komen fietsen.
Zijn voorwiel leek hierdoor haast van de grond te komen.
'Lekker gewerkt?', vroeg Anne.
'Ja hoor', antwoordde Koen op slome toon.
'Je bent zo te zien in ieder geval goed voorbereid. We gaan maar twee dagen weg hoor. Geen maand', proestte ze.
Koen mompelde iets onverstaanbaars over zijn moeder en *kampeerhal de Vrijbuiter* die ze had leeg gekocht.
Ze fietsten nu over de Hooiweg richting Norg, een prachtige fietsroute die tussen velden en bossen loopt. Koen en Anne kwamen onderweg veel fietsers tegen. Veel meer dan gebruikelijk was.
'Zijn er altijd zoveel mensen aan het fietsen?', vroeg Koen verbaasd.
'Het is de *Drentse fietsvierdaagse*', zei Anne. 'Die heb ik vorig jaar met mijn ou... met mijn moeder gefietst. Moeten wij ook eens doen', zei ze plagerig. Ze wist dat Koen een hekel had aan alles waar je meer dan alleen je handen voor moest gebruiken.
'Waar gaan we eigenlijk kamperen?', vroeg Koen, die geen flauw idee had waar ze heen reden.
We gaan naar een groot natuurgebied genaamd *Noordsche Veld*. Naar een plek die veel voor mij betekent', zei Anne
'Waarom?', pufte Koen. Hij had last van de hengsels die diep in zijn

vlees drukten.

Het liefst zou Anne hem de waarheid vertellen. Dat het de plek was waar ze met haar vader vaak onderzoek had gedaan naar de *raatakkers*. Maar dat kon ze niet. Ze had aan Koen verteld, dat haar ouders waren gescheiden toen ze klein was. Hij wist niets van haar verleden en niets van de ontvoering van haar vader.

'Het is echt een heel gaaf bos, waar ik als kind vaak kwam', zei ze. 'Er ligt ook een groot stuk heide met veel grafheuvels.' Anne zag dat Koen amper luisterde naar wat ze vertelde. Hij was namelijk druk met zijn telefoon bezig. Maar gelukkig had ze nog een troef om zijn aandacht te krijgen.

'Wist je dat er op die plek in de Tweede Wereldoorlog een *schijnvliegveld van de Duitsers* lag? Er is daar in de buurt ook een echt vliegveld geweest, met wel vier landingsbanen, en nog een bunker, waar men nog regelmatig munitie vindt.'

Koen keek haar met grote ogen aan. 'Echt? Cool! Wat vind jij trouwens leuk aan kamperen?', vroeg hij ineens een stuk enthousiaster.

'Alles', zei Anne. 'De stilte, het groen, de dieren, planten, het primitieve en het teruggaan naar de basis van ons bestaan. De natuur.'

Koen schudde zijn hoofd. Met geitenwollensokkentypes had hij niets. Als hij niet bij zijn uitvinders- clubje was, dan zat hij het liefst online te gamen of met een bak chips en een colaatje op de bank een film te kijken. Geen natuuruitstapjes voor hem of al dat gezonde gedoe. Behalve nu dan. Maar dat was ook alleen om Anne een plezier te doen. Maar alles dat met oorlog te maken had sprak hem wel aan. Dus misschien werd het kamperen minder saai, dan hij had gedacht. Hij keek Anne aan. Ze zag er vreemd uit. Alsof het niet klopte met wie ze werkelijk was. In de afgelopen paar weken had hij meer met haar gedeeld, dan met wie dan ook in zijn hele leven. Hij voelde een verbintenis die hij niet kon beschrijven. Allebei waren ze nieuw op de internationale school en geen van beiden had nog vrienden gemaakt. Althans. Anne werd genegeerd en hij werd vooral om zijn lengte en gewicht vaak achterna geroepen. Ze noemden hem GLR,.wat grote lompe reus betekende. Maar hem fysiek pesten durfden ze niet. Op de eerste schooldag had een populaire jongen hem expres laten struikelen. Koen was naar hem toe gelopen, had hem met zijn grote handen opgetild en, tot hilariteit van de halve school, met zijn kraag aan de kapstok gehangen. Hij moest er nog steeds om lachen, als hij eraan dacht.

Ze reden nu over een landweg waar de grote beukenbomen als groene reuzen langs weerszijden stonden. De bladeren hielden het zonlicht tegen, waardoor ze heerlijk in de schaduw fietsten. Rechts langs de weg was een aardappelland en links stond het koren wuivend in de wind. In de verte zag Anne al natuurgebied de Holten, dat net buiten Vries ligt. Bij het bos lag een groot open veld met een klein vijvertje en prehistorische grafheuvels. In het veld liet Nico, de plaatselijke *schaapherder*, regelmatig zijn schapen grazen en trainde hij zijn bordercollies. Anne mocht graag naar hem kijken. Ze vond het prachtig om te zien hoe hij door middel van fluitsignalen zijn honden wist te sturen en zo de schapen de kant op dreef die hij wilde.

'Wil je ook wat?', vroeg Koen, terwijl hij nog een slok uit zijn blikje cola nam.

Maar Anne reageerde niet. Ze was te diep in gedachten verzonken.

'Wil je nog een slok cola of niet?', vroeg Koen nog wat luider.

Anne schrok op uit haar gedachten. 'Nee, dank je!' Ze keek Koen afwijzend aan. 'Je weet toch dat cola ongezond is. Er zit aspartaam in en het tast je tandglazuur aan.'

'Je leeft maar één keer!', lachte Koen. Hij had ook geen andere reactie van haar verwacht en nam nog een flinke slok. Hij hoorde of zag geen vogels en dacht alleen maar aan zondagavond. Want dan kon hij weer online gamen. Hij draaide het volume van zijn smartphone omhoog en zijn favoriete clubmix schalde door zijn koptelefoon.

Ze fietsten voorbij het natuurgebied en reden tussen de weilanden door richting het plaatsje Zeijen.

Anne had bewust een andere route gefietst. Ze wilde Koen zo veel mogelijk over Drenthe vertellen en daar mocht een hunebed natuurlijk niet aan ontbreken. Anne wilde hem een hunebed laten zien waar ze met haar vader vaak naartoe ging. Niet om onderzoek te doen. Maar gewoon om te zitten en te praten. Het lag mooi afgelegen en daardoor werd je er zelden gestoord. Anne zag tot haar verbazing bouwhekken rond de plek van het hunebed staan. Aan de hekken waren bordjes met de tekst '**VERBODEN TOEGANG, archeologisch**

onderzoeksgebied' bevestigd. Ook zag ze een graafmachine en een ander apparaat bij het hunebed staan.
'Wat doen die hier?', reageerde Anne verontwaardigd.
Koen hoorde haar niet en fietste vrolijk verder.
'Koen! Wat doen die machines hier?', riep Anne zo hard als ze kon.
'Geen idee!', schreeuwde Koen. 'Archeologisch onderzoek staat er op de bordjes! Het is een kraan en zeefmachine van mijn vaders bedrijf!'
'Dat is absurd! Hoe kun je archeologisch onderzoek doen met machines?' Anne was woest. Ze stapte van haar fiets en gooide die demonstratief tegen het hek.
'Wat ga je doen?', schreeuwde Koen. 'We zijn er toch nog niet? Of wel?'
'Doe eerst die herrie van je kop, want je loopt te schreeuwen. Wil je doof worden of zo?', snauwde ze.
Koen deed maar snel wat Anne zei en hing de koptelefoon om zijn nek.
'Onderzoek doe je met kleine schepjes en borsteltjes en niet met zulke afschuwelijke apparaten!', snoof Anne, die nog steeds niet kon bevatten wat ze zag.
'Mijn vader en oom weten vast wel wat ze doen', zei Koen geruststellend.
'Blijkbaar niet!', reageerde Anne geïrriteerd.
Koen nam nog een laatste slok van zijn cola en mikte zijn blikje op de grond. Maar dat had hij beter niet kunnen doen, want Anne leek nu echt te ontploffen.
'Dit is geen openbare stortplaats!', foeterde ze. 'Raap dat ding op.'
Koen stapte met moeite van zijn fiets en bevrijdde zichzelf van de rugtas. Hij plaatste de tas tegen een van de hekken, raapte het blikje op en deed het onder zijn snelbinder.
Anne staarde door het hek naar de graafmachine. 'Dit is echt belachelijk.' Ze had tranen in haar ogen staan. 'Begrijpt dan niemand hoe belangrijk deze gebieden zijn? Op deze manier verpesten ze de boel.' Ze klemde haar handen stevig om het hek.
Koen kwam naast haar staan en hij moest toegeven, dat het niet het materiaal was dat hij van archeologen zou verwachten. Koen keek naar het hunebed en schrok. Zijn rode gezicht trok bleek weg. Hij zag

schimmen van vrouwen in witte jurken, die rond de heuvel zweefden. De vrouwen hadden holle, lege, angstaanjagende ogen en leken in zijn ziel te kunnen kijken.

'Wat is er?', vroeg Anne, die behendig tussen de twee bouwhekken doorkroop. 'Je kijkt alsof je spoken ziet!'

'Eh.. niets!', antwoordde Koen.

'Misschien was fastfood en aspartaam inderdaad slecht en ging je daar vreemde dingen van zien.'

Hij probeerde zich nu ook tussen de hekken door te wurmen. Maar het kostte hem door zijn ronde postuur wel iets meer moeite, dan de slanke Anne. Hij keek nog eens naar de plek waar hij de vrouwen had gezien, maar die waren verdwenen.

Ze stonden nu naast de graafmachine en keken naar de stalen arm die half onder het hunebed rustte. 'Echt zonde', zuchtte Anne.

Koen kwam naast haar staan. 'Het komt wel goed', zei hij op een lieve rustige toon. 'Ik zal mijn vader zo een appje sturen, om te vragen wat ze hier precies doen.'

'Gek', zei Koen. 'De machinist was er met zijn gedachten blijkbaar niet bij.'

'Wat bedoel je?', vroeg Anne.

'Ik begrijp niet waarom hij de schep van de kraan in de grond heeft laten zitten? Elke machinist weet dat je de schep van de graafmachine voor het weekend moet schoonmaken en absoluut niet in de grond mag laten zitten.'

'Misschien had de machinist een spoedgeval. Was zijn vrouw of kind plots ziek geworden?', opperde Anne.

'Dan nog. Het is een kleine moeite om hem eruit te halen. Dit moeten mijn vader en oom echt niet zien. Die zijn super zuinig op hun machines!'

Koen liep naar de cabine van de graafmachine en tot zijn verbazing stond de deur nog open en zaten de sleutels nog in het contact.

'De sleutels zitten er zelfs nog in!', riep hij naar Anne.

'Weet jij hoe je een kraan moet besturen?', vroeg ze met een ondeugende twinkeling in haar ogen.

Koen knikte. 'Wil je dat ik hem uit de grond haal?'

'Ja graag.'

'Ik weet het niet hoor?'
'Kom op, Koen. Doe het voor mij en de machinist'
Hij zag haar prachtige bruine ogen glinsteren en aarzelend stapte hij in de graafmachine. Hij draaide het sleuteltje om en de twintigduizend kilo wegende Volvomotor begon driftig te ronken. Koen tikte behendig tegen de stuurknuppel, waardoor de arm van de kraan soepel omhoog ging. Een grote stofwolk was het gevolg. Ze konden niets meer zien. Hij reed de kraan een paar meter achteruit en liet de arm weer zakken. Toen de stofwolken waren weggetrokken zagen ze iets ongewoons. De schep van de kraan was niet meer dan een groot stuk verwrongen metaal. Koen sloot de cabine af een liep naar de schep om hem beter te bekijken.
'Dat hoort toch niet zo?', vroeg Anne
'Nee', zei Koen. Hij krabde op zijn achterhoofd en keek verontwaardigd naar het brok gesmolten metaal.
'Dit is mogelijk de verklaring waarom de machinist hem zo heeft laten staan?', zei Anne.
'Dat zou zomaar kunnen. Maar dan nog. Het is heel vreemd! Dit kan alleen door een gigantische hittebron of iets chemisch zijn gebeurd', zei Koen.
'Chemisch?', zei Anne verontrust.
'Ja, alleen dat zou kunnen verklaren waarom een brok onverwoestbaar staal smelt', zei Koen, terwijl hij de schep van alle kanten eens goed bekeek.
Anne kreeg een vreemd gevoel van binnen. Ze had die drang sinds haar vaders verdwijning niet meer gevoeld. De kracht trok haar naar het hunebed. Ze knielde bij de het gat neer en begon met haar handen te graven. Haar hart begon sneller te kloppen en de kracht werd sterker en sterker.
'Niet doen!' , riep Koen. 'Straks zit er een gevaarlijke vloeistof in de grond.'
Maar Anne was niet bang. Als onder de grond dat zou liggen waarvan zij het vermoeden had dat daar was, dan kon dat met gemak het dikste staal doen smelten. Al snel stuitte ze op een houten deksel. Ze veegde de aarde eraf en schrok. Haar handen begonnen te trillen. 'Zag ze het goed?' Op de bovenkant van de kist stond een familiewa-

pen. Een dat ze maar al te goed kende. Ze voelde opwinding door heel haar lichaam stromen en haar schrik maakte plaats voor nieuwsgierigheid.
'Zou het er in liggen? Het moest wel!'
'Hé, Koen! Kun je mij helpen?'
Koen kwam aangelopen. 'Wauw! Zou het een schat zijn?'
'Geen idee?', loog ze.
Koen, die al droomde van een schatkist vol juwelen en gouden munten, pakte een schep die naast het hunebed lag en begon als een dolle te graven. Na enkele minuten was het deksel vrij. Koen stond met een knalrood en bezweet hoofd naar een houten krat te kijken. Dat het om een schat ging geloofde hij intussen niet meer. Het krat was splinternieuw. Het had veel weg van een houten munitiekist. Het was ongeveer één meter lang, zestig centimeter breed en zeventig hoog. Het deksel was met hedendaagse spijkers goed dichtgetimmerd.
'Zou jij dat deksel eraf kunnen krijgen?', vroeg Anne.
Koen trok aan het deksel, maar kreeg er geen beweging in. Hij pakte de schep en zette die onder de rand. Met al zijn kracht drukte hij op de steel en, onder luid gekraak en gepiep, wipte hij de eerst plank omhoog. Net genoeg om de inhoud te kunnen inspecteren.
'Wil je even met jouw telefoon bijschijnen?', vroeg Anne.
Koen deed zijn telefoon op de zaklantaarnstand en de kist werd verlicht. Wat Anne zag liggen kende ze maar al te goed. In de kist lagen twee grote leren tassen, die keurig met riempjes gesloten waren.
Koen brak nog een plank weg en tilde de eerste tas eruit. Hij maakte de riempjes snel los en keek erin. Met grote ogen stond hij te kijken. In de tas zaten verschillende spullen. Waaronder een gek zwart pak. Hij haalde het eruit en hield het voor zich. Het had veel weg van een vrouwelijk leren motorpak, maar dan met middeleeuwse elementen. Verder zat er een lang *maliënkolder* in, een lang zwart gewaad, dat van kleine metalen ringetjes was gemaakt. Die gewaden droegen ridders onder hun harnas als extra bescherming. Verder zaten er matzwarte borststukken en armbeschermers in. Die waren uit dik, maar soepel, leer gemaakt. Op de borstbescherming prijkte een *wapenschild*. Een middeleeuws logo waar je families aan kon herkennen. Het logo was in drie gekleurde vlakken verdeeld. Boven een

rode balk en links een geel vlak en rechts een roze. Er was een bijl in het geel en een zwaard in het roze afgebeeld. In het midden stonden een boom, grafheuvel en hunebed. Hij spreidde alles uit op de grond en bedacht dat het een superheld niet misstaan zou hebben. Verder zaten er in de tas een stel leren laarsjes, handschoenen, cape en een helm. Een ridderhelm 2.0. Want hij was van zeer licht metaal en had een toffe vorm. 'Wat gaaf! Laten we die andere ook openmaken.', riep hij enthousiast.
Anne keek naar het pak en wist precies wat in de andere tas zat.
Koen hing over de rand. Anne had hem nog nooit zo actief gezien en was verbaasd hoe snel zijn lange zware lichaam te werk ging. Binnen 'no time' had hij de andere tas eruit gehaald en geopend voor hem neergelegd. In de andere tas zat een schede met zwaard, kokertjes stalen pijlen, een heel bijzondere kruisboog en een schild met een logo gelijk aan dat op de borstbescherming van de maliënkolder. Hij had nog nooit een dergelijke kruisboog gezien. Onder het wapen zat een cilinder waar de zes pijlen in konden. Net als bij een pistool had het een trekker om te schieten. Koen pakte de voorwerpen één voor één op en bekeek alles goed. Het zwaard had een Inscriptie *INGERIHMORRIGAN* 'Wat zou dat betekenen?', vroeg hij.
Maar Anne hoorde hem niet en schonk geen aandacht aan de spullen. Dat wat zij voelde en zocht lag er niet bij. Maar het moest daar zijn. Ze voelde de kracht sterker worden. Ze boog voorover en bekeek de lege kist.' Mag ik jouw telefoon, Koen?'
Koen, die verdiept was in het bekijken van de spullen, gaf hem aan haar.
Anne inspecteerde de kist van binnen en buiten met het licht van de telefoon. Ze klopte met haar hand op de bodem en wanden, om te kijken of er ergens een holle ruimte zat. In eerste instantie hoorde of zag ze niets. Maar toen ze nog een keer goed keek, zag ze achter in de verste hoek een stukje hout los zitten. Ze moest met haar halve lichaam in de kist hangen om erbij te kunnen komen. Ze begon eraan te peuteren en vrij eenvoudig liet het houtje los. Ze stak haar vinger in het gat. 'Au!', riep ze boos. Ze keek naar haar vinger, waarin een flinke snee zat. Bloed druppelde op de houten bodem. Anne schoof weer uit de kist.

'Wat is er?', vroeg Koen, die direct kwam kijken.

'Er schoot een punt uit die hoek. Alsof die daar expres zat', zei ze geïrriteerd. Anne deed haar bloedende vinger in haar mond.

Koen keek in de kist. 'Kijk!', riep hij verschrikt.

De druppels bloed die boven op het gelakte hout lagen werden als door een magneet naar het midden van de kist getrokken.

Koen en Anne keken elkaar verbaasd aan

Een helder licht begon te schijnen. Het was zo verblindend, dat Anne en Koen hun ogen moesten dichtknijpen. Toen het licht verdween zweefde er een kettinkje met een zilveren taxustak midden in de kist.

'Wat is dat?', vroeg Koen vol ongeloof.

Anne wist wat het was. Het was haar vaders Aillin. Maar dat kon ze niet vertellen en daarom haalde ze haar schouders op. 'Geen idee.' Ze vergat dat haar vinger flink bloedde en pakte de Aillin. Meteen ging er een golf van energie door haar lichaam. Alle zorgen, die ze de afgelopen weken had gehad, leken uit haar weg te vloeien en maakten plaats voor zelfvertrouwen. Wat had ze verlangd naar dit gevoel. Ze deed de ketting om haar nek en meteen werd alles wazig voor haar ogen. Ze deed haar bril af en zonder bril kon ze weer scherp zien.

'Kijk. De snee in jouw vinger!', zei Koen vol ongeloof.

Haar vinger stopte met bloeden en het sneetje verdween als sneeuw voor de zon.

'Wat supervet', zei Koen. We hebben een middeleeuwse magische schat gevonden!', riep hij enthousiast.

Maar Anne hoorde hem niet meer. De Aillin nam haar mee en liet haar iets zien. Ze zag een man naast een grafheuvel liggen. Zijn been zat bekneld onder een paard. Hij droeg een Aillin en moest dus één van de Orde zijn. Maar ze herkende hem niet. Hij riep haar. 'Help mij!' Langzaam verdween het beeld.

'Hoor je me wel?', vroeg Koen. Hij keek Anne aan en schudde zijn hoofd. 'Je reageerde niet en keek heel vreemd. Ik zei dus: Volgens mij hebben de spullen jouw maat. Zou je ze willen passen?'

Anne was weer in het hier en nu. 'Oh, sorry, ik was even in gedachten.' Ze keek naar de spullen. Haar spullen. 'Natuurlijk paste ze die! Maar wat deden ze hier in het hunebed? Waarom hingen ze niet meer bij de Orde? Hoe had haar vader die hier weten te ver-

stoppen? Hij moest na zijn ontsnapping uit het bos langs het hoofdkantoor in Bunne zijn geweest!' Ze wilde niets liever dan het pak aantrekken. Het pak dat ze altijd in bijzijn van haar vader droeg. Ze wilde het gevoel hebben dat ze dichter bij haar vader was. Een vader die ze al weken moest missen. Maar het nu aantrekken was niet verstandig. Daarom schudde Anne haar hoofd. 'Pak die spullen maar weer in.'
'Waarom trek je ze niet aan?', vroeg Koen teleurgesteld. 'Het is echt supertof! Het zal jou vast goed staan!'
'Als je alles weer terug stopt in de tas, dan zal ik het straks aantrekken. Het is nog maar een klein stukje fietsen naar de kampeerplek.'
'Cool!' Hij deed de spullen snel in de tassen en gooide ze over zijn schouder.
'Geef die bijl maar aan mij!', zei een donkere mannenstem plotseling.
Anne en Koen schrokken en draaiden zich om.
Vanuit de bosjes kwam een man, met naast hem twee grote zwarte wolfachtige honden. Zijn gezicht ging half schuil onder een zwarte hoed en voor zijn linker oog had hij een lap. Hij droeg een lange zwarte jas en daaronder een blauw driedelig pak. In zijn rechter hand had hij een wandelstok met gouden handvat.
'Je had hem dus bij dit hunebed verstopt', lachte hij gemaakt vriendelijk. 'Dan had je hem gewoon bij D4 kunnen achterlaten. Jij speelt een gevaarlijk spelletje!'
Anne ging meteen in een vechthouding staan. 'Wat hebt u met mijn vader gedaan?', zei ze zelfverzekerd.
Koen keek haar verbaasd aan.
'Je bent al net zo temperamentvol als hij.' De man wees naar zijn ooglap. 'Geef die bijl nu maar aan mij mevrouw Van Echten. Anders laat ik mijn vrienden los en die zijn dol op kindervlees', zei hij, nu een stuk dwingender.
Anne had geleerd haar hoofd koel te houden in dit soort situaties. Ze keek om zich heen en zocht een mogelijkheid om te ontsnappen.
Ze wist dat Koen nooit sneller zou zijn, dan die twee beesten. Als ze bij haar zwaard en kruisboog kon, dan was het probleem snel opgelost. Maar dat zou een bloederige troep geven. En Koen ook in problemen brengen.

'Wie is die man? En waarom noemt hij jou mevrouw Van Echten?', zei Koen gespannen.
'Geen idee', zei Anne overdreven luid. 'Maar ik vertrouw hem niet.'
'Je hoeft mij ook niet te vertrouwen. Je hoeft alleen die bijl aan mij te geven en ik laat jouw vader gaan', zei hij rustig.
Anne haar hersenen maakten overuren. 'Hij leeft dus nog!' Ze kon wel janken. Maar ze moest zich nu groot houden. 'Deze man wilde de bijl ruilen voor haar vader. Een bijl die ze niet had en waarvan zij niet wist waar die was gebleven.'
'Hoe weet ik dat hij nog leeft? Ik wil eerst bewijs zien.'
'Ik denk niet dat jij in de positie bent om te onderhandelen, meisje.'
'De bijl is hier niet.'
'Je liegt', zei de man dreigend. 'Zij zit in een van die tassen.'
'We brengen de bijl over een week hier in ruil voor mijn vader', zei Anne zonder met haar ogen te knipperen. Ze schuifelde langzaam naar het hunebed en trok Koen aan zijn arm mee.
'Blijf staan!!', riep de man met ijzige stem. 'Ik bepaal hier de regels. Anders laat ik mijn beesten los!'
De man kwam hinkend hun kant op, terwijl zijn beesten rustig bleven staan. Uit de onderkant van zijn wandelstok schoot een stalen punt. 'Ik waarschuw jullie. Gooi nu die tassen op de grond!'
Koen wilde de hengsels al van zijn schouders doen. Maar Anne hield hem tegen. 'Je laat die tassen niet los Koen.'
'Waar denken jullie heen te gaan? Jullie kunnen geen kant op!'
Anne pakte een bolletje uit haar schoudertas en gooide die richting de man.
De man hinkte geschrokken enkele stappen achteruit. Maar er gebeurde niets.
'Wat heeft dit te betekenen?'
Anne wreef met haar linker hand over de Aillin en het bolletje ontplofte. Er ontstond een rookgordijn. Anne wreef nog een keer. Er was een flits en in het hunebed verscheen een poort.
Koen keek vol ongeloof naar de poort. Boven de poort was een wapenschild afgebeeld, hetzelfde als op de spullen, met in het midden een ridder met kroon. Aan weerszijden van hem stonden drie zwarte ridders. De zes ridders droegen allemaal hetzelfde pak als dat in de

tassen zat. In hun linker hand droegen ze een zilveren taxustak en in hun rechter een zwaard.

'Wat.....wat is dat?', stamelde Koen.

'Als ik 'ja' zeg, stappen we erdoor.'

'Jullie denken dat een beetje rook mij tegenhoudt? Aan mijn vrienden kunnen jullie toch niet ontsnappen!' Hij gaf een kort commando en de beesten schoten als atleten uit de startblokken. Ze kwamen door het rookgordijn op hen afgerend. Ze gromden en hadden hun lippen dreigend opgetrokken, waardoor hun scherpe witte tanden goed zichtbaar waren.

Koen was verstijfd van angst. Hij kon geen stap meer zetten.

Anne bedacht zich geen moment en trok Koen de poort in. 'Mijn vader, anders geen bijl!', schreeuwde ze nog. Als door een schok werd het zwart voor hun ogen. Ze hoorden, zagen of voelden niets. Ze waren niet dood, maar ook niet bij bewustzijn. Hoe lang het had geduurd wisten ze niet, maar toen hoorden ze een stem. Een stem die Anne eerder had gehoord.

HOOFDSTUK 6
TRAHERN

'Jullie moeten mij helpen! Het kwaad is dichtbij', hoorden ze een man kreunen.
Anne krabbelde overeind en keek rond. Ze waren tot haar verbazing niet bij een ander hunebed terecht gekomen, zoals gebruikelijk was bij het 'hunen', maar bij de prehistorische grafheuvel in het Holtveenbos, net buiten Vries. Naast de heuvel lag een man in middeleeuwse kleding; zijn been zat vast onder een dood paard. De man kwam Anne bekend voor. Ze kon hem echter niet direct plaatsen. Zijn paard was door meerdere pijlen geraakt en het bloed sijpelde uit de wonden op de zanderige grond.
'Willen jullie het paard van mijn been halen? Maar voorzichtig. Ik ben bang dat mijn been gebroken is', zei hij met een pijnlijk gezicht.
Anne knikte en duwde voorzichtig tegen het zware levenloze dier. Maar er kwam geen millimeter beweging in.
Koen stond intussen ook weer op zijn benen. De leren tassen nog om zijn schouders. Hij keek om zich heen. 'Waar waren ze?' Hij zag de grafheuvel en het open veld. Hij had deze plek op de heenweg op de fiets gezien. Maar het was wel veel voller en groener. Het voelde allemaal anders.
'Koen, help mij nou even!' riep Anne
Maar Koen hoorde het niet. Hij liet de tassen op de grond zakken en staarde met open mond naar de niet al te grote man. Hij droeg middeleeuwse kleding, had een ruige baard en aan zijn riem hing een zwaard, een buideltje, en een dolk en op zijn rug twee bijlen.
'Wie bent u? Is dit een grap?', vroeg Koen zenuwachtig.
De man fluisterde: 'Ik ben Trahern. Er is nu geen tijd om het uit te leggen. Help mij om hier weg te komen voor het te laat is.'
Er ging een golf van opwinding door Anne. 'De beroemde Trahern.

Daarom kwam hij haar zo bekend voor. Dat zij hem mocht ontmoeten!'
'Waar zijn we? Welke jaar is het?', vroeg Koen verward.
Trahern keek Koen verbaasd aan. 'Jullie zijn in het jaar 1536,. in het bos net buiten Vries. Gaat het wel met jou?'
Koen zijn ogen stonden als bij een dwaas in zijn hoofd. Hij keek om zich heen en begreep er niets van. 'Dit kan niet! Dit kan niet!', riep hij totaal over zijn toeren.
Anne duwde uit alle macht tegen het paard. Maar het lukte niet. Ze keek naar Trahern. Ze kreeg een warm en vertrouwd gevoel van binnen. Ze kende Trahern uit de verhalen van de Orde. Hij was een wijze koning en hoofd van de Orde geweest.
Trahern keek naar de Aillin om Anne haar nek. Dat voelde ze. 'Ben jij een van ons?', vroeg hij verbaasd.
Anne knikte
'Wie is jouw vader dan? Want ik ken jou niet', zei Trahern.
'Wij komen voor u uit de toekomst. Uit de 21^e eeuw.'
Intussen was Koen als een dolle over het open veld gaan rennen.
'Kom terug!', riep Trahern met benepen stem. 'Hij moet echt terugkomen. Het kwaad komt eraan.'
Anne voelde ook dat er gevaar dreigde. 'Koen kom terug!', riep ze, terwijl ze naar de leren tassen toe liep. Ze ritste de tassen open en trok snel het pak, maliënkolder, borstbescherming en laarzen aan. Ze deed de riem om en hing de schede eraan, met het zwaard links en het kokertje met ijzeren pijlen rechts. Ze klikte de cape om haar schouders en trok de handschoenen aan. De kruisboog hing ze op haar rug en als laatste deed ze de helm op. Ze trok haar zwaard en pakte met haar linker hand het schild vast.
Ze was nog nauwelijks gereed, maar instinctief hield ze het schild voor haar hoofd en borst. Twee pijlen ketsten af tegen haar schild. Ze werden vanuit het bos onder vuur genomen. Anne ging knielend voor Trahern zitten met het schild voor haar. Zo beschermde zij zichzelf en Trahern. Van alle kanten werden er pijlen op hen afgevuurd. De pijlenregen hield na enkele minuten op en uit het bos rondom hen kwamen zes gedaanten met getrokken zwaarden langzaam op Trahern en Anne af gelopen. Ze droegen mantels met capes, waardoor

hun gezichten niet zichtbaar waren. Op hun rug droegen ze een pijl en boog.

Anne ging nu in het midden van het veld staan, omringd door de zes mannen. Anne voelde de kracht van de Aillin door zich heen stromen en alles leek vertraagd te gebeuren. Dit was waarvoor ze getraind had. Dit was het moment, dat zij moest bewijzen een waardig opvolger te zijn. De zes stormden op haar af en Anne weerde de eerste slagen met haar schild af. Soepel draaide ze haar lichaam en zwaard rond. De eerste twee raakte ze in de buik. Er was een luid gekrijs en de ridders losten in as op. Ze maakte zich klaar om meer aanvallen te incasseren. De vonken vlogen in het rond van het staal van de zwaarden die elkaar raakten. Het kostte Anne veel moeite om hen van zich af te slaan.

Ze was nu ingesloten door de vier overgebleven ridders en schrok van hun gezichten. Hun ogen waren hol en leeg. Gedeelten van hun huid waren weg, waardoor je spieren en zelfs het bot van hun kaak kon zien.

Trahern zag alles gebeuren en wreef over zijn Aillin. Er was een heldere groene lichtflits en vanuit het niets werden twee van Annes belagers onderuit getrokken en door boomwortels achteruit, al krijsend, over het zand het bos in getrokken, waar hun geluid langzaam wegstierf. De twee overgebleven aanvallers keken elkaar even aan, maar toonden verder geen emotie. Het leken lege zielen die maar één doel hadden en dat was doden. Ze vielen Anne opnieuw aan. Maar Anne was veel sneller, dan de twee aanvallers. Met een aantal sierlijke draaien, slagen en steken was er ook van hen niets meer over dan een cape, zwaard en pijl en boog.

Trahern had vol verbazing naar het schouwspel gekeken. Hij had nog nooit iemand van de Orde zo snel en soepel zien vechten. Laat staan een zo jong iemand.

Plotseling begon de grond een paar keer hevig te beven en daarna werd het onnatuurlijk stil. De wind was weg en er was geen vogel of krekel meer te horen.

Koen stond aan het einde van het veld. Hij zag het koren zoals hij dat vanaf de fiets had gezien en de weg met beukenbomen. Maar de huizen aan de rand van het dorp en de straat met lantarenpalen zag hij niet. Wel zag hij de toren van de eeuwenoude *Bonifatsiuskerk* in het centrum van Vries en enige rietgedekte boerderijen en een molen. Een molen die er in hun tijd niet eens was. Op de kerk na was eigenlijk niets van hun tijd. 'Waren ze dan echt honderden jaren terug in de tijd? Onmogelijk!', dacht hij.

'Kom terug!, Kom terug!', hoorde hij Trahern en Anne vaag achter zich roepen. Maar Koen kon niet helder denken. Dat Anne achter hem zojuist vier duistere ridders had uitgeschakeld, had hij niet eens meegekregen.

Koen schrok. De grond en het koren vóór hem begon te schudden en de aarde trilde. Van alle kanten schoten er *zwerfkeien* uit de grond omhoog. Koen stond aan de grond genageld. De zwerfkeien vormden een gigantische stenen reus. Hij was wel twaalf meter hoog en vijf meter breed. De reus sjokte zwaar en lomp richting Koen. Bij elke stap deed hij de grond trillen en liet hij diepe sporen achter in de aarde.

Koen die eindelijk besefte dat het geen droom was, draaide zich om en rende zo hard als zijn benen hem konden dragen richting Trahern en Anne.

De stenen reus boog voorover. En met zijn rechter vuist beukte hij diep in de grond. De aarde trilde en de grond spleet open. De reus trok keien zo groot als Mini Coopers uit de grond en gooide ze als dobbelstenen in de richting van Koen.

'Duiken! Duiken!', schreeuwde Trahern.

Koen liet zich net op tijd op de grond vallen. De stenen stuiterden over hem heen en misten hem letterlijk op een haar na. Met een doffe klap sloegen ze in de grond.

Anne en Trahern, die tientallen meters verderop waren, kregen een golf van aarde over zich heen.

'Gebruik je Aillin', riep Trahern proestend naar Anne.

Anne pakte de taxustak in haar hand en keek om zich heen. Om de bomen naast het veld zaten klimplanten gekronkeld. Ze concentreerde zich en vrijwel meteen was er een groene flits.

Koen, die intussen overeind was gekrabbeld, was nu bijna bij hun. Maar de reus had opnieuw twee gigantische keien gepakt en stond op het punt die te gooien. De klimplanten kwamen los van de stammen en schoten dwars over het veld en vormden een net. De reus gooide met al zijn kracht de stenen. Maar de klimplanten vingen de keien op. Als kanonskogels werden de keien teruggeschoten en kwamen op het lichaam van de reus terecht. Er was een gigantische knal en het stenen monster spatte in honderdduizenden kiezels uiteen.

Koen, die weer helder kon denken, kwam bij Anne en Trahern staan. Hij keek verbaasd naar Anne in haar outfit. 'Hoe..?'

'Geen tijd om nu uit te leggen, Koen. We moeten hier weg. Help dat paard van Trahern zijn been af te duwen.'

'Sorry', verontschuldigde hij zich. Hij drukte samen met Anne het paard van het been van Trahern af. 'Bedankt! Maar we moeten nu snel het bos in zien te komen', zei Trahern. 'Helpen jullie mij even overeind?'

Anne schudde haar hoofd. 'Nog niet. Koen, zoek jij acht lange stevige en dikke takken.' Ze gooide hem haar zwaard toe.

Trahern keek haar vragend aan.

Koen snelde naar de bosjes en begon takken te kappen.

Anne pakte de teugels van het paard en met haar dolk sneed ze de teugels in reepjes.

De aarde begon weer te beven. En ze hoorden een afschuwelijk gekrijs. 'We moeten hier weg!' zei Trahern.

Een man in een zwart gewaad en met een wolvenmasker op had vanaf de andere kant van het korenveld alles zien gebeuren. Hij aaide over de kop van een groot bloeddorstig beest, dat grommend naast hem stond. Achter hem stonden nog zeven beesten; alleen waren deze een stuk kleiner. 'Nu is het jullie beurt om wraak te nemen! Dood hen en breng mij hun ketting!', commandeerde hij zijn roedel.

Anne legde enkele takken langs Trahern zijn been en bond ze vast met de teugels. 'Nu is het been stabiel', zei ze. Van de overgebleven takken maakte ze een draagbaar en ze hielpen Trahern erop.

'Het is niet comfortabel, maar zo kunnen wij u gemakkelijker vervoeren', zei Anne

Koen en Anne sleepten Trahern op de brancard door het bos.

HOOFDSTUK 7
HET HUIS VAN TRAHERN

Ze hoorden grommende geluiden achter zich en renden zo hard als maar mogelijk was met de draagbaar achter zich aan door de hoge varens in het bos.
'Wat zijn dat? Het lijken wel honden?', riep Koen.
Trahern, die met zijn rug op de draagbaar lag, zag achter hen schimmen van grote zwarte beesten op hen af komen. Hij wreef over zijn gouden taxustak en er was weer een heldere flits. De normaal zo zachte bladeren van de varens veranderden in steen, waardoor er een deken van vlijmscherpe mesjes was ontstaan.
Achter zich hoorden ze luid gejank en het gegrom hield op.
Anne en Koen renden zonder om te kijken door en al snel werd de grond drassig. Ze waren uitgekomen bij een *veenmeer*, dat midden in het bos lag. Ze konden geen kant op. In het meer lagen verschillende met gras bedekte eilandjes.
'We moeten door het riet', zei Trahern. 'Help mij tussen jullie in.'
Ze hielpen Trahern overeind tussen hen in. Op het moment dat Anne en Koen met Trahern door het riet wilden lopen kregen ze een dreun in hun gezicht. Ze vielen alle drie achterover op de drassige grond.
Anne en Koen wreven over hun pijnlijke neus en voorhoofd.
'Sorry!', kermde Trahern, die onder het zware lichaam van Koen lag. 'Ik had de bescherming moeten opheffen.' Hij pakte zijn Aillin en wreef erover. Er was een flits en vóór hen verscheen een wand van wel tien meter hoog.
'Nu kunnen we erdoor!'
Anne en Koen trokken Trahern weer omhoog en stapten snel door de wand.
Het was of ze in een andere wereld waren gestapt. Het voelde er veilig en vredig. Ze hoorden weer honderden vogels zingen. Ook een

aantal eendjes kwam kwakend voorbij gezwommen, alsof er geen gevaar bestond. Ze liepen door het hoge riet waarachter een bootje verstopt lag. Ze hielpen Trahern er eerst in en sprongen er toen ook zelf in.

Koen zag geen roeispanen of touw of iets anders waarmee hij de boot kon laten varen. 'Hoe komen we nu weg?', zei Koen verbaasd rondkijkend.

Trahern pakte zijn Aillin en wreef erover. Door een onzichtbare kracht kwam het bootje in beweging en gleed geruisloos door het water naar een van de eilandjes.

'Hier stappen we uit', zei Trahern. Hij wees naar een soort vossenhol. 'Pak de bovenkant van het hol beet en laat je naar binnen glijden. 'Zet mij maar neer, dan doe ik het voor'. Koen zette Trahern voor het gat neer en Trahern trok zich naar binnen en verdween.

Anne en Koen volgden zijn voorbeeld. Ze gleden over een spiraalvormige glijbaan en kwamen in een kleiige ruimte, die verlicht werd door fakkels. Trahern stond hinkend tegen de wand. Er was slechts een deur die op wonderlijke wijze automatisch voor hen opendraaide. Koen ondersteunde Trahern en ze gingen door de deur en stapten een prachtige ruimte in.

'Welkom in mijn huis! Help mij maar in die luie stoel bij de haard', zei Trahern.

Anne zette haar helm af en legde die op een bankje.

Trahern keek naar Anne. 'Een jonge meid als Sarga die kan vechten als een volwassen man. Dat moet je straks toch even uitleggen', zei hij vriendelijk.

Vol bewondering bekeek Anne het huis. Het was een groot en licht vierkant vertrek met een heel hoog plafond. Het was gigantisch en moest minstens vier meter onder het eilandje in het veenmeer liggen. De vloer was van prachtig eikenhout en er lagen op verschillende plaatsen geweven kleden op. In een van de hoeken was een haard met een ketel er boven. Daarvoor stond een lange eetkamertafel met zes houten stoelen. In een andere hoek was de open haard waar Trahern naast zat. En daarbij een bankje met kussens en twee leesstoelen. Verder stond er langs de wand een kast met veel heel veel oude boeken. Er hingen verschillende schilderijen aan de wand en in een

van de erkers stond een koninklijk hemelbed. Door honderden kleine ronde gekantelde raampjes in het plafond viel prachtig het daglicht naar binnen. Een zomers briesje nam geluiden en geuren uit het bos mee. Er hingen twee kroonluchters met kaarsjes die de woning een statige en chique sfeer gaven. Maar wat het meeste opviel was de gigantische oude taxusboom, die in het midden van de kamer stond. Met zijn takken ondersteunde ze het hele huis. Anne kende deze boom uit de verhalen van de Orde. Ze liep nieuwsgierig naar de boom toe en legde haar hand op de stam. Ze voelde een gigantische kracht door haar lichaam stromen. Een kracht die zij niet aankon. Van schrik liet ze los.
Trahern keek haar aan. 'Je voelde het? Of niet?'
Anne knikte.
'De kracht van de drie werelden stromen door haar heen', zei Trahern. 'Er zijn maar weinigen die met die kracht om kunnen gaan.'
'Wat is dat dan voor een boom?' vroeg Koen
'Dat is Ygdrassil', zei Trahern eerbiedig. 'De levens- en kennisboom. Het symbool van het eindeloos vertakte van dat wat is. Hij reikt van de onderwereld, dwars door de mensenwereld, naar de wereld van de helden en de Goden. Hij is al duizenden jaren een symbool voor ons.' Hij wees naar de afbeelding op zijn borst en die van Anne.
Anne staarde naar de taxus en voelde de diepe verbintenis met deze eeuwenoude boom.

HOOFDSTUK 8
ANNE'S GEHEIM

'Neem plaats', zei Trahern. Hij wees naar de stoelen tegenover hem 'Ik zal mij eerst aan jullie voorstellen.' Hij balde zijn vuist en deed die op zijn rechter borst. 'Mijn naam is Trahern, koning van de Achondra's en hoofd van de Orde van Sargas.'
'Ik ben Anne van Echten en dit is mijn vriend Koen van Weijck', zei Anne beleefd.
'Van Echten?', zei Koen verbaasd. 'Zo noemde die man jou ook al! Jouw achternaam is toch Medici?'
Trahern keek Anne aan. 'Ik had het kunnen weten. Een uitstekende zwaardvechttechniek gecombineerd met martial arts. Er is maar één familie binnen de Orde die dat zo goed beheerst.'
Koen keek Anne verward aan.
Anne zag zijn blik en besefte dat hij al te veel gezien en gehoord had. Ze kon niet langer liegen. 'Het spijt me, Koen. Ik ben een Van Echten. Mijn vader en moeder zijn niet gescheiden toen ik klein was. Mijn vader is gevangen genomen.' Ze slikte en probeerde haar tranen te verdringen.
'Mijn vader is archeoloog. Wij vonden op het Balloërveld een kleitablet uit het neolithicum.'
Koen keek haar vragend aan.
'Laat maar', zei Anne. 'We vonden op de kleitablet aanwijzingen voor een magische bijl. Na een week zoeken vonden wij de bijl op de bodem van een pingoru.... ik bedoel een veenmeer. Maar toen wij de bijl boven water hadden gehaald verscheen die man in het zwart met een groep gewapende motorrijders. Hij eiste de bijl. Mijn vader weigerde hem deze te geven en ging in de aanval. Ik wist te ontsnappen. Maar mijn vader werd gevangen genomen. Ik moest van de Orde van Sargas van Groningen naar Vries verhuizen, om daar onder te duiken.

Omdat ik vlakbij Groningen ging wonen, moest ik een andere identiteit aannemen, naar een ander school en zelfs mijn uiterlijk veranderen. En toen leerde ik jou kennen.'
Koen zei niets en keek verbluft.
Anne haalde wat speldjes uit de dreadlocks uit haar haar en tilde zo de hele bos eraf.
Koen zijn mond viel open van verbazing. Hij was sprakeloos. Anne had helemaal geen rastahaar. Het was een pruik. Daaronder had ze prachtig zwart haar, dat keurig in een boblijn was geknipt. Hij keek haar verbaasd en vragend aan. Hij dacht dat hij haar kende. Hij had de afgelopen weken al zijn onzekerheden en geheimen met haar gedeeld. Maar blijkbaar wist hij helemaal niet wie zij was. Hoe kon hij ook in de korte tijd dat zij elkaar kenden? Het was naïef van hem geweest, om dat te denken. Maar toch voelde hij zich een soort van bedrogen.
'En wat is de Orde van Sargas dan?', vroeg hij geïrriteerd.
Anne keek hem verontschuldigend aan. 'De spullen die wij in de tombe vonden zijn van mij! Daarom passen ze mij zo goed. De zilveren taxustak is een Aillin. Zij is van mijn vader. Ieder lid van de Orde heeft een dergelijke magische taxustak. Mijn vader moet mijn spullen en zijn Aillin, nadat ik was ontsnapt, nog bij Orde hebben weggehaald en onder het hunebed hebben verborgen. Maar hoe en waarom is mij een raadsel? Vanaf het moment dat we bij de bouwhekken aankwamen trok de kracht van de Aillin mij naar de kist met spullen.' Ze was even stil en keek Koen doordringend aan.' Wat ik jou nu ga vertellen mag je nooit aan iemand doorvertellen. Echt aan niemand! Anders moeten we jouw geheugen wissen. Zweer je dat?'
'Geheugen wissen? Zoals bij de film Men in Black?', lachte hij.
Anne en Trahern keken hem ernstig aan.
'Dus....jullie kunnen echt mijn geheugen wissen?' Hij keek Trahern en Anne bang aan. 'Ik zweer dat ik het nooit aan iemand zal vertellen. Echt niet!', stamelde hij.
Anne keek hem geruststellend aan. 'Doen wij niet hoor. Ik ben van Drentse adel en kom uit een bloedlijn van Sargas. Een geheime ridderorde die vanuit de Drentse plaats Bunne al eeuwen de mensen en natuur in Drenthe beschermt tegen duistere machten. Vanaf mijn

geboorte heeft mijn vader mij voorbereid op deze zware taak. Zoals mijn opa bij hem deed en diens vader weer bij hem. Van generatie op generatie wordt dit doorgegeven aan de eerstgeborene. Wanneer er geen opvolger is, dan zal het hoofd van de Orde een nieuwe Sarga uit een Drentse adellijke bloedlijn kiezen. Iedere zaterdag volg ik met zes anderen lessen op de Sargasschool. Daar leer ik Latijn, archeologie, geschiedenis en tal van andere vakken. Ook krijg ik les in verschillende vechtsporten, het omgaan met middeleeuwse wapens en natuurlijk het gebruiken van de kracht van de Aillin.'

Koen die op het puntje van zijn stoel had gezeten liet zich achterover vallen. Hij wreef met zijn handen over zijn gezicht, alsof hij daardoor wakker zou worden uit deze vreemde droom.

'Maar als de Orde in onze tijd er ook nog is, waarom dan die middeleeuwse wapens? We hebben toch pistolen en andere moderne wapens?', zei Koen verontwaardigd.

'Met kogels kun je ze niet doden! Het kwaad komt uit de onderwereld en kan alleen gedood worden door Sargastaal. Staal dat door de Achondra's is gesmeed en onverwoestbaar is. En de Aillin, die is verbonden met haar drager. De drager kan haar alleen vrijwillig afstaan. Zoals mijn vader voor mij heeft gedaan. Het kwaad kan haar alleen maar via onthoofding te pakken krijgen.'

Koen keek Anne met een blik vol afschuw aan.

'Dit is genoeg info voor Koen. Jullie komst naar hier is niet zonder reden', zei Trahern op ernstige toon. 'Enkele weken geleden kreeg ik een visioen. Ik zag de duisternis als een mist over Drenthe trekken. Sinds die nacht worden natuurgebieden door een duistere kracht leeggezogen, maar tot vandaag had het kwaad zich niet laten zien. De stenen reus en de duistere ridders waren zwarte magie in haar puurste vorm! Er is een ongekend groot kwaad, dat oprukt vanuit het zuiden.'

Hij keek Anne en Koen aan. 'Jullie komen uit de toekomst en dit kan maar één ding betekenen. Er heeft een verstoring plaatsgevonden in de tijd. Hoe dit mogelijk is weet ik niet, maar daar zullen we snel achter moeten komen. We moeten dit kwaad stoppen!'

Anne knikte.

'Maar ik kan niet eens vechten?', zei Koen. 'Ik ben niet zoals Anne getraind. Ik moet zondag weer thuis zijn. Mijn ouders zullen mij gaan zoeken!'

'Helaas heb ik geen toverstaf om een poort te openen en jou terug te laten gaan. Geloof mij Koen, als ik de mogelijkheid had, dan bracht ik jou thuis. Maar jij bent hier ook niet bij toeval. Toeval bestaat niet. Maar het lot wel'.

Koen zuchtte en besefte dat hij geen keus had.

'Als het goed is zullen de andere Sargas hier spoedig zijn. Koen moet eerst andere kleren aan. In deze kleren zal je iets te veel opvallen. Ik zal even iemand laten komen!' Hij sprong op uit zijn stoel en liep naar een kast. Hij haalde daar een stuk papier en een potje inkt met veer uit. Hij liep naar de tafel en schreef wat op.

Koen staarde naar zijn been. 'Maar u was toch gewond?'

'Het voordeel van het dragen van een Aillin', zei Trahern met een brede grijns. 'Niet dodelijke verwondingen genezen snel.'

Hij liep naar een kooi in de hoek van de kamer en haalde daar een haas uit die een rugtasje op zijn rug had. Het was een stom gezicht.

Trahern stopte het briefje in de tas en zette de haas in een gat in de wand. 'Onze boodschapper is onderweg!', riep hij, terwijl de haas verdween.

Koen viste zijn smartphone uit zijn broekzak en plugde zijn koptelefoon uit en deed die om zijn nek. Hij keek op zijn telefoon. 'Geen bereik!', zei hij lachend tegen Anne.

Zij moest ook lachen en was blij, dat hij wat leek te ontspannen.

Trahern keek geïnteresseerd naar de telefoon in Koen zijn hand. 'Wat is dat?', vroeg hij nieuwsgierig.

'Dit is een smartphone. Een soort moderne postduif, encyclopedie, landkaart en alles in één.'

Hij deed hem aan en swipete over het scherm.

Trahern zat met grote ogen te kijken.

'Zullen we een selfie maken?', opperde Koen.

'Wat is dat? Een zel vie?', vroeg Trahern onzeker.

Koen ging naast Trahern staan. Hij sloeg zijn arm om hem heen en hield zijn telefoon voor hen. 'Nu even lachen!' Trahern produceerde een geforceerd lachje. En Koen maakte een foto. Het toestel flitste en Trahern deinsde achteruit en viel haast van zijn stoel. Hij knipperde met zijn ogen. 'Dit is magie, pure magie!'

'Nee hoor', zei Koen 'Iedereen heeft er tegenwoordig een.' Hij draaide zijn toestel om een liet Trahern de foto zien.

Trahern zijn ogen waren zo groot als schoteltjes en hij bekeek het toestel van alle kanten.

'Wat, wat is dat?' Hij voelde aan het scherm en probeerde de foto te pakken, waardoor hij per ongeluk naar andere foto's swipete. 'Dit is net zo magisch als een Aillin!'

'Dat zijn foto's', zei Anne. 'U kunt het vergelijken met schilderijen uit uw tijd. Maar dan gaat het vanzelf.'

Hij keek naar foto' s van Koen en zijn vrienden, huizen, sportauto's en zijn familie. 'Ah, dit moeten jouw vader en moeder zijn', zei Trahern, die stopte bij een gezinsfoto, die bij het laatste kerstdiner was gemaakt. 'Je hebt het figuur en ogen van je moeder en de lengte van jouw vader', lachte hij.

Koen knikte en werd weer rood. Dat van zijn ogen en lengte vond hij leuk om te horen, maar op zijn figuur was hij minder trots.

Trahern bekeek eerdere foto's. 'Het is mij duidelijk dat jullie in een heel andere tijd leven. Wat zijn dat voor rijtuigen en gebouwen die jij op de VO TO hebt staan?'

Koen vertelde over auto's, winkels en huizen uit hun tijd. Anne vulde hem aan en zei dat al deze ontwikkelingen ook een keerzijde hadden. Ze vertelde over de groei van de wereldbevolking, het verdwijnen van de natuur, de uitstoot van CO_2 en het smelten van poolkappen door het veranderende klimaat.

Trahern zuchtte en keek hen teleurgesteld aan. 'Zijn er in jullie tijd nog mensen die geven om de natuur?'

Anne knikte. 'Je hebt gelukkig veel organisaties die nog wel geven om de natuur, zoals het Wereld natuurfonds, Natuurmonumenten en Staatsbosbeheer. Namen die u niets zeggen, maar die wel een belangrijke bijdrage leveren aan het behoud van onze wereld.'

'Gelukkig!', zei Trahern. 'En wat is dat voor grote witte oorwarmer met die vreemde touwtjes?' Hij wees naar Koen zijn hoofdtelefoon.

Anne schudde haar hoofd. 'Niet verstandig Koen!', zei ze streng.

Maar Koen keek ondeugend. Hij zette de koptelefoon op het hoofd van Trahern en koos een dance-nummer. Bij de eerste rustige deuntjes keek Trahern nog om zich heen. Hij begreep niet waar het geluid

vandaan kwam. Maar toen de eerste beat echt losging, sprong hij op en trok wild de koptelefoon van zijn hoofd. Hij trok zijn zwaard en ging dreigend richting de hoofdtelefoon staan 'Dit is zwarte magie, zwarte magie!'
'Ik zei toch dat je het niet moest doen?', zuchtte Anne.
'Sorry!', verontschuldigde Koen zich en raapte de hoofdtelefoon van de grond.
Trahern keek vol ongeloof naar Koen en Anne.
'Voor ons is dat net zo gewoon, als een Aillin die gebroken botten geneest', zei Anne.
Trahern schoof zijn zwaard weer in de schede. 'Hoe kan er nu een orkest uit dat ding komen?', vroeg hij zich hardop af.
'De techniek is in de loop der eeuwen flink vooruit gegaan', glimlachte Anne.
Koen legde snel zijn koptelefoon, smartphone en horloge op een lege plank in de boekenkast naast hem.
Trahern liep naar het keukentje en pakte drie lemen mokken en tapte ze vanuit een vaatje vol. 'Bosvruchtensap. Elke dag vers!'
Ze genoten van het pure sap, dat hun papillen prikkelde. Zelfs Koen vond het lekker.

Er werd op de deur geklopt en een knappe Achondravrouw kwam binnen.
'Ah, daar hebben we Caol', zei Trahern vriendelijk. 'Zou jij hun maten willen opnemen?'
Voor Anne graag een cape als die van mij en de anderen. Voor Koen graag kleding die gemakkelijk zit en niet te opvallend is!'
Caol knikte en begon meteen. Ze legde een latje langs hun armen, benen en taille, noteerde alles op een perkament, groette hen en verliet de ruimte.

'Ben je nog boos op mij?', vroeg Anne aan Koen.
'Ik begrijp het wel. Maar je had mij vast nooit verteld over de Sargas, als we jouw spullen niet hadden gevonden. Of wel?', vroeg Koen
Anne schudde haar hoofd. 'Het geheim van de Orde moet bewaard blijven.'

'Zolang de Orde er is, zal er balans zijn tussen goed en kwaad', zei Trahern 'Zonder het licht van de Aillin zal het duister sterker worden en de balans weg zijn.'
'Maar er is nog iets wat ik niet begrijp', zei Koen. 'Jouw vader is ontvoerd door die vent met zijn ooglap voor een bijl?'
Anne knikte.
'Voor een bijl?', herhaalde Koen 'Dat is pas echt suf.'
Het haasje kwam weer aangehuppeld. Trahern stond op en haalde een briefje uit het rugtasje. Jullie kleren zijn klaar. Laat mij die maar even ophalen, dan kunnen jullie rustig verder praten.'
Anne vertelde Koen van de stenen tablet en de zoektocht naar de bijl in de pingoruïne.
'Maar daar ontvoer je iemand toch niet voor? Stelen had toch ook gekund?'
'Voorwerpen uit die tijd zijn zeer zeldzaam. Het plateau en de bijl samen zijn van onschatbare waarde. Er zijn genoeg particuliere verzamelaars die zoiets in hun bezit zouden willen krijgen, voordat een dergelijk voorwerp als gevonden is aangegeven en in een museum belandt. Maar het enge is..... die man wist van de bijl. En dat is onmogelijk. Wij hebben er niemand over verteld!'
'Maar dan geef je toch die bijl. Dan laat hij jouw vader vrij.'
'Dat zou je denken. Maar ik heb geen flauw idee waar die bijl is gebleven?'
'Wat?', zei Koen verbaasd 'Maar je zei...'
'Dat was bluf. Die man moest denken dat ik hem heb. Ik zei het om tijd te rekken. Ik heb de bijl niet. Nadat mijn vader hem boven water had gehaald, gaf hij hem aan mij. Tijdens mijn ontsnapping heb ik hem weer in de pingoruïne gegooid.'
'Waarom?'
Anne haalde haar schouders op. 'Iets in mij zei dat zo een bijl niet in verkeerde handen mocht vallen. Ik was bang dat ik gepakt zou worden.'
Trahern kwam weer binnen. Hij gaf Anne een cape. Ze nam haar dankbaar aan en trok haar over haar hoofd. Zij viel keurig over haar pak. Niemand kon zo zien dat zij een Sarga was.
'Ik heb jouw kleren klaargelegd op een stoel achter in de voorraadkamer', zei hij tegen Koen.

Koen stond op en ging door de deur, waar Trahern zojuist uit was gekomen. Langs de wanden stonden allemaal stellingen waarop potten, kruiken, buideltjes en vreemde plantjes stonden met naamplaatjes als nieskruid, brandnetelpoeder, berenklauwextract, wespenangels, jeukpoeder en nog veel meer gekke dingen. Hij liep verder naar achteren en kwam bij een stoel, waar kleren overhingen. Hij had stiekem gehoopt ook zo een mooi pak, als dat van Anne te krijgen. Maar zijn kleding leek op dat van Peter Pan. Een maillot, met een overgooier en een riem. Naast de stoel stonden met leer gevoerde laarsjes. Hij trok ze aan en ze bleken verrassend comfortabel te zitten. Hij bekeek zich in de spiegel. Maar voelde zich allesbehalve stoer. Onzeker kwam hij weer de kamer ingelopen.

Anne moest van binnen lachen. Maar zei niets. Het laatste dat zij wilde was Koen kwetsen.

HOOFDSTUK 9
DE ORDE VAN SARGAS

'Kom, laten we naar het Arendsnest gaan; de andere Sargas zullen er zo wel zijn.' Trahern ging hen voor en ze liepen via een deur in de voorraadkamer een lange, met fakkels verlichte, onderaardse gang in. Om de paar meter was de gang gestut met houten balken. Trahern sloeg links en dan weer rechtsaf en uiteindelijk stopte hij bij een zware deur. Hij aaide over zijn Aillin en de deur zwaaide open. Daar achter bevond zich een lange wenteltrap, die verlicht werd door duizenden kleine lantaarns die leken te zweven.
Koen had ooit de vuurtoren op Ameland beklommen. Dat waren 236 treden geweest en ook dat was niet van harte gegaan. Voor zijn gevoel moesten dit minstens zoveel treden zijn geweest toen hij na een kwartier eindelijk boven kwam. Hij stond hijgend in de deuropening waar Anne en Trahern hem stonden op te wachten. Ze gingen door een deur en kwamen in een gigantische ruimte. Zijn oog viel als eerste op een kolossaal hunebed dat langs een van de wanden stond. 'Een hunebed zo hoog? Ach ja', dacht Koen. 'Een boom midden in je huiskamer was tenslotte ook niet normaal.' Hij nam de ruimte goed in zich op. Rondom zaten allemaal kleine raampjes, waardoor het zonlicht prachtig naar- binnen viel. Er was een wenteltrap die naar het dak ging en aan het plafond hingen tientallen kroonluchters. In het midden van de ruimte stond een grote ovalen houten tafel met zeven stoelen. Koen keek vol bewondering naar de prachtige stoelen en tafel. De rugleuningen hadden de vorm van een taxustak en aan de achterkant daarvan waren de Sargafamiliewapens bevestigd. Onder de zes familienamen stonden de namen*Zuidenveld, Middenveld, Dieverderdingspel, Rolderdingspel, Noordenveld en Oostermoer*. De namen kwamen Koen wel bekend voor, maar hij wist niet waarvan. In het midden van de tafel was Ygdrassil uitgesneden, waarvan zijn

takken naar de zeven stoelen wezen. Aan het uiteinde daarvan waren zeven Aillins gekerfd. Door een raam in het plafond viel zonlicht in een straal precies op het midden van de tafel, in het hart van Ygdrassil.

Koen liep naar zeven paspoppen, waar zeven zwarte ridderpakken over hingen. Dezelfde als Anne droeg. Elk in een andere maat en met andere, soms vreemde wapens. Het leek Koen supergaaf om ook een Sarga te zijn.

Ook Anne nam alles goed in zich op. Ze kende het Arendsnest uit de verhalen van haar vader. De tafel had ze zelf nog nooit in het echt gezien. Die stond in de raadzaal van de Orde in Bunne. De raadzaal mocht ze pas in als ze haar vader zou opvolgen. De tafel was nog mooier dan ze zich had voorgesteld. Het moest een gigantische klus zijn geweest om alle vormen in het tafelblad te snijden.

'Welkom in ons Arendsnest! De raadzaal van de Sargas', zei Trahern vol ontzag.

'Waar staan die zes namen voor?', vroeg Koen

'*Drenthe bestond vroeger uit zes rechtsgebieden.' vertelde Anne.' De zogeheten *dingspelen of dingspillen*. Deze waren weer onderverdeeld in *kerspelen*, kerkelijk gemeenten. Dit is eeuwenlang zo geweest.

'Komen jullie naast mij staan?', onderbrak Trahern hen. 'En niet schrikken!'

Hij had het nog niet uitgesproken of er verscheen een poort in het hunebed. Dezelfde als die waar Anne en Koen doorheen waren gekomen. Twee mannen met een donkere cape kwamen door de poort het Arendsnest binnen.

'Trahern!', riepen beide mannen in koor. 'Je leeft en loopt nog!'

'Welkom Bowen en Galen', zei Trahern vriendelijk.

Ze omhelsden elkaar en de mannen deden hun capuchon af. Het hadden tweelingbroers kunnen zijn. Ze hadden hetzelfde postuur en een baardje. Maar de ene had bruine ogen en donker haar en de andere blond haar en blauwe ogen.

Bowen en Galen keken verbaasd naar Koen en Anne. 'En wat doen jullie, kinderen, hier?', vroeg de donkere.

'Ik zal het straks uitleggen', zei Trahern. 'Doe jullie pakken eerst maar aan.'

Er kwam weer een man door de poort. Hij deed direct zijn mantel af. De man was groot en gespierd. Zijn gezicht was getekend door rimpels en hij had een zwarte ruige baard. Hij zag eruit of hij in zijn eentje wel honderd man aan kon. Met grote passen liep hij op Trahern af en tilde hem op alsof hij niets woog. 'Mijn kleine grote vriend. Je leeft nog!', lachte hij. Hij hield Trahern stevig vast en met zijn knokkels wreef hij over zijn hoofd. 'Te lang geleden!'

'Zet me nu maar weer neer Calahan', lachte Trahern.

Calahan liep naar Galen en Bowen en gaf hun een stevige schouderklop en draaide zich vervolgens om naar Anne en Koen. 'Zo, zo, de Wakers worden alsmaar jonger.' Keurend bekeek hij hen en liet zijn blik even op Anne haar Aillin rusten. Maar hij zei verder niets.

'Kleed je om en neem plaats, Calahan', zei Trahern rustig. 'Ik zal het straks uitleggen.'

Een knappe en goed geklede en adellijk uitziende man en een wat minder goed verzorgde ruige man kwamen net na Calahan binnen. 'Concidius en Eburacon', begroette Trahern hen.

De nette man keek Anne diep in de ogen. Anne wist meteen dat hij een van haar voorvaderen was, Johan van Echten. In de hal van het hoofdkwartier hingen van alle voorvaderen een portret vlak naast de raadzaal. Ze had tijdens vergaderingen van haar vader, waar ze nooit bij mocht zijn, vaak op de gang zitten wachten en naar de schilderijen gekeken. Ondanks de boeken die ze over de Sargas in de middeleeuwen, had gelezen had ze zich altijd afgevraagd hoe haar voorvaderen echt waren geweest.

Concidius wendde zijn blik af en keek Trahern vragend aan.

Eburacon leek heel ontspannen en schonk nauwelijks aandacht aan hen. Hij trok direct zijn pak aan.

De mannen namen plaats op hun stoelen en Trahern ging aan het hoofd zitten. Trahern keek de mannen aan. 'Iemand iets gehoord van Donaghy?'

'Die zal wel weer te veel bier hebben gedronken en nu zijn roes aan het uitslapen zijn', lachte Eburacon.

'En daar heb jij geen ervaring mee zeker?', lachte Concidius nog harder.

'Hij zal er zo wel zijn. Ik zal jullie vast voorstellen aan mijn gasten', zei Trahern.

Maar Anne nam zelf het initiatief. Ze keek ontspannen de tafel rond. 'Mijn naam is Morrigan', zei Anne zelfverzekerd. 'En dit is mijn vriend Koen.'

Morrigan, dat is een grote naam voor een jonge vrouw', zei Bowen met ontzag. 'Een naam die niet zomaar gegeven wordt.'

' Wat betekent Morrigan?', vroeg Koen zachtjes.

'Godin van dood en oorlog!', riep Calahan. Hij had blijkbaar zulke scherpe oren, dat hij de vraag van Koen had gehoord.

'Morrigan en Koen hebben mij vandaag gered', zei Trahern. Hij vertelde van zijn been, hun komst uit de toekomst, van de demonische ridders en de stenen reus.

De leden keken elkaar geschrokken aan.

'Er heeft een verstoring in tijd plaatsgevonden. Wat wij vandaag zagen was zwarte magie in zijn puurste vorm, ' zei Trahern. 'Het is al eeuwen geleden dat het kwaad zo dicht bij ons Arendsnest was en dat verontrust mij. We moeten vannacht nog uitzoeken welke duistere macht hierachter zit.'

HOOFDSTUK 10
SOLDAAT VAN DE VOS VAN STEENWIJK

Trahern had de woorden nog niet uitgesproken, of ze werden opgeschrikt door een luid geschal van een hoorn.
'Dat is de *boerhoorn*', riep Trahern. 'Anne en Koen volg mij! De rest blijft hier!'
Anne deed haar helm op en de kruisboog en schild weer op haar rug. Voor de buitenwereld moesten Sargas altijd hun ware identiteit verbergen en mochten ze nooit zonder wapens vertrekken.
Trahern liep naar het wenteltrapje en Anne en Koen volgden hem naar boven.
'Wat is de boerhoorn?', vroeg Koen, terwijl hij hijgend achter Trahern en Anne aan sjokte.
'Dat is een koeienhoorn waarop wij blazen als er iets belangrijks te melden is of wanneer er gevaar dreigt.'
Ze kwamen op een dakterras. Rondom was een houten omheining, waar Anne en Koen net overheen konden kijken. De omheining bestond uit prachtig houtsnijwerk. Om de meter stonden kanonnen waarvan de lopen door gaten naar buiten staken. In het midden van het dak stond een grote olijfboom, die zo te zien ook eeuwenoud moest zijn. In zijn takken hingen allerlei gekleurde lampionnen. Er stonden op vier punten langs de omheining statieven met daarop ronde glazen medaillons, die wel wat weg hadden van vergrootglazen. Verder stonden op het terras een aantal houten zonnestoelen en houten bankjes en tafeltjes.
Trahern gebaarde dat ze achter hem aan moesten lopen en liep naar de olijfboom. 'Jullie gaan nu iets meemaken, dat maar weinig mensen hebben ervaren. Het is alleen voor noodgevallen, maar het moet toch af en toe getest worden.' Trahern drukte op de ruwe stam van de olijfboom en ze hoorden een krakend geluid. Een luik onder de stam

ging open. 'Voorzichtig achter mij aan stappen, anders val je honderdveertig voet naar beneden.' Ze liepen een aantal treden af, voor ze op een plateau kwamen. Ze stonden nu onder het Arendsnest, dat tussen de toppen van vier gigantische eiken was gebouwd. Koen schatte dat ze wel 45 meter hoog moesten zijn.

Als bij een wildwaterbaan van een pretpark stonden er twee uitgeholde boomstammen op een schans. Koen liep naar de rand en zag een soort houten bobsleebaan die met stevige touwen tussen de bomen hing. De eerste twintig meter ging hij vrijwel loodrecht naar beneden, om vervolgens minder stijl onder het bladerdek te verdwijnen.

'Stap je nog in?', vroeg Trahern aan Koen.

Koen nam aarzelend plaats achter Anne, die al achter Trahern zat.

'Zijn wij er klaar voor?', riep Trahern. Hij trok aan een hendel, waardoor de rem van de wielen ging. De boomstam maakte haast een vrije val en schoot toen pijlsnel over de baan tussen de bomen door. Koen z'n maag draaide bijna om. Het was dezelfde beleving als in een achtbaan. Maar dan tien keer heftiger. Anne had haar ogen dicht en legde ontspannen haar hoofd in de nek. Voor ze er erg in hadden, remde Trahern de boomstam alweer af. Koen zag voor zich een grote eikenboom opdoemen en zette zich schrap voor de klap. Maar Trahern trok aan een tak van een passerende boom en in de stam van de eikenboom voor hen klapten twee deurtjes open. Ze kwamen binnen in de boomstam tot stilstand.

'Wat als u die tak had gemist en de deurtjes niet open waren gegaan?', vroeg Koen geschrokken.

'Dan hadden we vast geen goed gesprek meer kunnen voeren', lachte Trahern.

Ze sprongen eruit en renden tussen de grote bomen door naar een open plek, waar een grote groep Achondramannen en -vrouwen in een kring stond. Trahern wurmde zich door de menigte en Anne en Koen volgden zijn voorbeeld. In het midden van de kring zat een man naast een paard strak voor zich uit te kijken. De man had vlassig donker haar en zijn gezicht was ingevallen, waardoor zijn jukbeenderen wat uitstaken. In zijn hoofd had hij een paar holle vermoeide ogen. 'Hij had veel weg van een drugsverslaafde. Maar die waren er in die

tijd vast niet', dacht Anne.
'Wat is hier aan de hand Gerwin?', vroeg Trahern aan een keurige adellijk uitziende Achondraman.
'Dit is een soldaat van *Roelof de Vos van Steenwijk* uit het Dieverderdingspel', antwoordde Gerwin op militaire toon 'Hij kwam hier uitgeput aan en bleef de woorden: 'Beesten, beesten, Roelof dood, Roelof dood!', herhalen. Nu dringen wij niet meer tot hem door.'
Trahern zijn blik veranderde en hij wenkte twee vrouwen. 'Verzorg deze man! Gerwin, roep vijftig van onze beste mannen in oorlogsuitrusting bijeen, verdubbel hier en bij de grenzen van de dingspelen de wacht.'
Anne en Koen werden door de vele Achondra's vreemd aangekeken. Dit had misschien met de lengte van Koen te maken. En een vrouwelijke Sarga was ook nieuw voor hen.
Niet veel later stonden Gerwin en vijftig zwaarbewapende Achondra-soldaten op hun paarden voor Trahern.
Koen keek zijn ogen uit. De soldaten zagen er gaaf uit. Ze droegen prachtige matzwarte helmen, harnassen, schilden, lansen en vlaggen met de afbeelding van Ygdrassil. Een deel van de soldaten droeg geen lans of zwaard, maar een pijl en kruisboog. Over de lichamen van de paarden lag een blauw kleed, versierd met kleine boompjes en de benen werden beschermd door windsels. Gerwin droeg als enige een blauwe cape en een schede met zwaard, waarvan het handvat goudkleurig was.
'Ga naar het Dieverderdingspel en probeer te achterhalen, wat daar is gebeurd en kom direct terug om te rapporteren', commandeerde Trahern.
Gerwin knikte en verdween met zijn manschappen tussen de bomen.
Er kwamen een ruige man en twee soldaten op Trahern aflopen.
'Fergus, je moet de wacht bij de *Markes* versterken en verkenners naar de overige dingspelen sturen! Zorg dat alle paarden gevoed en gezadeld en wapens gereed staan. Verstevig de *houtwallen* in het bos ', zei Trahern weer kort en duidelijk. 'O ja, mijn paard is vanmiddag bij de oostelijke grafheuvel gesneuveld. Begraaf haar eervol en verzamel sporen die mij kunnen vertellen wie ons heeft belaagd!'
Fergus knikte en hij en de twee soldaten liepen weer weg.

'Dit is zeer ernstig. Roelof was een goed man. We gaan terug naar het Arendsnest om het de Orde te vertellen.'

Trahern liep met hen naar een grote eikenboom. Hij drukte op een noest in de stam en de bast ging een stukje open. Ook deze stam bleek hol te zijn en ze stapten de krappe ruimte binnen. Trahern haalde weer een hendel over en de ruimte kwam in beweging. Maar in plaats van omhoog gingen ze een stuk naar beneden en kwamen weer in de onderaardse gangen. Ze liepen een stuk tot ze weer bij de deur met de lange trap kwamen. Na alle treden te hebben beklommen, stonden ze weer in het Arendsnest.

Trahern schoof twee krukjes naast die van hem. Hij gebaarde naar Koen en Anne dat ze moesten gaan zitten. Iedereen keek gespannen naar Trahern.

'Ik heb een trieste mededeling. Roelof de Vos van Steenwijk is mogelijk gedood!'

Een rumoer steeg op van de tafel.

Calahan draaide zijn dolk rond in zijn hand en met al zijn kracht stak hij die in de tafel. 'Degene die Roelof heeft gedood zal boeten!', bulderde hij. 'Wie heeft dit op zijn geweten?'

Trahern gebaarde dat iedereen stil moest zijn. 'Klaas, de trouwe knecht van Roelof, heeft kunnen ontsnappen. Hij vertelde dat Roelof door beesten is gedood. Maar verder weten wij niets. Wij dringen niet meer tot hem door. Koen, Morrigan en ik werden vandaag ook door grommende beesten achterna gezeten, maar of dit dezelfde beesten zijn weet ik niet. We zullen Klaas ondervragen, als hij weer aanspreekbaar is. Ik heb mijn mannen naar de Dieverderdingspel gestuurd, om te achterhalen wat er gebeurd is, en zodra ze meer weten zullen ze rapport aan mij uitbrengen.'

Er verscheen een poort in het hunebed en een onverzorgde man stapte het Arendsnest binnen. Zijn mantel was gescheurd en om zijn voeten droeg hij een stel versleten laarzen.

'Donaghy, wat fijn dat je hier zo snel kon zijn', zei Trahern sarcastisch. 'Neem plaats.'

De man nam een walm van drank en braaksel met zich mee en plofte op zijn stoel.

'We zijn hier bij elkaar, omdat duistere machten in Drenthe ronddwa-

len. De afgelopen weken is de natuur in Drenthe op meerdere plekken leeggezogen. De natuur die belangrijk is voor onze planeet en die wij hebben gezworen te beschermen. Het is tijd dat wij het licht van de Aillin laten schijnen en ten strijde trekken!'
Alle Sargas sloegen met hun vuist vier keer op tafel en riepen: 'NEC TEMERE, NEC TIMDI!'
'Wat betekent dat?', vroeg Koen aan Anne
'Noch Roekeloos, Noch Vreesachtig', zei ze zachtjes
'Zouden jullie allemaal je Aillin in de tafel der verlichting willen leggen?'
De Sargas legden hun tak in de uitgesneden vormpjes in de tafel. Iedere Aillin begon helder te schijnen. Het licht liep als een warme vloeistof door gootjes naar het midden van de afbeelding van Ygdrassil. Een bundel energie schoot omhoog door het raampje boven de tafel. Op het dakterras werd het licht via de glazen statieven naar elke uithoek van het Achondrabos gestraald. Koen keek naar buiten en even zag hij een koepel van energie over het bos verschijnen, die langzaam weer vervaagde.
'Jullie mogen je Aillin weer om doen. Het bos en Ygdrassil zijn beschermd tegen duistere machten.'
De leden sloegen weer vier keer met hun vuist op tafel.
'Heeft iemand de afgelopen tijd vreemde dingen gezien of gehoord, die met deze gebeurtenissen te maken hebben?'
Concidius nam het woord: 'Het Kasteel van Coevorden wordt de laatste tijd zwaar bewaakt. Niemand mag in de buurt komen. Blijkbaar bevindt zich daar iets wat zwaar bewaakt of beschermd moet worden. Ik heb geprobeerd te achterhalen wat daar is, maar niemand lijkt van iets te weten.'
'Het is een begin', zei Trahern. 'Concidius, Eburacon en Donaghy, ik denk dat jullie vannacht maar een bezoekje moeten brengen aan het kasteel in Coevorden. Calahan. Jij bent de enige met een groot leger. Kun jij morgenvroeg met jouw mannen hier naartoe komen? Als Roelof en zijn mannen werkelijk zijn gedood, kunnen wij elke gewapende man gebruiken.'
Calahan knikte.
'Sla je kamp achter ons bos op. Ik wil jouw mannen dichtbij hebben, mocht het nodig zijn.'

'Galen en Bowen. Jullie gaan vannacht bij onze informanten in de dingspelen langs en probeer aanwijzingen te vinden over waar deze duistere kracht vandaan komt.'

De mannen knikten.

'Dan lijkt het mij verstandig, dat jullie eerst nog naar het trainingsveld gaan en zie ik jullie straks bij het eten!'

De Sargas sloegen weer vier keer met hun rechter vuist op tafel: 'NEC TEMERE, NEC TIMDI!' en verlieten de tafel.

Koen keek jaloers naar hun pakken en wapens, hun vreemde wapens. Anghus had een soort kruisboog, waar ijzeren schijven in gingen. Bowen droeg een stok met daaraan een bol met punten. Donaghy droeg op zijn heupen twee Nunchaku vechtstokken met een ketting ertussen, die Koen kende uit Aziatische vechtfilms. Calahan droeg een gigantisch zwaard op zijn rug en Concidius en Eburacon hadden, zo leek het, elk een eenvoudige pijl en boog. Maar allemaal hadden ze een ding gemeen. Een rond schild en een zwaard met de inscriptie *ENGERIHFECIT*. Koen wist intussen dat ENGERIH de Achondrasmid was die deze zwaarden had gesmeed. Eenzelfde zwaard kon je nog altijd in het Drents museum bewonderen, zo had Anne hem verteld.

Koen keek de Sargas na, die twee aan twee het Arendsnest uit 'huunden'.

HOOFDSTUK 11
DE ACHONDRA'S

'Het is tijd dat ik jullie laat zien hoe wij Achondra's leven. Komen jullie mee?' Ze gingen via de trap naar beneden en liepen achter Trahern aan en kwamen weer in de onderaardse gangen. Na enkele meters sloeg hij een gang in, die dood leek te lopen. Maar toen ze verder liepen, bleken er twee wanden voor elkaar gezet te zijn, zodat het van een afstand als een wand leek.

Ze glipten ertussendoor en Trahern stapte in een houten box. Anne en Koen schoven naast hem. 'Daar gaan we weer', riep Trahern. Hij trok aan een hendel en de box schoot omhoog tot die in een donkere ruimte tot stilstand kwam. 'Leuk hè, zo een hefplatform!', lachte Trahern. Een idee van één van mijn uitvinders.' Hij wreef over zijn Aillin en voor hen ging een deur open. Ze stonden nu in het bos en ze zagen dat ze weer uit de stam van een grote eik waren gekomen. Ze liepen dieper en dieper het bos in. Hoog boven hun hoofden zagen ze loopbruggen tussen de bomen, waarop kinderen vrolijk aan het spelen en rennen waren. Het deed Anne denken aan het * Boomkroonpad in Drouwen*, waar ze als kind vaak was geweest. Hier kun je ook op soortgelijke bruggen tussen de boomtoppen lopen.

Trahern zag hen kijken. 'Dat zijn noodbruggen. Een labyrint van verborgen paden, hoog in de bomen, waar geen vijand bij kan. Ik zal jullie dat later nog wel eens laten zien.'

Ze liepen nu over een lang en smal pad. Langs weerszijden stonden gigantische eikenbomen. Ze hoorden prachtig gezang en keken om zich heen. Het leek vanuit de stammen te komen. In de bast van de bomen verschenen silhouetten van ridders. Ze leken vredig te slapen. In elke boom die ze voorbij liepen zagen ze weer een andere ridder.

'Dit is de laan van de eeuwige strijders. Iedere Achondrakoning of -ridder die sterft wordt bijgezet in deze bomen. Ze vergroeien dan met de stam en worden er één mee. Zo geven wij de kracht die de natuur ons eens schonk weer aan haar terug. Hun geest blijft op deze manier met ons verbonden.'

Na enkele minuten kwamen zij bij een groot veld midden in het bos 'Welkom in onze schatkamer', zei Trahern trots.

Ze stonden voor een open plek van wel vier voetbalvelden groot, die door een zandpad in tweeën werd verdeeld. Ze liepen met Trahern het pad af en Koen en Anne keken hun ogen uit. Links stonden allemaal *plaggenhutten*. De kleien huisjes, waarvan het dak tot aan de grond liep en bedekt waren met mossen en grassen, gaven het een sprookjesachtige sfeer. Rechts van het pad was een boomgaard. Naast de vele fruitbomen stonden er ook tal van bessenstruiken en lagen er akkertjes waarop groenten werden verbouwd. Een stukje verder waren *houtwallen*. Achter deze natuurlijke erfafscheidingen graasden koeien, schapen en geiten.

'Hier leven wij van', zei Trahern. 'Wij gebruiken alles wat de natuur ons geeft. Van de wol maken we kleding, kussens en dekens. De melk van de koeien en geiten gebruiken wij om te drinken en kaas van te maken. De oude koeien slachten wij en van de huiden maken wij leer.' Hij wees naar een aantal houten rekken naast de huisjes, waar huiden tussen waren gespannen. 'Daar maken wij straks riemen, schoeisel en kruiken van. Kom, dan laat ik het jullie van dichtbij zien.'

Ze liepen naar een veld achter de huisjes. Een aantal vrouwen was daar druk bezig met het spinnen van wol, het looien van leer en het maken van kruiken. Maar ook een aantal vrouwen was oude kleding in stukken aan het scheuren en gooiden die in een ketel. Andere vrouwen gooiden het van een ketel weer in een grote houten bak, waarbij een ezel aan een wiel draaide. Mannen haalden uit de houten bak een soort pap die ze gingen zeven en als laatste werd er een goedje aan toegevoegd.

'Wat doen deze mannen en vrouwen?', vroeg Koen, die altijd geïnteresseerd was in technieken waarvan hij het bestaan niet kende.

'Dat is een papiermolen. Daar maken wij papier. De lompen, oude kleding, halen wij uit grote steden als Groningen, Meppel, Coevorden en Leeuwarden en scheuren ze hier in repen. Die repen worden gekookt en dan mengen wij ze met loog. Vervolgens hakselen we ze tot fijne deeltjes in de papiermolen, om daarna de pap te drogen en te bewerken en uiteindelijk blijft het papier over.'

Voor Koen en ook Anne waren al deze ambachten bijzonder om te zien. In hun tijd vroeg niemand zich immers af, hoe iets gemaakt werd. De boekhandel was toch de snelste manier om aan je printpapier te komen en schoenen en kleding bestelde je via internet.

Ze liepen verder en zagen tientallen mannen die tonnen, wielen en zelfs complete koetsen fabriceerden. 'Wij, Achondra's, worden ook wel 'boomklievers' genoemd, omdat wij meesters in houthakken zijn en alles van hout kunnen maken, dat je maar kunt bedenken.'

En daar was niets aan gelogen. Vier mannen hadden elk een stam voor zich staan en begonnen met hun kleine bijltjes super snel te hakken. Binnen enkele minuten hadden ze elk een ridder uit het blok hout gehakt.

Ze waren nu aan het einde van het pad gekomen. Onder begeleiding van vrolijke muziek waren vrouwen en kinderen druk bezig met het vlechten van kransen, het verven van uit hout gesneden zonnen en het maken van andere versieringen.

'Daar bereiden we ons zonnefeest voor. Ieder jaar doen wij dat op de derde dag in augustus. De zon is het licht. En zolang het licht schijnt, zal er geen duisternis zijn. Overmorgen is het een heel bijzondere dag. Eens in de tweehonderd jaar zijn er vijf zonsverduisteringen. Dat vieren wij met een zevendaags feest. Deze vrouwen en kinderen zijn het al maanden aan het voorbereiden.'

'Het is echt geweldig', dacht Anne. Voor haar was het een droomwereld. Een volk dat zelfvoorzienend was en genoot van het leven.

Koen keek naar een veld, waar honderden gestapelde blokken stonden. Hij kon niet zien of het hout of aarde was. 'Wat zijn dat voor stapels?', vroeg hij nieuwsgierig.

'Dat noemen we *turf*. Daarmee stoken wij onze huisjes warm. We steken het naast ons bos uit de grond. Maar het meeste komt uit de veengebieden ten westen van Vries.'

Ze liepen weer verder. Aan het einde van het pad zagen ze mannen kleine vaten op een kar laden.

'Dit zijn de belangrijkste producten voor de handel. In deze vaten zit aluin, buskruit en olie.

'Wat is aluin?', vroeg Anne
'Aluin is een vloeibaar goedje, waarmee je houten palen kunt insmeren, zodat ze niet gaan rotten. Wij gaan alle markten af en verkopen wat wij hier verbouwen en maken. De karren worden nu volgeladen voor de markt in *Anloo* van overmorgen.'
Ze liepen rustig over het zandpad terug en Anne en ook Koen genoten van dit hardwerkende en vriendelijke volk.
'Kom dan laat ik jullie nog de huisjes zien'. Anne kende de huisjes wel van het *Veenpark*. Een museum bij het Drentse *Barger-Compascuum* Ze wist dat de hutten in de 19^e eeuw bewoond werden door arme mensen. Vooral in Drenthe Friesland en delen van Overijssel. In Friesland waren er zelfs dorpjes, waar men tot in de jaren zestig van de vorige eeuw in deze primitieve hutten woonden. Dat de Achondra's, die zeker niet arm leken te zijn, al zo woonden, vond ze dan ook opmerkelijk.
Koen rook een heerlijke etensgeur. Hij snoof het op en het water liep hem al in de mond.
Trahern ging hen voor het huisje in. Het huisje bleek allesbehalve armoedig en klein te zijn. Vanaf de buitenkant leek het armoedig. Maar toen ze naar binnen liepen, bleek het grootste gedeelte zich onder de grond te bevinden. Ze liepen een aantal treden af en stonden in een groot vertrek waar houten kasten, stoelen, bedden en andere voorwerpen stonden. Alles was prachtig bewerkt en had koninklijk sierlijke vormen. Er was een grote tafel voor tien personen gedekt. Het zag er heel anders uit, dan in de 21^e eeuw. Borden waren vierkante plankjes, aan de rechterkant lag een mes en stond een houten beker. Er lag een homp brood, waarvan Anne wist dat die werd gebruikt om vlees op te leggen, zodat de sappen erin trokken. Er stonden kandelaars waarin kaarsjes branden, die het geheel een feestelijke sfeer gaven.
Op de tafel stonden dampende schalen met vlees en kommen met fruit en brood. Boven het haardvuur hing een wildzwijn aan een spies te braden . 'Die knort niet meer, maar mijn maag des te meer', lachte Koen.
'Welkom in mijn huis', zei Caol de Achondravrouw, die eerder die dag bij hen de kledingmaten had opgemeten. Ze gebaarde dat ze plaats

mochten nemen. Ze droeg prachtige paarse fluwelen kleding en ze had het haar mooi opgestoken.

'Nog bedankt voor de kleren', zei Koen uit beleefdheid. Hij meende er niets van, want hij voelde zich nog steeds voor schut lopen.

'Caol en haar zussen zijn de beste kledingmakers in Drenthe', zei Trahern met respect.

De deur ging weer open en Calahan, Anghus, Bowen, Donaghy, Eburacon en Concidius kwamen binnen.

'Lekker getraind?', vroeg Trahern.

De mannen knikten.

'Dan zullen jullie wel trek hebben. Tast toe!'

Ze genoten van de maaltijd en de verhalen die Trahern over zijn volk vertelde en van de avonturen die de Sargas hadden meegemaakt. Koen leerde er erg veel van. Anne vertelde dat in hun tijd de Orde ook niet stil zat. Dat er nog steeds demonische wezens ronddwaalden in de Drentse bossen. 'Maar', zo vertelde ze, 'Het meeste gevaar schuilde in de mensheid zelf.' Als voorbeeld noemde ze de vorige winter. Het was de warmste winter sinds de meting in 1880. Opwarming van de aarde door de uitstoot van CO_2 en het verdwijnen van de oerbossen was het grootste probleem. Een bedreiging waar de Sargas op politiek niveau tegen vochten. Ze hadden daarvoor stichtingen opgericht en kochten natuurgebieden aan. Het was daarom niet verwonderlijk dat Drenthe nog altijd de dunst- bevolkte provincie van Nederland was en een van de weinige provincies, waar de natuur een comeback maakte. Allemaal mede te danken aan de Orde en hun samenwerking met Natuurmonumenten.

Het was al donker toen Koen en Anne Caol bedankten en zij en de Sargas het huis verlieten.

Trahern sprak nog even met de Sargas, die op missie zouden gaan, en even later zagen ze de zes mannen verborgen onder hun mantels op paarden tussen de bomen verdwijnen.

Het veld was allang verlaten en in slechts enkele huisjes brandde nog licht. Er stonden honderden lantaarns aan weerzijden van het pad. De weg van lichtjes liep helemaal tot in het bos. Er zaten geen kaarsen in. Het leken eerder kleine ledlampjes.

'Wauw!' zei Anne 'Wat een prachtig gezicht'

'In elke lantaarn zitten tientallen gloeiwormpjes. Zo kunnen wij 's nachts de weg naar huis vinden!'

Ze liepen stilletjes over het pad en niet veel later kwamen ze vermoeid aan in het huis van Trahern.

Voor de stam van Ygdrassil lagen al matrasjes en wollen dekens klaar.

'Daar mogen jullie slapen', zei Trahern.

Moe van het eten en alle indrukken deden ze hun kleren uit en schoven onder de dekens en vielen in een diepe slaap.

HOOFDSTUK 12
ZWAARDVECHTEN VOOR DUMMIES

De volgende morgen werden ze wakker door de felle zon die door de raampjes in het plafond naar binnen scheen. Trahern was al op en stond rustig bij het fornuis in verschillende pannetjes te roeren. Het huis was gevuld met de geur van gebakken ei, spek en warme broodjes.
'Goedemorgen', zei Trahern vriendelijk 'Mag ik jullie uitnodigen aan de ontbijttafel?'
Anne en vooral Koen namen dankbaar plaats aan de tafel.
Op het tafeltje bij het keukentje had Trahern twee bordjes neergezet. Op ieder bordje lagen twee heerlijk broodjes en verder stonden er mokken met melk en warm kruidenwater voor hen klaar. Koen wist dat thee en koffie pas tijdens de VOC naar Nederland werd geïmporteerd en dat, als hij een kopje koffie wilde, daar nog bijna zeventig jaar op zou moeten wachten.
Anne en Koen schoven aan het tafeltje en lieten zich het ontbijt goed smaken. Op het ene broodje zat kaas en op de andere heerlijke bosbessenjam.
'Trahern, die de eieren met spek klaar had, gooide er één bij Anne op het bord.
'Oh, vriendelijk bedankt', zei Anne. 'Maar ik sla dit ei over.'
'Anne je moet echt goed eten, want het wordt een zware dag', zei Trahern bezorgd.
'Dat is het niet', verontschuldigde Anne zich 'Het is echt heel aardig en goed bedoeld van u, maar ik ben een vegetariër.'
Trahern fronste zijn wenkbrauwen. 'Wat is dat voor een bijzonder mens? Een vage terriër?'
Koen moest lachen om de opmerking en viste het ei met spek uit Annes bord.
'Een vegetariër is iemand die geen vlees eet', zei Anne.

'Ik hoor en zie veel rare dingen', reageerde Trahern verbaasd. 'Maar dit is nieuw voor mij.' Hij tikte nog een eitje stuk op zijn pannetje 'Eet je dan wel ei? Want je weet toch dat een ei een kip wordt?'
Anne reageerde niet en knikte alleen maar. Ze had die opmerking al te vaak gekregen en had niet de behoefte, zich telkens te verantwoorden.
'Zijn er nog meer merkwaardige dingen, die ik moet weten, voordat ik jullie lunchpakket klaarmaak?'
Ze schudden beiden hun hoofd.
'Hoe is het met jouw vechtkunsten, Koen?'
Koen dacht na. 'Wat had hij nu voor ervaring? Online gamen. Zou dat ook mee tellen? Strategie of het uitvinden van dingen. Maar vechten? Dat had hij buiten zijn computergames om nog nooit gedaan,'
'Ik heb nooit gevochten', zei hij voorzichtig.
Trahern keek hem aan. 'Dat dacht ik al. Ik heb Calahan al gevraagd, of hij jou wat wil bij brengen. Het is hier doden of gedood worden!'
Koen, die net weer een stuk brood in zijn mond deed, kon dat haast niet weg krijgen. 'Dood?'
'Ik heb het volgende voor jullie klaar gemaakt. Broodjes met ei, voor Koen bedoel ik, en kaas en jam. Verder heb ik voor elk een appel, wat bosvruchten en een kruikje met bessensap. Het zit allemaal in dit rieten mandje en met deze leren riem doe je hem open en dicht.'
Trahern haalde vervolgens een buideltje tevoorschijn. 'Dit buideltje bevat zestig gouden Carolusguldens' Hij drukte het zakje in de hand van Koen. 'Zo, jij bent nu een heel rijk man!'
'Carolusguldens?', vroeg Koen.
'Deze munt is in 1517 door *Karel V* ingevoerd. Hij is heerser over Nederland.'
Trahern pakte twee muntjes en gaf één aan Anne en één aan Koen, zodat ze het konden bekijken.
'Maar hij is niet zomaar iemand!', vertelde Trahern. 'Karel de Vijfde was door de dood van zijn vader, Filip van Bourgondië, al op zijn 15ᵉ heerser. Zijn volledige naam is Karel van Luxemburg uit het Duitse huis Habsburg, heerser der Nederlanden, keizer van Rome en koning van Spanje.'
'Daarom dus de tekst in het volkslied *Ben ik van Duitsen bloed* en *heb*

ik de Koning van Hispanje altijd geëerd', reageerde Koen enthousiast.
Trahern keek hem verbaasd aan. 'Wat is nu weer een volkslied?'
'Oh, laat maar', lachte Koen.
'Keizer Karel, zoals wij hem noemen', vervolgde Trahern. 'Komt nooit in Drenthe. Hij heeft het te druk met oorlog voeren tegen de Fransen. Af en toe trekken zijn legers vanuit het zuiden door Drenthe naar Groningen. Wij zijn als Drenthe een neutraal vredelievend gebied en hebben met niemand problemen. En dat hopen wij ook zo te houden. Maar genoeg verhalen. Calahan zal wel op jullie wachten in het gastenverblijf.'
Ze pakten de lunchpakketten en liepen door de onderaardse gangen naar eenzelfde deur, als die van Trahern, en klopten aan.
'Ah, Koen en Morrigan!', zei Calahan met zijn zware stem. 'Welkom in mijn luxeverblijf.' Hij hield de deur voor hen open en het drietal liep naar binnen.
Anne en Koen keken rond. Het zag er allesbehalve luxe uit en ook een stuk minder gezellig, dan bij Trahern. Er was een haard en een soortgelijk fornuis, als dat van Trahern, een bed, een tafel met vier stoelen en aan het plafond boven de tafel hing een grote kroonluchter. Maar geen mooie raampjes, waar zonlicht doorkwam, of enig andere aankleding. Het enige opvallende was het imposante goudkleurige harnas en wapentuig met een familiewapen erop die in een erkertje stonden.
'Dit is wel iets anders dan bij Trahern, of niet?', lachte Calahan, die hun gedachten leek te lezen.
Anne en Koen wisten niet zo goed, hoe ze moesten reageren, en keken de kamer rond.
'Neem plaats aan de tafel' zei Calahan vriendelijk. 'Willen jullie wat drinken?'
Ze bedankten hem vriendelijk.
'Jullie zitten vast vol van een vorstelijk ontbijt. Dat kan niet anders, want bij de Achondra's is een dag zonder eten een dag niet geleefd', lachte Calahan. 'En Trahern heeft vast weer zijn stinkende best gedaan met de lunchpakketten. Dat deed hij namelijk ook altijd voor mijn kinderen. Als je niet beter wist, zou je denken dat Trahern een vrouw was.' Hij bulderde van het lachen.

Trahern gebaarde met zijn hand dat Calahan gek was.
'Mijn mannen hebben hier vlakbij het kamp opgeslagen', zei Calahan toen hij uitgelachen was. Hij pakte een kan van het vuur en schonk zichzelf wat in. Rustig kwam hij aan de tafel zitten en keek Anne en Koen doordringend aan. Anne zag in zijn ogen een gehard man, die heel wat mee gemaakt leek te hebben. Maar net als bij Trahern voelde het vertrouwd aan. Koen werd onzeker van zijn doordringende blik en deed net of hij een beetje rond keek.
'Dus wij gaan tegen het kwaad strijden?', vroeg Calahan vrij direct.
'Ja!' zei Anne zelfverzekerd.
'Mooi, dat is dan duidelijk.' Calahan blies de damp van zijn hete drinken weg en nam rustig een slok en keek hen nog even aan zonder iets te zeggen.
'Ik begreep dat jij nog nooit hebt gevochten, Koen?'
Koen schudde zijn hoofd.
'Aan mij en Morrigan dus de schone taak om jou te leren vechten. We zullen zo naar het trainingsveld gaan en als er tijd over is zal ik jullie Vries en omgeving laten zien. Maar voor we gaan, wil ik Koen de regels van de Sargas vertellen.
'Regels?', dacht Koen. Hij had helemaal geen zin in regels. Hij wilde leren vechten.
'We mogen zo min mogelijk van elkaars levens weten. Sargas zullen elkaar in het dagelijks leven nooit bezoeken of zomaar met elkaar praten. Dus kom je een van ons tegen, wees dan formeel en afstandelijk. Buitenstaanders moeten eerder het gevoel hebben dat we elkaar niet, dan wel mogen. Wij werken veelal 's nachts. Wij dragen in het openbaar een cape, zodat mensen onze pakken niet kunnen zien. Onze wapens vervoeren wij in leren tassen. Door het 'hunen' kunnen we heel Drenthe door. Maar voor je gaat 'hunen', verken je eerst goed de omgeving. Niemand mag ooit te weten komen hoe wij ons verplaatsen. Een Sarga laat nooit een van de andere leden achter. Wat er ook gebeurt, we zullen hem, sorry, of haar, altijd weer proberen te redden. Wanneer een van ons tijdens de strijd sneuvelt, zullen wij het lichaam thuisbrengen en bijzetten in 'de laan van de eeuwige strijder.'
Calahan kon zijn verhaal niet afmaken, omdat er op de deur werd

gebonkt. 'Binnen', riep Calahan.
Fergus, de ruige Achondraman die ze de dag ervoor al hadden, gezien stapte binnen. 'Wij hebben bericht van Gerwin en zijn mannen', zei hij op een serieuze en militaire toon.
Trahern nam het briefje aan. Zijn gezicht betrok bij het lezen. Hij keek hen aan en zuchtte diep. 'Wij hebben inderdaad een vriend verloren. Roelof de Vos van Steenwijk en zijn mannen zijn gedood.'
Calahan balde zijn vuisten en sloeg op de tafel. 'Maar wie of wat heeft hem dan gedood?'
'Ze hebben bij het natuurgebied een duister slachtveld aangetroffen. In stukken gescheurde soldaten en paarden. Van Roelof hebben ze slechts wat kleding en een hand met zegelring gevonden', zei Trahern. 'Aan de tandafdrukken te zien, moeten het wolfachtige beesten zijn geweest. Alleen ken ik geen enkel beest dat zo bloeddorstig is. Wat misschien nog verontrustender is, is dat de natuur in Diever ook helemaal is leeggezogen. Gerwin beschrijft dat er van eeuwenoude bomen slechts dunne sprietjes over zijn. Het gras en de planten zijn dood. Geen enkel levend dier is meer te vinden in dat gebied.'
Trahern keek Calahan aan. 'De levenloze natuur hebben wij als orde in de afgelopen weken al eerder gezien. Maar het komt dichter en dichterbij!'
'Ik zweer op mijn huis, dat ik mijn leven zal geven, om de daders op te sporen en te laten berechten', bulderde Calahan.
Fergus stond nog steeds in de deuropening. 'Er is nog iets dat u moet zien.'
Hij gaf een doek waarin lange voorwerpen zaten.
Trahern rolde het open op tafel. Er zaten vijf pijlen, een zwaard en mantel in. 'Dit zijn de pijlen uit uw paard en één van de zes zwaarden en mantels die ik vond op de plek, waar uw paard is gedood.'
Trahern bedankte hem en Fergus verliet de ruimte.
Calahan en Trahern bekeken de wapens goed. 'Denk jij wat ik denk?', zei Trahern.
Calahan knikte. 'Het zijn wapens van soldaten van de keizer.'
'Dit roept alleen maar meer vragen op!', zei Trahern, terwijl hij nadenkend door zijn baard wreef. 'Hoe komen die demonische ridders aan die wapens? Hopelijk hebben de andere Sargas afgelopen nacht

aanwijzingen gevonden.'

Calahan keek Koen aan.

Koen werd er onzeker van en staarde naar zijn tenen.

'Koen, zou jij eens willen gaan staan?'

Koen ging aarzelend staan en Calahan kwam naast hem staan. Hun schouders waren bijna op gelijke hoogte. 'Jij bent bijna groter, dan ik ben. Hoe jong ben jij?'

'Veertien.'

Calahan haalde onder zijn kleding zijn Aillin tevoorschijn. 'Zou jij deze eens willen vastpakken?'

Koen wist niet waarom hij dat moest doen, maar deed maar wat Calahan van hem vroeg. Uit de Aillin kwam een helder licht. Koen voelde een energie door hem heen gaan. Alle pesterijen, onzekerheden en angsten leken uit hem gezogen te worden. Maar hij zag ook beelden van een reus, die het in zijn eentje opnam tegen een groot leger.'

Calahan keek hem weer aan. 'In jou schuilt iets waar jij zelf nog niet van bewust bent. Ik hoop dat jij je door het aanraken van mijn Aillin een stuk lichter voelt.'

Koen ging weer zitten en hij voelde zich inderdaad heel anders. Zijn hoofd leek leeg. Niet leeg als dom, maar leeg zonder belemmeringen.

Calahan liep naar een ander vertrek. Niet veel later kwam hij terug met een lang zwaard in een schede. Hij legde het voor Koen op tafel neer. 'Dit is Surtalogi. Een heel bijzonder zwaard. Wanneer het moment daar is, zal het jou helpen.'

Koen nam het dankbaar aan.

Trahern keek Calahan aan. 'Weet je het zeker? Als het niet klopt, dan kan het wel eens misgaan.'

Koen keek nu minder blij. 'Wat bedoelt u met misgaan?'

'Niets. Als Calahan zegt dat dit wapen voor jou geschikt is, dan is dat zo. Wij mogen jou niets vertellen. Jij moet daar zelf achter komen.'

Calahan keek hem geruststellend aan. 'Ik denk dat hij door geen beter persoon gebruikt kan worden. Door jouw aderen stroomt bijzonder bloed en meer zeg ik niet.'

'Bedankt!', zei Koen, die nu weer gerustgesteld was. Hij hing de schede met zwaard aan zijn riem en trok hem er langzaam uit. Behalve dat hij lang en zwaar was, leek het verder geen bijzonder zwaard.

Maar het voelde wel goed aan. Het was of een bepaalde energie vanuit de grond via zijn voeten door zijn lichaam naar het zwaard liep.
Calahan propte nog wat spullen in een juten zak en ging bij de deur staan. 'Zijn jullie er klaar voor?'
Anne en Koen knikten.
'Loop maar achter mij aan. We gaan naar de paarden!'
Ze liepen zeker honderd meter door een lange gang tot ze in een grote ronde ruimte kwamen. Het was een stal, die verlicht werd via een groot venster in het plafond. Er stond een twintigtal paarden, keurig achter hekjes. Er hingen voor een klein leger aan lansen, schilden, zwaarden en zadels aan de wand. Twee jonge Achondramannen, in dezelfde kledij als Koen, brachten vier gezadelde paarden. 'Ooit paard gereden?', vroeg Calahan, die Koen ietwat angstig zag kijken. 'Jij bent alleen een koets gewend, of niet?'
'Ik kan best paardrijden hoor', loog Koen. In werkelijkheid had hij nog maar twee keer in zijn leven op een mak toeristenpaard gezeten, toen hij op vakantie was op het Waddeneiland Ameland.
Anne zette haar voet in de stijgbeugel en hees zich soepel in het zadel.
Koen keek hoe zij dat deed en probeerde haar voorbeeld te volgen. Hij zette zijn rechter voet in de stijgbeugel. Maar het paard deed een paar passen naar voren, waardoor hij achterover op de grond viel. Met zijn voet nog in de beugel begon het paard naar voren te lopen en Koen werd over de grond door de stal gesleept.
Iedereen moest lachen om het komische tafereel. Koen moest er zelf ook om lachen. 'Erg grappig, maar wil iemand mij misschien helpen los te komen?'
De stalknecht bevrijdde hem uit de vervelende positie en zette een kruk naast het paard, zodat Koen eenvoudig in het zadel kon klimmen.
'Met paardrijden bedoelde ik geen hobbelpaard', lachte Calahan. De rest barstte ook weer in lachen uit.
'Ik wens jullie een goede trainingsdag toe!', riep Trahern die zich omdraaide en weer in de tunnel verdween.
De stalknechten trokken aan touwen die door katrollen liepen, waardoor twee grote luiken opensloegen. Ze reden rustig naar buiten,

waarna achter hen de luiken weer sloten. Anne zag dat ze uit een grafheuvel waren gekomen. Het waren twee heuvels die er in hun tijd ook waren en dieper in het Holtveen lagen. Ze stonden nu in een adembenemend mooi woud. Net als de dag ervoor floten de vogels prachtig. Hoog boven de bomen zweefde sierlijk een buizerd, die af en toe krijste.

Ze reden enkele meters achter Calahan, die om een of ander reden een extra paard had meegenomen. Ze keken hun ogen uit. Anne zag reeën, bevers, everzwijnen, spechten en tal van andere mooie dieren tijdens hun tocht.

'Voor wie is dat paard?', vroeg Koen. Maar voor ze antwoord hadden gekregen, hoorden ze achter hen een krakend geluid. Ze draaiden zich om en staarden naar de plek vanwaar het geluid kwam. Maar ze zagen niets. Toen ze weer naar voren keken schrokken ze. Tot hun verbazing zat er iemand op het paard naast Calahan. Hij was gekleed in een donkerblauw gewaad en droeg een capuchon over zijn hoofd. Op zijn rug droeg hij twee Arabisch uitziende kromlopende zwaarden en om zijn linker hand droeg hij een grote leren handschoen.

'Dit is Willfried', riep Calahan. 'Mijn trouwe en, zoals jullie gemerkt hebben, zeer stil werkende lijfwacht.'

Willfried ging behendig op het paard staan en draaide zich naar hen om. Hij deed zijn cape niet af, waardoor ze alleen zijn gladde kin en mond zagen.

'Morrigan und Koen als ik mij niet vergis', zei hij met een zwaar Duits accent. 'Ik zal mij vörstellen.' Hij sloeg zijn rechter vuist op zijn linker schouder. 'Ich ben Willfried von het haus Wittenberg von Saksen. Maar noem mij maar Will.'

Anne en Koen stelden zich ook voor en Will draaide zich net zo soepel weer om. Hij strekte zijn linker arm uit en de buizerd, die hoog boven de bomen zweefde, kwam pijlsnel naar beneden en landde op Will zijn leren handschoen. Hij fluisterde wat in het oor van de vogel, die met een piepje antwoordde en weer wegvloog.

'Een extra paar ogen is nooit verkeerd', zei Calahan. 'Onze gevleugelde vriend Arrow vertelt ons, wanneer er gevaar dreigt.'

Anne keek rond. Ze rook de geuren en voelde de warmte van de ochtendzon op haar gezicht. Koen had daar geen oog voor en vroeg zich af wat de training zou inhouden. Het leek hem gaaf om met het zwaard te leren vechten.

Calahan kwam naast hen rijden. 'Ons trainingsveld ligt op een geheime plek die midden in de *veengebieden* ligt', zei Calahan 'Het is voor iemand die het gebied niet kent vrijwel onmogelijk om daar te komen. Eén verkeerd pad en je zakt diep weg. Je vindt daar elk wapen dat vandaag de dag voorhanden is. Heb jij een voorkeur voor een bepaald wapen Morrigan?'

'Mijn zwaard, maar ik heb ook een speciale kruisboog, die door mijn vader is gemaakt. Ik zal hem straks demonstreren.'

'En Koen, denk je, dat je met het zwaard overweg kunt, dat ik jou heb gegeven?'

Koen haalde zijn schouders op. 'Geen idee. Ik denk het wel!?'

'Het zwaard dat jij hebt is speciaal, zoals ik al eerder zei. Maar je moet werkelijk in je eigen kracht geloven, anders werkt hij niet. Maar geloof me, jij bent tot grote dingen in staat. Dat voel ik!'

Koen voelde zijn wangen gloeien. Calahan zag iets in hem dat nooit iemand in hem had gezien. Behalve zijn moeder dan. Maar bij haar kon hij niets fout doen.

Na een kwartier door het bos te hebben gereden, kwam er meer zonlicht door de bomen. Het werd lichter en lichter en uiteindelijk keken ze uit over een uitgestrekt drassig veenlandschap. Ze reden over smalle dijkjes tussen het veen door tot er in de verte weer een bos opdoemde. Ze reden tussen de bomen door en kwamen bij een gigantische *zandverstuiving* uit. Will zei hen gedag en sprong soepel van de rug van zijn paard en klom in een van de bomen.

De lucht was strak blauw en de zon klom langzaam omhoog. Arrow zweefde hoog boven de zandvlakte om de wijde omtrek goed in de gaten te houden.

Koen en Anne zagen een complete hindernisbaan. Het had veel weg van de stormbaan van de militairen van de *Luchtmobiele Brigade in Assen*. Koen en zijn vader waren laatst bij het benzinestation tegenover de kazerne gestopt om te tanken en een snack te kopen. Koen was toen naar de overkant gelopen om naar de militairen te kijken, die op de stormban bezig waren. Hij had groot respect voor hun werk en voor hun sportiviteit en wenste stiekem dat hij ook ooit zo sportief zou zijn.

Naast de hindernisbaan stonden twee robuuste tafels. Op de tafels lagen bogen, messen, bijlen en tal van ander wapentuig.

Achter de tafels stonden op vijf, vijftien, twintig, vijftig en tachtig meter poppen van stro. Verder was er een veldje, waar verschillende boomstammen in de grond stonden, die zo te zien al flink wat te verduren hadden gehad.

Calahan hielp Koen van zijn paard.

Koen was opgelucht om weer vaste grond onder zijn voeten te hebben. Zijn bips deed ondanks zijn speklaag super zeer. Hij voelde spieren waarvan hij het bestaan niet eens wist. Anne had schijnbaar nergens last van, want zij liet zich soepel van het paard glijden en liep opgewekt naar de tafel met spullen.

'Laten we eerst de hindernisbaan nemen', zei Calahan. 'Maar voor we dat gaan doen, heb ik een cadeau voor Koen.'

Koen keek verbaasd naar Calahan die naar zijn paard liep. Hij haalde twee leren tassen van de achterkant van zijn zadel en gooide ze voor Koen in het zand. 'Trek het maar snel aan', riep hij

Koen zijn hart begon sneller te kloppen. Hij maakte de leren riempjes los en keek met grote ogen naar de inhoud. 'Maar, maar, ik ben toch helemaal geen van jullie?', stotterde hij.

'Blijkbaar gelooft Trahern ook, dat je tot grote dingen in staat bent. Caol heeft dit in zijn opdracht gemaakt. Zij dacht dat je hier blijer van zou worden, dan van zo een narrenpakje.'

Ze moesten alle drie lachen.

'Wauw! Super bedankt', zei Koen dankbaar. Hij trok het Sargapak snel aan en zette zijn helm op. Het zat hem als gegoten. Sinds hij die jongen aan de kapstok had gehangen, had hij zich niet meer zo stoer en zelfverzekerd gevoeld. Hij deed het zwaard en schild op zijn rug en keek trots naar Anne en Calahan.

'Welkom bij de Orde', zei Calahan 'Vanaf nu is jouw naam Anghus. Dat betekent: 'bijzonder sterk'. En ik geloof, dat jij dat ook echt bent.'

Koen keek ontzettend trots en kreeg de grijns niet meer van zijn gezicht. Anne en Calahan ontdeden zich van hun mantel en zetten hun helmen op.

Ik heb hier twee zandlopers. Ik ben benieuwd hoe jullie het er vanaf brengen op de stormbaan. De blauwe streep is de snelste tijd die ooit door een Sarga is gelopen en de rode de langzaamste.

'Klaar!? GA!!!', riep Calahan.

Anne en Koen gingen er als een speer vandoor. Ze kropen, sprongen, klommen en draaiden tussen alles en over alles heen. Koen bewoog zo snel als hij kon. Hij had onnatuurlijk veel energie. Al was hij niet zo snel als Anne, voor zijn doen ging het goed.

Anne kwam as eerste over de eindstreep en Calahan draaide de zandloper om. Nooit eerder was er iemand zo snel geweest. 'Morrigan, de jongste en snelste van de Sargas', riep hij triomfantelijk.

Koen kwam uiteindelijk ook over de finish en Calahan draaide de zandloper om.

Hijgend en bezweet keek hij naar de zandloper. 'Ben ik niet eens de langzaamste?', zei hij verontwaardigd. Maar, ...maar hoe kan dat?'

'Dat komt omdat jij niet nadacht, maar jouw gevoel volgde. Je hebt jezelf echt overtroffen!'

Hij klopte Koen op de schouders. 'Drinken jullie maar wat, dan zullen we zo met de zwaarden trainen.'

Anne en Koen namen wat water uit de kruik die ze van Trahern hadden gekregen.

Nadat ze hadden gedronken, ging Calahan met getrokken zwaard voor hen staan. 'Het is een hele kunst om goed met een zwaard te kunnen vechten.'

Koen pakte aarzelend zijn zwaard en deed hem na.

'Het is niet gewoon een beetje dom slaan of hakken', legde Calahan uit. 'Het is een heel technische manier. Je hebt verschillende manieren van slaan. De Zornhau, Werckerhau, Entrusthau, Geferhau, Winkel, Antzen en Bogen.' Calahan liet één voor één de verschillende posities zien. 'Maar we beginnen met de eerste positie en dat is Obenhau. Leg jouw zwaard over je rechter schouder. Wil je aanvallen, dan breng je eerst het zwaard naar voren en dan pas je armen en vervolgens je voeten en lichaam. Anders verraad je meteen al wat je gaat doen.'

Koen had niet gedacht dat zwaardvechten zo ingewikkeld was. Maar door de uitleg van Calahan begreep hij als geen ander, dat je je geen fouten kon permitteren.

Calahan deed alle slagen nog eens voor en Koen volgde hem.
'Je pikt alles snel op. Nu mag je tegen mij gaan vechten en probeer mij ook werkelijk te raken.'
Koen deed zijn best en sloeg voorzichtig op Calahan in die snel opzij sprong. Koen miste en raakte uit balans, waardoor hij voorover viel en met zijn gezicht in het zand belandde.
'Knap om zo een grote man als mij te missen!', riep Calahan cynisch. 'Alsof je nooit anders gedaan hebt.'
Maar Koen gaf niet op. Hij oefende elke slag tot hij het door had. Hij lette goed op de techniek van Calahan en volgde zijn voorbeeld. Zo oefenden ze een tijd lang.
'Je doet het echt heel goed. Rust nu maar even uit.'
Dat was niet tegen dovenmansoren gezegd. Koen voelde elke spier in zijn lichaam. Hij plofte in het zand en opende zijn lunchmand. Hij pakte het kruikje dat Trahern erin had gedaan en genoot van het koele bosbessensap.
'Nu jij, Morrigan!'
Anne sprong op en pakte een aantal dolkjes. Ze wierp ze vliegensvlug op een van de boomstammen. Ze troffen allemaal doel. Vervolgens pakte ze haar kruisboog. Energie stroomde vanuit de Aillin door haar lichaam en ze ging achter de tafels staan. Ze keek naar de poppen. Alles leek voor haar vertraagd te gebeuren. Alsof zij zichzelf van een afstand bekeek. Ze had de boog in haar rechter hand en ondersteunde deze met haar linker arm. Ze drukte op een knopje en de eerst pijl werd aangelegd en strak getrokken. Ze richtte op de eerste pop die op vijf meter stond en haalde de trekker over. De eerste pijl ging recht door het hart. Vervolgens richtte ze op het oefenveldje waar de boomstammen stonden en schoot twee pijlen midden in een van de achtersten. Hierna schoot ze een pijl recht in het hoofd van de pop die op vijftig meter stond.
Calahan stond met grote ogen te kijken en wilde wat zeggen. Maar er kwam alleen een schor geluidje uit. 'Niet slecht.'
Anne vulde de cilinder met nieuwe ijzeren pijlen en liet vervolgens Calahan schieten.
'Wauw dat is echt een super dodelijk wapen voor zowel lange als korte afstand. Deze moeten wij ook laten maken!' zei Calahan, die

diep onder de indruk was.

'Laten we nu maar eens kijken wat jij met het zwaard kan, Morrigan!', zei Calahan, die met zijn schild en getrokken zwaard tegenover haar ging staan.

Anne nam een vechthouding aan en Calahan viel meteen aan. Ze hield haar schild voor zich en Calahan raakte die met een krachtige slag. Calahan draaide om en stapte weg om vervolgens weer aan te vallen.

Maar Anne voelde precies aan wat hij ging doen en ging snel door haar hurken, strekte haar rechter been en draaide die snel rond. Calahan zijn benen werden onder hem weggemaaid en hij viel achterover.

Hij krabbelde overeind en deed een nieuwe poging. Anne blokkeerde zijn slag met haar zwaard, waardoor de vonken van het ijzer spatten. Anne sloeg een paar keer terug, maar Calahan hield de slagen eenvoudig tegen. Maar Anne was snel. Heel snel. Ze sprong bij een nieuwe aanval opzij, draaide zich vliegensvlug om en op enkele centimeters van Calahan z'n nek stopte haar zwaard. Ze draaide weer soepel terug en schoof het zwaard in een vloeiende beweging in de schede.

Calahan deed zijn helm af en maakte een buiging. 'Jouw vader heeft jou goed opgeleid. Ik heb medelijden met elke vijand, die het tegen jou op moet nemen.'

Ook Koen was gaan staan en stond te klappen 'Wat vet. Wauw, wat goed! Hoe deed jij dat?', vroeg hij enthousiast.

Anne haalde haar schouders op 'Veel trainen denk ik?'

'Ga jij maar zitten Anne. Jij hebt geen training nodig. Misschien kun je mij en de andere Sargas een keer les geven', zei hij met een brede glimlach 'Kom Koen, laat mij nog wat slagen zien en dan geef ik jou nog wat aanwijzingen!'

Koen oefende het duelleren met Calahan. Deze gaf nog wat aanwijzingen over hoe hij moest staan, bewegen, ontwijken en doden. Calahan leek op den duur zelfs moeite te hebben om de slagen van Koen te blokken.

'Zou jij die laatste beweging nog eens op die boomstam willen doen? Maar doe het zonder erbij na te denken. Laat het zwaard het werk doen. Voel het.'

Koen zwaaide het zwaard soepel en snel. De boomstam werd met een

geweldige kracht in tweeën geslagen. Even dacht Koen zijn zwaard te hebben zien branden. Maar dat zal verbeelding zijn geweest dacht hij. Anne en Calahan stonden nu voor hem te klappen.
Hij deed zijn helm af en kreeg de glimlach niet meer van zijn gezicht. Tot Koen zijn spijt zat de training er alweer op.
'Het is genoeg voor vandaag. We moeten pas rond drie uur weer in het Arendsnest zijn, dus kan ik jullie eerst nog wat van Vries en omgeving laten zien.'
Ze deden de wapens en schilden in de leren tassen en bonden ze achter op het paard vast. Als laatste deden ze hun cape om, zodat niemand kon zien dat ze Sargas waren.

HOOFDSTUK 13
DE KEIZERLIJKE GARDE

Koen was moe en had spierpijn. Maar een gevoel van trots overheerste. Hij klom een stuk zekerder op het paard.
Ze reden over de zandvlakte richting het bos waar Will op hen wachtte.
'Nu al klaar?', riep hij verbaasd vanuit de boomtop.
'Deze Sargas hebben meer vechtlust in hun bloed, dan ik ooit had gedacht. We gaan nu naar Vries om er één op te drinken.'
'Eén?', lachte Will, die behendig vanuit de boom op zijn paard sprong. 'Jou kennende zullen dat er wel meer worden.'
'Drinken?', dacht Anne bij zichzelf. Ze schatte in dat het niet later dan 11 uur kon zijn. Ze maakte het rieten mandje open en at een broodje bosbessen jam en daarna een heerlijk sappige appel. Haar vader had vast ook volop genoten van de pure smaak van het voedsel, de zon, mooie bossen en de onvervuilde lucht. Sinds haar tijdreis voelde ze een kalmte en rust. Ze wist dat ze haar vader weer zou zien. Dat voelde ze.
Ze reden weer achterelkaar over dijkjes tussen het veen door en kwamen uiteindelijk op een zandpad uit. Will en Calahan reden kletsend voorop.
'Wat bizar, hè? Gisteren nog in het Vries van de toekomst en nu onderweg naar het Vries van 1536! Ik ben benieuwd of de *snackbar Plaza de Halte* al geopend is', lachte Koen, die over zijn buik wreef 'Ik heb wel zin in een lekkere Plazaburger.'
Anne moest lachen. 'Denk jij wel eens aan iets anders dan eten en gamen?'
'Uh....Nee!?' zei hij droog.
'Het is inderdaad bizar dat wij in het verleden zijn', glunderde Anne 'Als we terugkomen, zal geen mens ons geloven!'

'Zou ik ook niet doen', zei Koen 'Ik geloof het zelf niet eens. Ze zullen ons wel in een inrichting opsluiten, als wij erover vertellen.'
'Daar zou hij inderdaad wel eens gelijk in kunnen hebben', dacht Anne.
'Waar heb jij zo goed paard leren rijden?', vroeg Koen, die door zijn bips er pijnlijk aan herinnerd werd, dat hij het niet zo goed kon als Anne.
'Op de school voor Sargas. Ik zal jou het ook wel leren.'
'Dat zou fijn zijn', zei Koen 'Want het is, net als zwaardvechten, moeilijker dan je in eerste instantie denkt.'
Het zandpad liep nu door een korenveld en Koen kreeg de rillingen van het korenveld. Hij had het gevoel dat er ieder moment een monster uit kon schieten. Anne zag dat Koen verkrampte en pakte even zijn hand. Een golf van energie ging van haar lichaam over in die van hem.
Hij voelde zich direct weer rustiger. 'Ik wil ook zo een Aillin. Waar kan ik die kopen?'
Anne keek hem glimlachend aan. 'Misschien bij de Blokker.' Ze wees naar een boerderij in de verte, waar in hun tijd de Blokker was gevestigd.
Ze konden het brinkdorpje Vries nu goed zien liggen. De eeuwenoude kerk als middelpunt en daar omheen rietgedekte boerderijen en de molen. Ze passeerden een paard en wagen. De boer nam zijn pet af en zijn vrouw en kinderen maakten een lichte buiging. Andere mensen, die op het land bezig waren, volgden dit voorbeeld en maakten eerbiedig een buiging. Het voelde alsof ze op Koningsdag met de Oranjes mee liepen.
De meeste mensen zagen er armoedig uit. Er waren veel ambachtslieden op de been, die hun producten aan de man probeerden te brengen. Een koets- en wielenmaker, genaamd Van Hazenberg, stond druk met een klant te onderhandelen over de prijs van een koets. Bakker Haafs stond met zijn vrouw en kinderen heerlijk geurende broden te bakken in een stenen oven buiten hun boerderijtje en een gespierde smid sloeg krachtig met zijn hamer op een stuk metaal, dat op zijn aambeeld lag. Ze reden langs de molen, die op een houten voet stond. De molenaar en zijn knecht waren zakken meel op een

kar aan het laden en Calahan groette hen vriendelijk.
Er waren veel mensen op de been. Maar de meeste mensen zagen er, net als op het land, armoedig uit. Zij liepen in eenvoudige donkere kleren en aan hun huid en handen was te zien dat ze hard werkten. Het viel Anne op, dat de mensen haar met open mond aanstaarden. Ze voelde zich er voor het eerst een beetje ongemakkelijk bij en besefte dat mensen misschien dachten dat ze een Spanjaard was en die waren in 1536 niet zo geliefd. Intussen waren ze op de *brink* aangekomen, die in deze tijd meer aan de rand van het dorp, lag in plaats van in het middelpunt. Het was ook geen keurig plein van stenen, zoals vandaag de dag, maar meer een open veld. Plotseling hoorden ze gevloek en getier van een vrouw. 'Laat me los stelletje monsters! Dit zet ik jullie betaald,' Ze zagen een jonge vrouw, die door twee zwaarbewapende mannen uit de Bonifatiuskerk gesleurd werd. Anne schatte de vrouw rond de dertig jaar. Ze had opvallend rood krullend haar en droeg keurige adellijke kleding. De twee zwaar bewapende soldaten droegen zilverkleurige harnassen en op hun borst en op beide schouders stond het wapen van de keizer afgebeeld. Anne en Koen herkenden zijn afbeelding van de Carolusgulden. 'De keizerlijke garde?', zei Calahan verbaasd. 'Jullie blijven hier staan!'
Calahan reed naar de soldaten, die de vrouw vasthielden.
'Wat heeft dit te betekenen?', vroeg Calahan op krachtige toon aan de soldaten.
'Wat gaat jou dat aan!?', snauwde de grootste van de twee.
'Dat gaat mij alles aan! Ik ben een *et*. Een afgevaardigde van het vijfde dingspel. Ik wil weten wat deze vrouw u misdaan heeft!'
'Ze hebben Johan!', riep de vrouw, die zich uit alle macht probeerde los te worstelen uit de stevige greep van de mannen, boos uit.
'Ik vraag het niet aan u, mevrouw, maar aan jullie!', zei Calahan op strenge toon.
Intussen waren er heel wat mensen op het schouwspel afgekomen en de soldaten leken wat zenuwachtig te worden.
'Deze vrouw wordt op bevel van *Georg Schenck van Toutenburg* meegenomen! Zoals u weet, is hij sinds 15 juni stadhouder van Overijssel, Friesland, Groningen en Drenthe! En dus hebt u te luisteren!', zei de grote op zelfverzekerde toon.

'Wat is haar ten laste gelegd?', vroeg Calahan die van zijn paard stapte en met zijn imposante postuur voor de soldaten ging staan. Hij klemde zijn linker hand dreigend om het handvat van zijn zwaard.
'Zij heeft ons gehinderd bij de aanhouding van een verdachte!', antwoordde de kleinere, die zichtbaar moeite had de vrouw in bedwang te houden. zenuwachtig.
'Ze hebben Johan, ze hebben het recht niet!'
'Waarom wilden jullie Johan arresteren? Jullie weten dat hij ook een et is?', vroeg Calahan rustig.
'Dat gaat u niets aan!', snauwde de grootste van de twee. Hij liep rood aan van woede en met zijn vrije hand trok hij zijn zwaard.
'Waarom trekken jullie vrouwen niet een feestjurk aan en gaan jullie gezellig op visite bij Schenckie op zijn kasteel in Coevorden?', grapte Calahan.
Omstanders moesten lachen om die opmerking. Maar de soldaten werden alleen maar kwader.
'U laat deze vrouw nu los', zei Calahan zelfverzekerd.
'Dat bepaalt u niet', foeterden de beide mannen in koor.
Een hoorn schalde over de brink en een rumoer steeg op. De vele mensen, die stonden te kijken, gingen opzij. Een twintigtal ruiters van de keizerlijke garde kwam op Calahan afrijden. Een aantal droeg lansen en vlaggen met het wapen van het *Bourgondische rijk*.
Will gebaarde naar Koen en Anne dat ze hem moesten volgen en ze gingen achter Calahan staan.
Calahan die nog steeds naar de twee soldaten en de vrouw keek, draaide zich rustig om. Hij keek de twintig ruiters rustig en zelfverzekerd aan. Er kwam een ruiter naar voren rijden. Het was een jonge man die een zwart harnas met daarop in het goud de afbeelding van het huize *Habsburg* droeg. Hij was de enige met een hoed in plaats van een helm. 'Wat eeft diet tu butekenen?', vroeg de man met Frans accent. Hij stapte soepel van zijn paard en stond nu een meter of twee voor Calahan.
De soldaten gingen met de vrouw snel achter de Fransman staan.
De man keek Calahan minachtend aan.
'De soldaten zeggen deze vrouw in opdracht van Van Schenck op te pakken. Klopt dat?', vroeg Calahan, terwijl hij de Fransman ontspan-

nen aankeek.
'Dat klopt', zei de Fransman op arrogante toon. 'Een ieder die mijn verzoek of bevel weigert, wordt opgepakt. Deze vrouw wilde Van Echten helpen ontsnappen en ik wil haar nu wat vragen stellen. Daarom arresteren wij haar!'
'Mag ik vragen wie u bent?', vroeg Calahan.
De Fransman leek overdonderd. Maar hij balde zijn rechter hand en sloeg deze op zijn linker borst. Mijn naam is *Filips van Lalaing, graaf van Hoogstraten*
'En u bent?', vroeg Lalaing met een ijzeren blik.
'Ik ben *Relof van Ewsum*, een et en afgevaardigde van het vijfde dingspel.'
'Lalaing zijn blik veranderde even toen hij zijn naam hoorde, maar was vrijwel direct weer in een strakke plooi.
Anne dacht even angst bij Lalaing te hebben gezien en Calahan, die dit ook gemerkt leek te hebben, maakte daar dankbaar gebruik van.
'Deze vrouw zal u niet meer lastig vallen. Het is dus toch niet nodig om haar nog vast te houden?' Calahan keek de vrouw even aan.
De vrouw wilde reageren, maar knikte uiteindelijk instemmend.
Will was naast Calahan komen staan en had ook zijn handen om zijn zwaard geklemd. Ook andere Vriesenaren, die bewapend waren, stonden dreigend om de keizerlijke garde heen.
'Geregeld', antwoordde Lalaing, die de spanning leek te voelen. 'Laat haar los mannen.'
'Mijn dank is groot', zei Calahan beleefd.
De vrouw kwam meteen naar Calahan en wreef over haar pijnlijke armen en polsen en keek de soldaten van de keizerlijke garde woest aan.
'Een misverstand,. laten wij het daar maar op houden', zei Lalaing, die alweer op zijn paard zat. 'Maar de volgende keer zal ik niet zo genadig zijn.'
Maar Calahan keek hem ongeïnteresseerd aan en draaide beledigend zijn rug naar hem toe.
Lalaing wierp voor hij vertrok nog even een nieuwsgierige blik op Anne en Koen en verdween onder luid gejoel van de Vriesenaren de brink. De mensen begonnen te klappen en te schreeuwen. Calahan

kreeg van alle kanten schouderklopjes. Calahan die net een filmheld leek, gebaarde naar Koen en Anne dat ze moesten komen.
Calahan liep met de vrouw en zijn paard aan de teugels richting een herberg. Anne en Koen reden er ook naar toe. De paarden werden aan een schildknaap overhandigd.
'Dit hier zijn Koen en Anne', zei Calahan, terwijl ze naar de deur van de herberg liepen. 'Zij zijn gasten van Trahern en ik laat ze de omgeving zien.'
Mariah keek hen keurend, maar vriendelijk, aan. Ze deed een kleine buiging. 'Ik ben Mariah Erven van Woudrichem.'
De herberg was stampvol en erg rumoerig. Mensen zaten kletsend en lachend aan hun bier of wijn. Maar toen ze in de gaten kregen dat Calahan en zijn gasten binnenkwamen, werd het stil. Ergens achterin begon iemand te klappen en even later stond iedereen op en klapte. De herbergier en tevens barman schreeuwde over het applaus heen, dat er een rondje van zijn kant was. Hij liep naar Calahan en gaf hem een stevige schouderklop. 'Goed gedaan Relof. Die lui van de garde hebben hier niets te zoeken!'
Calahan knikte beleefd en ze liepen tussen de tafels door naar de achterkant van de herberg.
De mensen in de kroeg begonnen nu spontaan te zingen.

'Ons Drenthsche hart zal nimmer vrezen, noch voor een vijand beven'
'Onze moerassen, zandduinen en bossen. Onaangetast! Van niemand hebben wij ooit last'
'Zes Dingspelen! Een riddermacht! Verslaat elke vijand met hun kracht!'
'Ons Drentsche hart zal nimmer vrezen noch voor een vijand beven!'

De mensen sprongen op en juichten en joelden richting Calahan en hieven het glas.
Calahan zwaaide beleefd en gooide een buideltje op de bar en gebaarde naar de barman, dat iedereen een rondje van hem kreeg. Dat werd onder luid applaus dankbaar ontvangen.
Ze namen plaats in een soort skihut, die zich achter in de herberg bevond.
Koen en Anne schoven op de bank en Calahan en Mariah namen

plaats op de stoelen.
Mariah nam direct het woord: 'Ze hebben Johan.'
'Dat heb je nu al een paar keer gezegd. Maar waar houden ze hem dan vast en wat is de reden?', vroeg Calahan.
'Wie is Johan dan?', vroeg Koen.
'Concidius', zei Anne.
Mariah keek Calahan verbaasd aan. 'Hoe weet zij dat?'
'Anne en is ook een Sarga', zei Calahan 'En Koen is in opleiding', knipoogde hij.
'Sargas? Het zijn kinderen!', fluisterde Mariah.
'Klopt, maar geloof me, ze staan hun mannetje. Ik leg het nog wel eens uit. Vertel me nu eerst over Johan.'
Mariah aarzelde maar ging op gedempte toon verder. 'Vanmorgen stond ik in mijn tuin met een van mijn hoveniers te praten. Johan kwam gewond en uitgeput aanrijden. Hij zei dat Donaghy en Eburacon gevangen waren genomen en dat ik hulp moest gaan halen. Ik vroeg hem nog wat er precies aan de hand was, maar voor hij kon antwoorden, vlogen de pijlen ons om de oren en Johan werd in zijn schouder geraakt. Hij riep dat ik hulp moest gaan halen en hem moest achterlaten.
Mariah haar ademhaling stokte bij die woorden en ze leek haar tranen weg te slikken. Ik wilde hem niet achter laten Relof. Maar ik moest.' Ze snikte en tranen biggelden over haar wangen. 'Ik sprong op zijn paard en reed het bos in. Van daaruit keek ik toe hoe de soldaten hem mijn huis in sleepten. Ik besloot naar Trahern te gaan. Maar al snel zaten die grote en kleine mij op de hielen en besloot ik naar Vries te rijden om ze af te schudden. Maar daar grepen ze mij. Gelukkig kwamen jullie!', zei Mariah dankbaar.
Calahan keek bezorgd en streek door zijn baard. 'En Eburacon en Donaghy waren al gevangen genomen?'
'Dat is wat hij zei', zei Mariah bedroefd. 'Maar ik voel dat we niet kunnen wachten. Johan is al gewond.'
'Heb je enig idee hoe wij ongezien jouw huis in kunnen zonder dat de soldaten ons zien?' Vroeg Calahan.
Mariah wreef de tranen van haar wangen en haar ogen begonnen te fonkelen. 'Er loopt een geheime gang van ver buiten mijn landgoed

tot de kelders onder mijn huis.'
'Maar die Lalaing wacht ons vast op buiten het dorp', zei Koen.
'Jullie twee gaan met Mariah mee!', zei Calahan. 'Sorry Calahan, waarom ga jij niet met mij mee?', zei Mariah teleurgesteld.
'Ik denk dat deze twee jou prima kunnen helpen. Vertrouw mij maar', zei Calahan. 'Ik zal voor wat afleiding gaan zorgen.'
Mariah leek hier even over na te denken. 'Als Calahan in jullie gelooft, dan kan ik niet anders, dan dat ook te doen.'
Ze verlieten via een achteruitgang de herberg en liepen naar de schildknaap, die de paarden net stond te borstelen. Hij keek hen verbaasd aan. Calahan reed samen met Will de brink af.
Koen wierp de schildknaap twee Carolusguldens toe, die ving ze behendig en staarde met grote ogen naar het geld. Hij maakte een diepe buiging en Koen en Anne reden met Mariah het dorp uit.

HOOFDSTUK 14
DE WIJNKELDER

Mariah reed voorop. Het was nog erg bedrijvig op de brink. Klanten en marktkooplui waren nog druk aan het handelen. De zonnewijzer op de kerk gaf aan dat het twee uur in de middag was. 'Anne, heb jij ook het gevoel dat je droomt? Ik heb telkens het gevoel, dat ik zo uit een droom ontwaak en mijn moeder zal horen roepen voor mijn ontbijtje.'
Anne lachte vriendelijk. 'Het is inderdaad heel onwerkelijk, maar ik kan niet zeggen dat ik een droomgevoel heb. Ik voel mij eigenlijk wel thuis in deze tijd. Geen zware industrie, smog en al het zwerfafval van onze consumptiemaatschappij.'
Koen zuchtte en zei maar niets.
Na een halfuur te hebben gereden, kwamen ze in een bosrijke omgeving. Anne stopte en deed haar mantel af en pakte haar helm zwaard en schild. Koen volgde haar voorbeeld. Mariah keek hen aan. 'Jullie zijn dus echt Sargas? Maar dan hebben jullie ook andere namen?'
'Morrigan en Anghus', zei Anne.
'Oké Morrigan en Anghus, tijd voor actie!' Mariah slalomde behendig tussen de bomen door en Anne vlak daar achter. Koen kon hen nauwelijks bijhouden en bij elke beweging begon zijn bips zeerder en zeerder te doen, terwijl het bos dichter en dichter werd. Na twintig minuten vrijwel alleen maar in galop te hebben gereden, stopte Mariah. 'We zijn er!' Ze stapte van haar paard en bond de teugels om een boom. Ze haalde een leren tas van het zadel en sloeg die over haar schouder en liep tussen wat struiken door. Koen en Anne volgden haar voorbeeld en achter de bosjes zagen ze een gigantische omgewaaide boom liggen. De wortels hadden een hoop grond meegetrokken, waardoor het als een kleien muur de lucht in stak. De boom lag er waarschijnlijk al heel wat jaren, want op de stam groeiden al weer

nieuwe boompjes, mos en paddenstoelen. Mariah ging met haar hand in de aarde en trok aan een metalen ring. Een groot luik ging open, waar traptreden onder zaten. Mariah stapte erin en verdween in de grond. Anne en Koen volgden haar voorbeeld en ze daalden enkele meters af tot ze bij een houten deur kwamen, die door het weinige licht nog net zichtbaar was. In het midden daarvan bevond zich een achthoekige vorm. Uit een houder naast de deur pakte Mariah een fakkel en stak deze met haar vuursteentjes aan. De zware deur werd nu goed zichtbaar. Mariah pakte uit haar tas een achthoekige schijf die precies in de deur paste en draaide hem naar rechts, naar links en weer een stukje naar rechts. Van binnen hoorden ze verschillende radartjes en schuifjes bewegen en uiteindelijk zwaaide de deur naar binnen open.

Ze stonden voor een pikdonkere gang. Mariah stak met de fakkel een vloeistof aan, die in een gootje langs de wand van de tunnel liep. Een spoor van vlammen trok voor hen uit waardoor de hele gang goed verlicht was.

'Is het een lange gang?', vroeg Koen.

Mariah knikte. 'Hij is drieduizend voet lang. Hij loopt vanuit dit bos onder mijn boomgaard door naar de wijnkelders van mijn *havezate*. Wij hebben het ooit aangelegd als ontsnappingstunnel.'

Ze liepen nu in de lage, ronde, aflopende gang. Koen moest bukken om zijn hoofd niet te stoten. Er zaten heel veel bochten in en hij leek dieper en dieper de aarde in te gaan. Om de tientallen meters waren erkertjes, waar houten vaten met kraantjes in stonden.

'Wat zit erin die vaten?', vroeg Koen.

'Olie voor het licht in de gootjes.'

Na verloop van tijd liep de tunnel recht en was het plafond weer wat hoger, zodat Koen nu ook rechtop kon staan.

'We zijn bijna bij mijn wijnkelder', zei Mariah op gedempte toon. 'We moeten deze fakkelhouder overhalen, om de wand naar de kelder te openen. Maar eerst kijken of het veilig is!'

Mariah drukte haar hoofd tegen de stenen wand en probeerde door een gaatje de kelder in te kijken. Koen en Anne volgden haar voorbeeld en zagen een grote met fakkels verlichte ruimte. Langs de wanden stonden wijnvaten, rekken met aardewerken kruiken en veel eten. Worsten, kaas, kruiden en droge hammen. Aan de andere kant van de kelder, recht tegenover waar zij zich bevonden, was een zware houten deur.

'De kust lijkt veilig.', zei Mariah, die aan de fakkelhouder trok. Maar er gebeurde helemaal niets. Koen probeerde haar te helpen en trok zo hard als hij kon.

'Dat rot ding!', foeterde Mariah. 'Hij is veel te lang niet gebruikt!'

'Ssst, ik hoor wat!', riep Anne.

Het geluid kwam van de andere kant van de muur en alle drie drukten ze weer hun gezicht tegen de wand en bleven gespannen afwachten.

De deur van de kelder werd door twee reusachtige mannen opengegooid. Het waren ruige behaarde en bebaarde mannen. Omdat ze bijna drie meter lang waren, moesten ze gebukt de kelder binnen lopen. Tussen hen in sleepten ze een bont en blauw geslagen man, die ze als een stuk vuil tegen de grond smeten. De man kreunde en bleef roerloos liggen.

'Johan!', zei Mariah met een trillende stem.

Anne en Koen zagen haar gezicht bleek wegtrekken.

'Ah, kiek doar eens eem! Lekker! O nie dan!?', lachte de oudere reus en hij liep naar een worst en begon ervan te eten. De jonge reus pakte een hele kaas en hapte er stukken uit alsof het slechts een klein borrelblokje was. Vervolgens pakte de oudere een vat wijn. Hij tilde het op alsof het niets was en trok met zijn mond de kurk eraf. Hij probeerde het vat naar zijn mond te brengen, maar door het lage plafond en zijn gebukte houding was het voor hem onmogelijk om er een drup uit te krijgen. Daarom zette hij het vat schuin op de grond en goot wat in zijn vrije hand en lebberde de wijn er gulzig uit.

'Hé, doe mie ook eens oine pa?', bulderde de jongere op onnozele toon.

'Pak toch zulf oine!', reageerde de oudere geïrriteerd. De jonge reus pakte ook een vat. Maar net toen hij de kurk eraf wilde trekken, sloeg de deur open. Een man in donker gewaad, wiens gezicht schuil ging achter een wolvenmasker, stapte samen met een groot zwart beest de kelder binnen. Het beest had veel weg van een wolf. Maar dan groter en gespierder. Het had enge lege ogen en zijn vacht was op enkele plaatsen verschroeid. Opvallend was een litteken over de gehele rechterkant van zijn kop. Net als bij de demonische ridders misten er stukken vlees en kon je zijn spieren en zelfs ribben zien. Het leek dood noch levend. Het was angstaanjagend om te zien.

'*Ellert en Brammert*! Stop daar onmiddellijk mee en ga boven aan de trap de wacht houden!', zei de gemaskerde met ijzige stem.

'Moar meester Dougal, ik heb um net opend?', riep de jonge reus.

'Drinken doen jullie later Brammert! Pak nog maar wat te eten en dan naar boven!'

Met de wijn nog langs de kin druppend zette Ellert zijn vat neer. Ze pakten zoveel eten als ze konden en verlieten smakkend de kelder.

Dougal sloeg de deur achter hen dicht en keek naar Johan die kermend op de grond lag.

'Meneer Van Echten, blijkbaar ben ik net niet duidelijk geweest! U gaat mij vertellen wat u en uw Sargavriendjes in Coevorden hebben gezien!'

Dougal deed zijn rechter hand onder zijn mantel en met zijn linker richtte hij Johan op. Johan kwam los van de grond en hing nu zwevend in het luchtledige.

Johan opende alleen zijn linker oog, omdat de andere te gezwollen was. Hij proestte en spuugde wat bloed uit. 'Ik heb al eerder gezegd! Wij hebben niets gezien! Ik ben een et en afgevaardigde van het Rolderdingspel. U dient mij vrij te laten.'

'Niets et! Jij bent een Sarga! Wat deden jullie bij het kasteel van Schenck? Wat heb jij gezien en wat heb jij aan dat liefje van jou verteld!'

'Niets!'

Dougal zwaaide sierlijk met zijn linker hand en Johan viel met een doffe klap op de stenen grond.

'Ik denk dat ik jouw geheugen maar even moet opfrissen!' Dougal gebaarde naar het beest, dat grommend en met opgetrokken lippen naar Van Echten liep.

'Johan!', bulderde Dougal nu een stuk minder vrolijk. 'Als jij mij nu niet zegt wat jij aan jouw roodharige vriendinnetje hebt verteld, dan zal mijn beest één voor één al jouw ledematen afrukken.'

Het beest zette zijn tanden in de rechter pols van Johan.

'Nog één kans!', zei Dougal op ijzige toon.

Maar Johan van Echten hield zijn lippen stijf op elkaar.

Dougal gebaarde weer en de tanden van de wolfachtige doorboorden de pols van Johan.

Johan schreeuwde het uit. 'Ze weet van niets, van niets', kermde hij. Het bloed gutste langs zijn arm, waardoor de vloer donkerrood kleurde.

Anne kon het niet aanzien en wendde haar blik af en Koen steunde tegen de wand en vocht ertegen om niet te moeten overgeven. Het beest trok zijn bloederige tanden uit het vlees van Johan.

'Jij bent een taaie. Dat moet ik toegeven. Ik denk zelfs dat jullie misschien niets hebben gezien, maar jij gaat mij wel vertellen wie de andere Sargas zijn! Dat scheelt mij een hoop werk.'

'Ik vertel niets!'

'Weet je wat ik mij net bedenk? Die Sargavriendjes van jou, Klaas de Mepsche en Fredericus van den Cloosen zijn net als jij van adel. Drie van de zeven Sargas zijn dus van adel. Dat kan geen toeval zijn. Ik denk dat misschien wel iedere Sarga van adel is. Misschien moet ik iedere adellijke familie in Drenthe maar eens vermoorden!', lachte hij vuil. 'Zeg me wie de vier andere Sargas zijn en ik laat jou gaan en zal de anderen sparen!'

'Ik zeg niets', proestte Johan weer.

'Dan heb ik misschien iets wat jou op andere gedachten zal brengen!', lachte hij sarcastisch. 'Je wilt toch niet dat ik jouw roodharige verloofde wat aan doe?'

Anne en Koen keken Mariah verbaasd aan.

'Je laat haar met rust', kuchte Johan.

'Dat valt nog te bezien! De keizerlijke garde zal haar nu wel te pakken hebben! En je kent hun reputatie!'

'Je liegt!', zei Johan, die nu al zijn moed en energie leek te hervinden en rechtop probeerde te krabbelen.

'Ik denk niet dat jij die gok wilt nemen! Dus vertel het mij. Dan zal er niemand meer sterven.'

Maar op dat moment werd er op de deur geklopt.

'Wat!?', schreeuwde Dougal geïrriteerd.

De deur zwaaide open en graaf Lalaing, de Fransman met hoed die ze

een halfuur eerder in Vries hadden gezien, kwam de kelder binnen.
'Je moet wel een verdomd goede reden hebben, om hier nu binnen te komen!' snoof Dougal.
'We hebben die rode dame niet', zei Lalaing vrij direct.
'Wat? En bedankt. Daar gaat mijn enige troef!', bulderde hij. 'Hoe moeilijk is het om één vrouw te pakken en hiernaar toe te brengen?'
'Die Van Ewsum en zijn lijfwacht waren in het dorp en de mensen stonden massaal achter hen. We waren met te weinig.'
'Die Van Ewsum zei je?' Dougal draaide zich om en liep rustig naar Johan toe. Hij ging knielend naast hem zitten en sprak heel rustig. Weet je wat ik denk, beste Johan? Dat die adellijke Van Ewsum ook wel eens een Sarga zou kunnen zijn.' Dougal aaide over de kop van zijn beest. 'Straks zal zijn roedel weer compleet zijn! Wat zou jij ervan zeggen, als mijn vrienden een bezoekje brengen aan het kasteel van Van Ewsum te Roden? Ik denk dat mijn vrienden, na zestien jaar op de bodem van een meer te hebben gelegen, wel weer toe zijn aan wat vers mensenvlees!', zei Dougal met een ijzige en donkere stem.
Er werd opnieuw op de deur geklopt en Dougal ging weer staan.
Een soldaat van de garde kwam binnen. 'Er is een Sarga net buiten het landgoed gesignaleerd en hij lijkt op weg naar hier te zijn.'
Lalaing gebaarde dat de soldaat kon gaan en wende zich tot Dougal. 'Wij zijn maar met twintig', zei Lalaing onzeker. 'U kent de verhalen. Een Sarga kan in zijn eentje wel vijftig man aan. Mijn mannen maken geen schijn van kans.'
Dougal bulderde: 'En ben je mijn vriend hier en de 'dwalers' vergeten? Nog enkele dagen en dan zullen zij haast onsterfelijk zijn!' Hij deed zijn rechter hand weer onder zijn mantel en met zijn linker hand richtte hij Lalaing op. Een onzichtbare kracht liet hem zweven en kneep tegelijk zijn keel dicht. 'Geen Sarga kan tegen mijn kracht op! Heb jij dat begrepen? Ik heb al drie Sargas gevangen! Hun wapens en magische taxustak zijn nutteloos tegen mijn kracht!'
Lalaing snakte naar adem en liep blauw aan. Dougal deed zijn linker hand naar beneden en de Fransman viel happend naar lucht op de grond.
Anne en Koen keken elkaar verschrikt aan en de rillingen liepen hun over het lijf.
'Jij gaat met jouw mannen naar die Sarga toe. Maar val hem niet aan.

Sargas doden alleen als ze geen ander keuze hebben. Ga! Ik kom er zo aan.'

'Ja, meester Dougal!', zei Lalaing met een angstige blik in zijn ogen en verliet de kelder.

Dougal knielde naast Johan en pakte zijn zilveren taxustak beet. Maar Dougal sloeg een kreet en liet hem direct weer los. Het leek of Dougal zijn hand verbrandde.

'Misschien moet ik nu maar direct jouw hoofd eraf hakken. En die vervloekte taxustak vernietigen!', snoof Dougal, die met zijn hand wapperde. 'Maar ik geef jou nog even bedenktijd. Als ik zo terug kom met het hoofd van jouw Sargavriend, dan vertel jij mij wie de andere Sargas zijn! Anders vermoord ik jou, Mariah en dan de rest van adel, om er zeker van te zijn, dat niemand mij in de weg staat!'

Dougal stond op en verliet samen met het beest de kelder.

'Snel!', riep Mariah.

Koen trok met Mariah aan de fakkelhouder. Maar er was geen beweging in te krijgen. Na enkele pogingen stonden ze uitgeput en teleurgesteld naar de dichte wand te kijken.

Anne wreef over haar Aillin en in haar gedachten deed ze de hendel naar beneden. De fakkelhouder ging soepel naar beneden en de wand draaide open.

Koen en Mariah keken elkaar verbaasd aan.

Mariah snelde naar binnen en knielde naast Johan. Hij opende zijn goede oog en keek Mariah glazig aan. 'Dag engel van mij', kuchte hij. 'Ik wist dat je hulp zou halen.'

Anne zag zijn bloedende pols. Ze trok een stuk stof van Johan zijn mouw en bond dat stevig om zijn bovenarm. Vervolgens trok ze een stuk van zijn andere mouw en bond dat stevig om zijn pols, waardoor het bloeden direct afnam.

Mariah keek haar dankbaar aan. Achter hun schoof de wand met een dreun weer dicht. Koen draaide zich van schrik om. Maar daardoor stootte hij met de schede van zijn zwaard een aantal kruiken om. Deze rolden met een luid kabaal over de grond en sloegen stuk tegen een wand.

Aan de andere kant van de deur hoorden ze gemompel. Zware voetstappen kwamen de trap af.

'Snel! Help mij mee deze vaten voor de deur te rollen!', gebaarde An-

ne naar Koen. Met moeite rolden ze een van de grote wijnvaten voor de deur. Mariah streelde door het haar van Johan. 'We halen jou hier weg! Kom Anghus. We tillen hem naar de tunnel!'
Koen en Mariah ondersteunden hem en liepen naar de wand. Het lichaam van Johan was slap en zijn gewicht drukte zwaar op hun schouders.
Er werd hevig tegen de deur gebonkt. 'Harder drukken!', bulderde Ellert.
'Maor dat probeer ik, pappe!', riep Brammert, die uit alle macht tegen de deur duwde.
Mariah drukte op een steen in de vloer en de wand van de tunnel schoof open. Mariah en Koen tilden Johan de tunnel in en de wand schoof langzaam achter hen dicht. Ze konden nog net zien hoe de kelderdeur open vloog en de twee reuzen de kelder binnenvielen.
'Doar bent ze, doar bent ze!', riep Brammert, die overeind krabbelde en richting de wand sjokte.
'Geen tijd te verliezen!', riep Mariah
Anne liep achteraan en Maria en Koen probeerden met al hun kracht Johan mee te slepen. Na twintig meter moesten ze stoppen, want Johan zakte door zijn benen.
'Mariah', zei Johan op zachte toon. 'Laat mij hier. Er zijn belangrijkere dingen die jullie moeten doen.' Hij proestte en zijn goede oog draaide weg in zijn hoofd.
'Dat kan ik niet! Niet nog eens', zei Mariah emotioneel. 'Blijf wakker Johan, blijf wakker!'
Mariah leek na te denken. 'Johan we komen zo terug!' Ze legde een doek onder zijn hoofd, zodat hij niet op de koude harde vloer lag. 'Koen en Anne komen jullie mee!' Ze lieten Johan in de gang achter en liepen weer richting de kelder. Het gebonk werd duidelijker en stukken muur brokkelden af.
'Ik krieg hem nait open!, hoorden ze Brammert aan de andere kant bulderen.
Mariah stond nu stil bij een erkertje vlakbij de wand van de kelder. 'Anghus, help me dit vat om te gooien.'
Koen trok eenvoudig de ton omver.
'Wil jij nu met jouw zwaard het kraantje eraf slaan?'

Koen sloeg behendig het kraantje eraf en lobbige olie gutste over de tunnelvloer richting de wand, waar nog altijd tegenaan werd gebeukt.

Grote stenen vielen uit de wand en de jonge Brammert stak zijn kop door het gat.

'Ik zie doar een rood wief en twee van die Sargas!', bulderde hij en beukte nog harder met zijn knots tegen de wand. 'Wie bent der bijna deur, Pape!'

Mariah haalde vanuit haar tas twee vuurstenen en sloeg deze tegen elkaar. Intussen wurmde Brammert zich door het gat. 'Doar bent ze!', riep Brammert, die nu glibberend en glijdend voor hen in de gang stond, omdat zijn voeten in de olie geen grip kregen. Hij zwaaide wild met zijn knots om hen te raken.

Mariah bleef de steentjes langs elkaar wrijven, maar de olie vatte geen vlam.

Ook Ellert probeerde zich nu door de wand te wurmen. Brammert, die eindelijk grip onder zijn voeten had gevonden, liep dreigend op het drietal af.

Anne bedacht zich niet en ging met haar Aillin voor Mariah en Koen staan en hield hem in de lucht en dacht aan de olie, die vlam zou vatten. Er was een flits en de olie vloog in brand en een vlammenzee verspreidde zich over de tunnelvloer.

'Nu wegwezen!', zei Mariah

Brammert, die een angstig vermoeden kreeg wat er stond te gebeuren, glibberde terug naar Ellert.

'Help mie, Pape, help mie!' Brammert, wiens laars al in brand stond, werd net op tijd door zijn vader de kelder ingetrokken. Enkele seconden later explodeerde het vat, waardoor een deel van de gang instortte.

Het drietal rende door de kelder naar de plek waar ze Johan hadden achtergelaten. Maar tot hun schrik was hij verdwenen.

'Wat...Waar is Johan?' Mariah keek angstig om zich heen en zocht achter een vat in een nabijgelegen erkertje, om te zien of hij daar misschien achter was gekropen.

'Ik zie wel wat bloeddruppels op de grond', zei Anne. Ze wees naar heel kleine vlekjes, die richting de uitgang liepen. Ze renden naar de

uitgang en buitengekomen bleven ze van schrik staan. Voor hen stond een ruiter, wiens gezicht schuil ging onder een capuchon. Johan zat voorovergebogen voor hem op het paard en leek nog steeds buiten bewustzijn.
'Will, oh Will', riep Mariah opgelucht.
'Ik dacht dat jullie wel wat hulp konden gebruiken', lachte hij vriendelijk.
Ze sprongen op hun paarden en reden achter Will aan.
'Maar hoe wist je waar wij waren?', vroeg Mariah.
Will wees naar de lucht, waar ze Arrow zagen vliegen.
Ze reden door bossen, langs zandvlaktes en enkele hunebedden en uiteindelijk weer op een zandweg, net buiten het dorp Vries.
Will minderde vaart en Mariah kwam nu naast Anne en Koen rijden.
'Bedankt! Ik had jullie onderschat. Jullie zijn waardige Sargas!'
Koen voelde dat hij begon te blozen. Maar gelukkig viel dat onder zijn helm niet op. Boven hen krijste Arrow angstig. 'We moeten snel naar de Achondra's', riep Will, die zijn paard weer aanspoorde om te versnellen.
Een aantal keer beefde en trilde de aarde flink en vervolgens werd het doodstil. Geen vogels, krekels of andere geluiden.
'Dat is geen goed teken, Doorrijden! Doorrijden!', commandeerde Will.
Koen en Anne reden zo hard ze konden, maar Mariah raakte iets achterop.
De grond begon weer te trillen en ze keken angstig rond. Maar ze zagen niets. Toen ze nog maar honderd meter van het bos waren spleet de grond achter hen open. 'Niet achteromkijken en doorrijden!', riep Will weer. Ze waren nu bijna bij het bos en Koen keek even achter zich en zag hoe de grond omhoog werd gedrukt. Ze waren intussen in het bos en hoorden achter zich een angstaanjagend gebrul. 'Dat was op het nippe....', wilde Koen zeggen, maar toen hoorden ze een hard gegil!
'Mariah', zei Will met bezorgdheid in zijn stem. 'Jullie halen Trahern! Hij liet Johan op de grond zakken, trok zijn zwaarden en reed het bos uit.
Anne en Koen hoorden Mariah weer gillen.

105

Anne voelde een kracht over zich komen. 'Kom mee Koen!'
'Ben je gek geworden?' zei Koen met angst in zijn ogen. 'We moesten Trahern waarschuwen! Johan is gewond!'
Maar Anne bedacht zich niet en pakte haar kruisboog en reed weg.
Koen keek naar Johan en twijfelde even, maar trok uiteindelijk zijn zwaard en volgde Anne.
Toen ze uit het bos kwamen, zagen ze een ongewoon schouwspel. Vijf mollen zo groot als herdershonden met vlijmscherpe voortanden stonden dreigend rondom Will. Op de grond naast hem zagen ze een aan stukken gescheurd paard en het roerloze lichaam van Mariah liggen. De mollen stormden op Will af en Koen en Anne schreeuwden zo hard al ze konden: 'Nee! Nee!!'
Drie van de vijf mollen draaiden zich om en richtten zich nu op Anne en Koen. Ze waren niet alleen zo groot als honden, maar ook zo snel.
'We moeten opsplitsen!', riep Koen, die geen angst meer had.
Ze reden elk een kant op.
Twee van de mollen kwamen op Anne af en een op Koen. Anne voelde de kracht uit haar Aillin weer over zich komen en ze zag de mollen in slow motion op haar af springen. Ze richtte instinctief haar kruisboog en vuurde de ene na de andere pijl af. De pijlen doorboorden de twee mollen in hun hoofd en hart en kwamen er aan de andere kant weer uit.
Intussen was ook Will in gevecht met twee mollen. Een kwam op hem afgestormd. Will maakte een behendige salto en stak al vliegend een van zijn kromme zwaarden in de rug van de mol, waarna Will subtiel op zijn hurken landde. De andere mol viel hem van achter aan, maar Will draaide zijn lichaam laag over de grond en hakte in een soepele beweging de poten onder de aanstormende mol vandaan. De mol krijste oorverdovend en bleef met afgehakte poten spartelen. Will stond op, draaide zijn zwaarden sierlijk rond in zijn handen en hakte in een soepele beweging de kop van die mol eraf.
Koen reed intussen kriskras door het koren en kwam over het zandpad naar Will en Anne toegereden. Hij dacht dat hij de mol had afgeschud, maar Anne zag de laatste mol pijlsnel uit het koren op hem afkomen. 'Pas op!!!', riep ze nog. Maar de mol maakte een gigantische sprong, stootte Koen van het paard, die met een schreeuw in het ko-

ren viel.

'Anghus! Anghus!', schreeuwde Anne. Ze reed zo snel als ze kon naar hem toe. Ze zag de mol roerloos boven op Koen. Allerlei angstige gedachten gingen door haar hoofd. 'Anghus! Anghus!', riep ze weer. Ze zag bloed over het gezicht van Koen lopen.

'Leef je nog?' Snikkend sprong ze van haar paard, maar ze zag hem niet bewegen. Tranen rolden van haar wangen. 'Rotbeest, rotbeest!' Uit alle macht probeerde ze de mol van hem te duwen.

'Auw!', kreunde Koen. 'Wil je alsjeblieft voorzichtig doen. Dat zware stinkende beest drukt mijn longen plat!'

'Je leeft? Je leeft nog!', zei ze opgelucht.

Ook Will was intussen bij Anne gekomen. 'Alles goed met jullie?', vroeg hij bezorgd.

'Ja', antwoordde Anne. 'Maar dat beest ligt op hem en ik krijg het er niet af.'

Ze duwden de mol van Koen af en zagen dat zijn grote zwaard recht door de strot van het beest was geboord. 'Bedankt!', proestte Koen. 'Wat stinkt dat beest uit zijn strot, zeg. Die moet nodig naar de tandarts.'

Anne moest huilen en lachen tegelijk en knielde naast hem neer en omhelsde hem. 'Ik dacht dat je dood was!'

'Dat dacht ik ook heel even', zei hij droog. Koen krabbelde overeind en stond nog te trillen op zijn benen.

Will trok het zwaard uit de mol en het beest veranderde meteen in as. Hij veegde het zwaard af aan zijn cape en gaf het terug. Koen stak het trillend van angst en adrenaline weer terug in de schede.

'Knap werk van jullie beiden. Zonder jullie had ik het niet gered.'

'Hoe gaat het met Mariah?', vroeg Koen.

'Prima!', hoorden ze achter zich. Mariah kwam aangelopen. Haar hoofd en handen waren geschaafd, maar verder mankeerde ze niets. Ze keek bezorgd naar het bebloede gezicht van Koen. 'Alles goed?', vroeg ze bezorgd.

'Op wat last van mijn ribben na', zei hij als een boer met kiespijn.

Will gaf hen een schouderklop. 'Sargas, goed werk! Laten we hier weggaan. Onze paarden zullen wel het bos in zijn gevlucht.'

Maar de grond begon weer te trillen. Ze trokken hun wapens weer en gingen met de ruggen tegen elkaar aan staan. Gespannen wachtten ze af. Arrow kwam rustig aanvliegen en kirde vrolijk. Will stak ontspannen zijn zwaarden terug. 'Dit keer geen mollen.' Ze keken hem verbaasd aan.

In de verte zagen ze vier ruiters aankomen. Het hoefgekletter deed de grond trillen en het stof opwaaien. Het waren Trahern, Calahan, Bowen en Galen.

'Wat is hier in vredesnaam gebeurd?', vroeg Trahern.

'Dat vertellen wij zo in het Arendsnest!', zei Will. 'Het duister heeft overal zijn ogen en oren!'

Ze liepen het bos in en een twintigtal zwaar bewapende Achondra's stonden hen op hun minipaarden op te wachten. Op de loopbruggen boven hen stonden Achondrasoldaten met gespannen boog.

Johan was al in veiligheid gebracht, want hij lag niet meer waar ze hem hadden achtergelaten.

Ze reden naar de grafheuvel, waaruit ze eerder die ochtend waren vertrokken, en gingen alle acht naar binnen. Tot hun opluchting zagen ze hun paarden staan, die door een schildknaap werden verzorgd.

HOOFDSTUK 15
EEN REDDINGSACTIE

Even later zaten er slechts vier van de zeven Sargas aan de tafel der verlichting. Koen, Anne, Mariah en Will zaten op andere krukjes ernaast.
Trahern nam het woord. 'Zoals jullie weten worden Eburacon en Donaghy gevangen gehouden in het Kasteel van Coevorden. Concidius wordt op dit moment verzorgd. Hij maakt het goed. En zal door de werking van zijn Aillin spoedig hersteld zijn en zich weer bij ons voegen.'
'Volgens onze informanten zijn er duizenden soldaten van Karel de vijfde onderweg naar Coevorden. Maar wat daarvan de bedoeling is weten we niet', zei Bowen.
'Wat is er op jouw landgoed gebeurd, Mariah?', vroeg Trahern.
Mariah vertelde over Johan, Lalaing, de wijnkelder, Dougal en zijn beest en de bloeddorstige mollen.
Trahern keek naar de andere Sargas. 'Calahan, jij moet direct naar huis. Jouw gezin is in gevaar. Bericht de andere adellijke families en laat hen onderduiken.'
Calahan knikte. Hij en Will pakten hun spullen en 'huunden' direct weg.
'Omschrijf dat beest eens, Mariah?', vroeg Trahern.
'Het beest was wolfachtig, maar dan groter en verschrikkelijk eng. Het was niet van deze wereld. Zijn ogen waren diep zwart in plaats van helder blauw en zijn huid was op enkele plekken weggeschroeid, waardoor zijn ribben en vlees zichtbaar waren. Het had een opvallend litteken over de rechterkant van zijn gezicht. Het leek dood noch levend. Een wolf die ik nooit eerder heb gezien. Dougal zei dat de roedel snel weer compleet zal zijn en samen met de 'dwalers' binnenkort onsterfelijk zal zijn.'
Trahern keek Bowen en Galen geschrokken aan.

'De Wargulls!', reageerde de anders zo rustige Galen geschrokken.
Trahern keek hem aan en knikte bevestigend. 'Daar ben ik ook bang voor.'
'Wat zijn de Wargulls?', vroeg Koen, die een onheilspellend gevoel kreeg.
'De Wargulls zo noemden wij een roedel van tien wolven, die zestien jaar geleden in Drenthe leefde. Maar wij zagen ze vrijwel nooit, omdat ze diep in de bossen leefden, waar genoeg eten voor hen was. Maar in het jaar 1520 brak er een strenge winter aan, die vele maanden duurde. Mensen en dieren hadden nauwelijks nog te eten en velen stierven door ondervoeding. Ook voor de Wargulls was er te weinig voedsel te vinden in de bossen en ze vielen daarom steeds vaker onze schapen en koeien aan. Op een avond werd onze Sarga Donaghy opgeschrikt door het geblaat van zijn schapen, die hij achter zijn huis in de *schaapskooi* had staan. Toen hij bij zijn schapen kwam, waren de Wargulls al bezig zich vol te vreten aan verse lamsbouten. Donaghy wilde ze met zijn zwaard en fakkel wegjagen en doodde daarbij een van de jonge wolven en verwondde hun leider. Dat had hij beter niet kunnen doen, want de wolven keerden zich tegen hem. Hij raakte zwaar gewond. Ze drongen zijn huis binnen en zijn vrouw en dochter Alida overleefden het niet. Ze waren gruwelijk afgeslacht. Toen Donaghy hersteld was, zwoor hij zich te wreken. Als orde hebben wij de roedel diep in de wouden weten op te sporen. Weken lang hebben wij haar opgejaagd en uiteindelijk dreven wij haar een veenmeertje in tussen de plaatsen Roden en Norg. Een veenmeer met de naam 'Het Vagevuur'. En vuur hebben we de wolven gegeven. Terwijl ze voor hun leven zwommen, hebben wij ze met brandende pijlen gedood, waarna ze in de diepte zijn verdwenen.'
Anne kreeg een raar gevoel: ''Het Vagevuur', het meertje waarmee de nare droom was begonnen. Het kon geen toeval zijn.'
Trahern keek ernstig. 'Dougal beschikt over een duistere en zeer grote kracht. Hij heeft de Wargulls weer tot leven gebracht en zegt dat deze samen met de 'dwalers', waarvan ik vermoed dat het duistere ridders zijn, binnen enkele dagen onsterfelijk zijn. Dat mag niet gebeuren. Wij moeten erachter komen, waar zijn kracht vandaan komt en hem zo snel mogelijk stoppen. Het antwoord ligt misschien in Coevorden. Daar houdt hij iets voor ons verborgen en daar worden

onze vrienden vastgehouden. We moeten zo snel mogelijk naar het kasteel van de drost om hen te bevrijden!'
De Sargas sloegen weer met hun vuist op de tafel: 'NEC TEMERE, NEC TIMIDI!'
'Hoe komen wij zo snel in Coevorden?', vroeg Mariah.
''Hunen' kunnen we wel vergeten', zei Bowen. 'De hunebedden liggen te ver weg van Coevorden. De dichtstbijzijnde is bij Emmen. Ze zullen nu wel alle wegen naar Coevorden in de gaten houden en door de moerassen of het veen rijden is onbegonnen werk. Al redden wij het tot de stad, het is een vestingstad met een brede en diepe gracht eromheen. Als je over de gracht bent gekomen, wachten vestingwallen van wel vijftien voet hoog op je. Ben je die eindelijk over, dan is er weer een verdedigingslinie en dan die stadsmuur van dertig voet hoog, die zwaarbewaakt wordt! Coevorden is een vestingstad, waar je onmogelijk ongezien binnen kunt komen. Het is niet voor niets, dat twee van ons gevangen zijn genomen.'
Trahern richtte zich tot Bowen: 'Is onze taak ooit gemakkelijk geweest? Hebben wij ooit getwijfeld om tegen het kwaad te strijden? Hoor je zelf eens praten. Dit is precies wat het kwaad wil. Angst zaaien. Onze hoop wegnemen. Zolang het licht schijnt, zal er altijd hoop zijn. Het wordt niet gemakkelijk om in het Kasteel te komen. Maar er is een mogelijkheid. Er is iemand die ons ongezien naar binnen kan helpen', zei Trahern. 'Maar jullie moeten eerst je helmen op zetten. Ik wil niet dat hij jullie herkent.'
Trahern verliet de ruimte en kwam even later met een graatmagere man binnen.
'Dit is Klaas, trouwe knecht van Roelof de Vos van Steenwijk. Hij wist als enige te ontsnappen. Voor hij voor Roelof werkte, was hij assistent van de drost. Hij kent vestingstad Coevorden op zijn duimpje!'
Klaas keek alle aanwezigen schichtig aan.
Anne kreeg de kriebels van die vent. Zijn holle ogen en vlassige haar. Zijn zenuwachtige en geniepige blik. Ze vertrouwde deze vent voor geen meter.
Gek genoeg klonk zijn stem warm en zelfverzekerd, toen hij begon te praten.
'Er is een manier om ongezien binnen te komen en dat is via een ge-

heime gang', zei Klaas op een rustige toon. 'Hiervoor moeten wij de gracht oversteken. In de vestingwal zit een waterafvoer. Deze kun je niet met het blote oog zien. Maar ik weet precies waar deze is. Halverwege de afvoer zit een deurtje. Hierachter loopt een smalle gang, die uiteindelijk in het onderaardse gangenstelsel van de kerkers komt.

'En hoe weet jij dat zo precies?', vroeg Galen argwanend.

'Deze gangen zijn bedoeld om tijdens een belegering de drost in veiligheid te brengen. Ik werkte als vertrouwenspersoon voor de drost en wist als een van de weinigen van deze uitweg.'

De Sargas zwegen.

Trahern bedankte Klaas, die snel de ruimte weer verliet.

'Maar nu is het de vraag, hoe wij ongezien bij de stad komen. Te paard zijn we een eeuwigheid onder weg', zei Bowen. 'En de andere opties zijn geen opties.'

'We kunnen erheen vliegen!', opperde Koen. Hij deed alsof het de normaalste zaak van de wereld was.

'Zolang wij geen vleugels hebben, zoals Arrow, wordt dat een lastige!', lachte Bowen, die een fladderend vogeltje nadeed.

Maar Koen negeerde deze opmerking en bleef serieus. 'We kunnen met een *luchtballon* over alles en iedereen naar Coevorden vliegen!'

De anderen lachten nu nog harder.

'Wat is een lucht bal lon?', vroeg Trahern nieuwsgierig.

'Een ballon die vliegt op hete lucht', zei Koen enthousiast. 'Jullie, Achondra's, hebben alles in huis om er een te maken: linnen, papier, aluin en brandstof!'

Het werd rumoerig aan tafel. 'Onmogelijk. Dat kan nooit!', hoorde Koen de Sargas mompelen.

'Ik kan eenvoudig laten zien hoe het werkt. Wacht maar even.' Koen sprong op en ging het trappetje op naar het dakterras. Even later kwam hij terug met twee lampionnen uit de olijfboom.

'Mag ik twee kaarsen, een stuk papier, beetje aluin, linnen en een touwtje?', vroeg hij.

Trahern hielp hem aan de spullen en iedereen keek geïnteresseerd naar Koen, die op de grond bezig was met knutselen. Nog geen kwartier later had hij de twee lampionnen ingesmeerd met aluin en beplakt met linnen. De bovenkant had hij ook dichtgemaakt. Onder de ballon had hij een plankje bevestigd met daarop twee kaarsen.

Anne vond het precies op Chinese wensballonnen lijken en had er alle vertrouwen in, dat zijn plan zou gaan werken.

'Wil iedereen mee komen naar het dakterras?', riep Koen enthousiast. Anne was trots op hem. Ze vond het knap dat hij zo zelfverzekerd deze groep een demonstratie ging geven. Iets dat ze nooit achter hem had gezocht. Maar blijkbaar maakten het Sargapak en een zwaard hem zelfverzekerd.

Toen iedereen op het terras stond, stak Koen de kaarsen onder de lampion aan.

Tot verbazing van de anderen begon de ballon te stijgen en langzaam hoger en hoger te klimmen tot de ballon en zijn brandende stipjes uit het zicht waren verdwenen.

Iedereen begon spontaan te klappen en Koen op zijn schouder te slaan. Koen werd van oor tot oor rood en voelde zich erg trots.

Toen de ballon uit het zicht was, nam iedereen weer plaats aan de tafel der verlichting.

'We hebben een manier om veilig door de lucht naar Coevorden te reizen. En dat zonder vleugels, Bowen!', zei Trahern lachend.

'Wij, Achondra's, staan bekend om ons houtwerk en kunnen alles bouwen wat iemand wenst.'

'Ik zal wel een bouwtekening maken', zei Koen 'Ik heb het ontwerp al in mijn hoofd, dus dat is zo klaar.'

Trahern knikte. 'Dan vraag ik de anderen, om nu naar het gastenverblijf te vertrekken, voorbereidingen te treffen en te rusten.'

De Sargas sloegen weer op de tafel: 'NEC TEMERE, NEC TIMIDI!'

Een uur later stond Koen met Trahern voor een groep van vijftig Achondra's. Ze werden in groepen verdeeld, zodat iedere groep een onderdeel kon gaan maken. Binnen vijftien minuten waren de mannen bezig met hakken en timmeren en de vrouwen met het stikken van het linnen voor de luchtballonnen.

Anne was naar het huis van Caol gegaan en was rustig gaan zitten. Naast archeologie vond ze het fijn om te tekenen en was daar volgens haar tekenleraar ook goed in. Ze vroeg aan Caol om inkt, papier en een veer. Ze ging aan een tafel zitten en begon rustig schetsen te maken. Het was rond middernacht toen Koen en Trahern het huis van Caol weer binnenkwamen.

Trahern wierp een blik op haar schetsen 'Dat ziet er knap uit Anne!' Hij keek vol bewondering naar de tekeningen van Ygdrassil, de tafel der verlichting en nog een aantal zaken, dat Anne had gezien.

'Ik hoop dat je ze binnenkort thuis kunt inlijsten', zei Trahern. 'Zullen we naar mijn huis gaan? Dan kunnen we nog wat rusten.'

HOOFDSTUK 16
DE REIS NAAR COEVORDEN

Die nacht had Anne een heel vreemde droom. Ze zag de wereld van bovenaf. Een zwarte vlek van wolvenkoppen spreidde zich langzaam uit over Nederland. Bomen, planten en dieren schreeuwden het uit van pijn. Ze zag haar vader en moeder die langzaam vervaagden. Verdriet en leegte vulden haar hele lichaam en al het zonlicht verdween. Dougal stond voor haar en wilde haar met een voorwerp slaan. Anne probeerde zich te verdedigen, maar haar Aillin was te zwaar. Wat ze ook probeerde ze kreeg haar niet omhoog. Maar toen zag ze een licht. Uit dat licht kwam een paard galopperen met een ridder erop. Hij riep haar naam: 'Anne! Anne!'
'Anne, wakker worden, waker worden! Je hebt een nachtmerrie.'
Anne werd badend in het zweet wakker. Koen en Trahern stonden naast haar. 'Je was aan het roepen en schreeuwen! Gaat het wel met jou?'
Anne klemde haar hand om haar Aillin en de angst leek via de grond uit haar lichaam te verdwijnen. 'Het gaat wel. Ik had gewoon een nare droom!'
Door de raampjes in het plafond kwam nauwelijks licht. Het was niet later dan vijf uur schatte ze.
'Koen liep naar de kast, waar hij zijn telefoon en andere spullen had neergelegd en bleef stokstijf staan. 'Wat, wat is er aan de hand?', stotterde hij
Anne en Trahern kwamen naast hem staan en waren net zo verbaasd. Van zijn koptelefoon, mobieltje en horloge was de helft verdwenen. Hij bekeek ze goed en er leek echt een deel opgelost te zijn.
'Blijkbaar is Dougal de geschiedenis aan het herschrijven', zei Trahern op ernstige toon.
'Hoe bedoelt u?', vroeg Koen.

'Hebben jullie in jullie geschiedenisboeken ooit wat gelezen over een machtige Dougal?'
Anne en Koen schudden hun hoofd.
'Dat zou straks zomaar kunnen gebeuren. De kracht van Dougal is nu al van grote invloed op de geschiedenis. Er is iets gebeurd, waardoor de toekomst van ons, en daarmee die van jullie, op het spel staat. Als Dougal zijn kracht toe neemt, dan zal de toekomst, zoals jullie die kennen, herschreven worden! De tijd dringt. Wij moeten deze magiër stoppen. Anders ben ik bang, dat jullie misschien nooit meer thuis zullen komen.'
Anne en Koen keken elkaar geschrokken aan.
Trahern maakte het eten klaar voor de reis en deed het in de bekende rieten manden. Hij nam plaats bij Anne en Koen aan de tafel. 'Koen, je kunt trots zijn. Jouw ontwerp is geweldig angstaanjagend geworden!'
Koen keek hem vragend aan: 'Maar hoe weet u dat?'
'Ik ben toen jullie nog sliepen stiekem wezen kijken. En geloof mij, ik schrok echt. Dit zal elke vijand de stuipen op het lijf jagen. Het lijkt wel of het werkelijk leeft. Ik ben onder de indruk van jouw ontwerp. Jij bent een creatieve en slimme jongen!'
'Maar wat hebben jullie dan gebouwd? Jullie maken mij nu echt nieuwsgierig!', zei Anne. 'Je zult het zo wel zien!', knipoogde Trahern naar Koen.
Koen kon haast niet wachten om te zien wat er van zijn ontwerp was geworden. Hij schrokte sneller dan anders het eten naar binnen en tien minuten later stonden ze in hun Sargapakken op het open veld ademloos te kijken naar het eindresultaat.
Anne was diep onder de indruk van wat ze daar zag staan. Voor haar stond een gigantische draak, van wel acht meter lang en anderhalve meter hoog. Het had veel weg van een Vikingboot. Op de romp zat een drakenkop en aan de achterkant een staart. Van takken en linnen waren vleugels gemaakt, die aan de zijkanten waren bevestigd. Boven het dek was een stellage gemaakt waar de twee grote lege ballonnen op rustten. Onder elke ballon stond een megagrote fakkel, met daar tussenin een houten vat, waarop een pomp en twee buisjes waren bevestigd. Elk buisje liep naar een fakkel.
'Wat gaaf!', juichte Koen, die meteen naar het schip rende en via een

touwladder over de rand klom. 'Dit is echt, echt, supergaaf gedaan!'
'Mijn mensen hebben de hele nacht doorgewerkt en zo te zien hebben ze goed naar jou geluisterd en de tekening begrepen', zei Trahern die met vier Achondramannen achter Koen aan het schip in klom.
De vier Achondramannen gingen keurig naast elkaar staan.
'Anghus', zei Trahern. 'Dit zijn jouw knechten. Arlen, Atty, Aod en Artis. Ze zullen doen, wat jij ze opdraagt.
Maar Koen reageerde niet.
'Anghus, je moet hun wel instructies geven.'
'O ja.' Koen vergat telkens dat hij als Sarga een andere naam had. Hij moest er erg aan wennen.
'Ik moet eerst alles zelf even bekijken', zei Koen, die als een piloot alles van zijn luchtschip naliep.
'En wat vind je van de ballonnen?', riep Caol die buiten het schip stond te kijken.
'Het is echt geweldig geworden!', riep Koen 'Het is precies zoals ik het in gedachten had.' Hij wist niet waar hij het eerst of het laatst moest kijken.
Anne was ook op het schip geklommen en keek haar ogen uit. Ze zag het schip als een vertaling van Koen zijn geniale brein.
Koen liep naar het hoofd van de draak en stak met zijn vuursteentjes een fakkeltje aan. De ogen en neusgaten begonnen op te lichten en de kop van de draak leek nu nog dreigender. Achter de bek was een blaasbalg bevestigd. Koen drukte erop, waardoor er telkens een beetje buskruit in de vlam werd geblazen. Het effect was super. De draak begon vanuit zijn bek vuur te spuwen. Koen vroeg aan twee van de knechten aan de wielen te draaien, die halverwege aan de reling van het schip bevestigd waren. Door het draaien aan de wielen begonnen de vleugels op een neer te bewegen Dit in combinatie met het vuurspuwen maakte de draak angstaanjagend echt.
Vanuit alle hoeken kwamen Achondra's hun huizen uit om te kijken. Een aantal begon spontaan te joelen en te klappen.
Koen stak de fakkels onder de ballonnen aan en vanuit het vat tussen de ballonnen pompte hij door de buisjes olie naar boven, die vervolgens in de fakkels werd gespoten. Enorme steekvlammen schoten omhoog en de ballonnen begonnen zich te vullen met hete lucht.

Koen legde aan de 4 A's, zoals hij Arlen, Aod, Atty en Artis in gedachten al noemde, uit wat ze moesten doen en ging zelf via het laddertje weer uit het schip om op een afstand te kijken of alles goed verliep.
Bowen, Galen en Concidius kwamen aangelopen. Ze droegen hun pakken en eigen speciale wapens. Vol bewondering stonden ze te kijken naar het drakenschip en de ballonnen die groter en groter werden.
'Bedankt, dat jullie mij hebben gered', zei Concidius.
'Daar zijn we een orde voor', antwoordde Anne.
Bijna iedereen draaide gelijktijdig naar rechts. Vanuit het bos kwam Will met een vrouw aangelopen. De vrouw droeg een strak leren pak en een helm. De rode haren die onder de helm vandaan kwamen verraadden dat het Mariah was. Om haar middel had ze een riem met twee kleine dolken. Op haar rug droeg ze een boog en koker met pijlen. Ze zag er heel stoer uit vond Anne.
Will had een soort masker voor zijn neus en mond, waardoor alleen zijn ogen net onder de cape zichtbaar waren en op zijn rug de bekende kromme zwaarden. Fergus de ruige en Gerwin, de adellijk uitziende Achondra, kwamen vlak achter Will en Mariah aangelopen. Ze leken een ware veldslag te verwachten. Ze droegen een zwaard, dolk, pijl en boog, messen, een speer en nog een aantal wapens. Koen vroeg zich af of ze tijdens een gevecht wel normaal konden bewegen.
Koen voelde zich nu net een lid van the Avengers, waarin de Hulk, Captain America, Thor, Iron Man en nog een aantal superhelden het op namen tegen het kwaad.
'Wat ingenieus bedacht Koen!', complimenteerde Will hem. 'Hoe kom je aan al die kennis?'
'Het zit denk ik in mijn genen!'
'Wat zijn genen?', vroeg Will verbaasd.
'Ik bedoel dat ik die geërfd heb', zei Koen trots. 'Ik heb het talent van mijn vader. Hij ontwerpt huizen. Zelf zit ik bij een jonge uitvindersclubje, waar we dingen bedenken, tekenen en vervolgens bouwen!'
'Waar is Calahan?', vroeg Anne.
'Hij is naar de Etstoel in Anloo', zei Trahern.
'De wat?', vroeg Koen.
Anne keek hem aan 'De *Etstoel* is het hoogste rechtscollege in

Drenthe. Het bestaat uit 24 etten, dat zijn vier afgevaardigden uit ieder dingspel, en wordt voorgezeten door de drost. De hoogste afgevaardigde van het bisdom Utrecht. Het college bepaalt de wetten en regels in Drenthe, maar spreekt ook recht.'
Anne begon te fluisteren. 'Het wordt nog ieder jaar in augustus nagespeeld in Anloo. Iedereen loopt er dan net zo bij als in de middeleeuwen. We gaan er wel een keer heen. Echt heel leuk.'
'Ik denk dat jouw draak uit wil vliegen Anghus!', riep Trahern.
De ballonnen waren intussen gevuld, waardoor de touwen, die aan vier ankers bevestigd waren, werden strakgetrokken. De draak probeerde zich los te breken. Anne keek naar de toeschouwers, die het schip van alle kanten bekeken. Ze begreep dat die mensen nog nooit hadden gevlogen. Per slot van rekening werd de luchtballon, zover Anne zich vanuit een geschiedenisles kon herinneren, pas eind 18^e eeuw uitgevonden door de Franse gebroeders Montgolfier.
Trahern riep iedereen bijeen. 'Beste reisgenoten, het is tijd dat jullie vertrekken. Maar een goed schip wordt door een vrouw gedoopt. En daarom mag Caol een fles met brandewijn werpen!'
Aan een touw werd een kruikje bevestigd en Caol ging plechtig staan: 'Hierbij doop ik dit schip tot Donar en wens zijn bemanning een behouden vaart!' Ze liet het kruikje los, dat tegen de romp stuk sloeg. Iedereen applaudisseerde en joelde. Nog niet eerder in de geschiedenis was er, buiten kanonskogels en pijlen om, iets gaan vliegen. Laat staan een schip.
'De tijd dringt', zei Trahern. 'Haal onze mannen terug!'
'NEC TEMERE, NEC TIMIDI!, zeiden ze allemaal in koor en sloegen met hun linker vuist tegen hun rechter borst.
Onwennig stapten de reisgenoten via het laddertje Donar in. Vol bewondering bekeken zij alles.
'Gaat u niet mee?,' vroeg Koen aan Trahern, die onder het schip bleef staan.
Trahern schudde zijn hoofd. 'Naast Sarga ben ik ook koning. Er moet iemand over het bos en Ygdrassil waken.'
Toen iedereen aan boord was, ging Koen aan het roer staan.
'Maar hoe komen we nu in Coevorden? We hebben wind tegen!', merkte Mariah, die naar de boomtoppen wees, terecht op.

'Daar heb ik aan gedacht!', zei Koen trots. Hij wees naar Arlen en Atty, die net plaats namen op fietsjes die achter op het dek waren bevestigd. 'Het mechanisme is eenvoudig', legde Koen uit. 'Een leren band werkt als ketting en loopt over een houten wiel. Door te trappen komt de band in beweging. Die loopt tot onder het schip en daar worden twee propellers aangedreven, die aan weerszijden van het roer bevestigd zijn. Door het rondraaien krijg je voorwaartse stuwing.'
Iedereen hing voorzichtig over de reling om de propellers te bekijken.
'Met het roer kan ik de propellers en dus de ballon in elke gewenste richting sturen. Een eenvoudige, maar zeer effectieve, manier om voorwaartse of zijwaartse snelheid te krijgen!', lachte Koen
Iedereen keek hem aan of hij Chinees sprak.'
'Je praat als een hoogleraar', zei Bowen.
Aod en Artis haalden de ankers binnen en gooiden zandzakken eraf, die als ballast langs de zijkant waren bevestigd. Het luchtschip begon snel te stijgen en de Achondra's op de grond werden snel kleiner en kleiner. Ze zwaaiden en joelden en waren al snel niet meer dan kleine mieren.
'Volle kracht vooruit!', Koen gaf als een volleerd kapitein orders. Arlen en Atty begonnen wat onwennig te trappen, maar hadden al snel de vaart erin en Donar vloog met een redelijke snelheid richting het westen. Koen maakte gebruik van de zon om de richting te bepalen. Anne kwam naast hem staan, terwijl de anderen onwennig over de reling bleven kijken. Zo nu en dan werd er door Aod olie op de fakkels gepompt, waardoor de ballonnen goed met warme lucht gevuld bleven.
'Waarom vliegen we naar het westen en niet naar het zuiden?', vroeg Anne.
'Trahern zei dat het westen veengebied is, waar vrijwel geen mensen wonen. Als wij direct over Vries en andere dorpen vliegen laten we onnodig veel mensen schrikken. We mogen de geschiedenis niet onnodig beïnvloeden van Trahern.' Koen wees op een kaart die aan de paal was genageld. 'We zullen over enkele kilometers de oversteek naar het oosten maken naar het moerasgebied in het oosten. Zo kun-

nen wij ongezien op Coevorden aanvliegen.

Anne knikte begrijpend en keek naar de kaart. 'Die kaart heeft veel weg van de landkaarten van *Cornelis Pijnacker*', zei ze geïnteresseerd.

'Wie?' vroeg Koen die zich altijd dom voelde bij Anne, omdat zij zoveel van geschiedenis wist.

'Cornelis Pijnacker, vertelde Anne, leefde van 1570 tot 1645. Hij heeft toen hij in Drenthe woonde gedetailleerde kaarten gemaakt. Mijn vader bewondert deze man. Hij zei, dat Pijnacker een briljante man was geweest en dat ben ik met hem eens. Cornelis was al op zijn zevenentwintigste hoogleraar aan de universiteit in Leiden en werd later hoogleraar aan de Rijksuniversiteit Groningen en uiteindelijk zelfs rector magnificus', zei ze bewonderend.

Ze rakelde de boel op als Googles zoekmachine.

'Pijnacker? Dat moet inderdaad wel een intelligente man zijn geweest', zei Koen die geïnteresseerd probeerde te klinken. Hij was niet verbaasd, dat zij zoveel historische feiten kende. Anne had hem gisteren verteld, dat haar vader naast archeoloog, ook hoogleraar middeleeuwse geschiedenis was. 'Jij weet echt veel van geschiedenis. Ik voel mij bij jou een echte cultuurbarbaar.'

Anne moest lachen. 'Maar jij kunt ook trots zijn. Het is ontzettend knap wat jij hebt ontworpen! Daar moet je echt wat mee doen! En zie jou nu hier staan als een echte kapitein.'

'Bedankt', zei Koen, die zijn gezicht weer voelde gloeien. Misschien had ze ook wel gelijk en moest hij niet koste wat het kost net als anderen willen zijn, maar meer tevreden zijn met zichzelf. Hoe vaak had zijn therapeut dat niet tegen hem gezegd. Maar het leek alsof hij dat telkens weer vergat en dan bevestiging nodig had.

Ze kwamen nu boven het *Fochteloërveen*, een uitgestrekt hoogveengebied, van sponzige veenmossen vlakbij de stad *Assen* 'Klaar om te wenden!', riep Koen. Hij gaf het roer een duw naar rechts en het schip maakte een plotselinge scherpe bocht naar links. Verschillende reisgenoten verloren hierdoor hun evenwicht en vielen op het dek.

'Sorry', verontschuldigde Koen zich. 'Als ik 'wenden' roep, dan betekent het dat ik ga draaien en jullie je vast moeten gaan houden.'

Iedereen krabbelde overeind en gingen, tot opluchting van Koen, weer rustig verder met waar hij mee bezig was. De een met het slijpen van zijn messen, een aantal met een spelletje dobbelen en weer anderen genoten van het uitzicht.
'Hé kijk, moet je dat daar zien!' Koen wees naar een groot klooster, dat voor hen lag.'
'Dat moet het klooster van Assen zijn', zei Anne.
Koen keek over de rand. 'Assen? Ik zie de stad en de racebaan, het *TT circuit*, niet.', lachte hij.
'Maar het is toch de hoofdstad van Drenthe? Hoe kan er nu niets zijn, behalve dat klooster?'
'Assen werd pas in 1815 de hoofdstad', vertelde Anne. 'In deze tijd is *Rolde* de hoofdplaats van het vierde dingspel.'
'En wat zijn dat voor strepen daar beneden op dat heideveld?'
'Dat zijn *karrensporen*. 'We zijn nu boven het *Balloërveld*.' Ze wees naar een aantal rijtuigen dat vlak achter elkaar over de zanderige vlakte reed. * 'In deze tijd had men geen wegen, zoals wij die kennen. Doordat veel karren en koetsen eeuwenlang dezelfde route reden, ontstonden er uithollingen in de grond. Dat kun je vanuit de lucht heel goed zien als witte strepen in het landschap. Het Balloërveld is er ook in onze tijd nog en daar zijn de sporen nog steeds te zien.'
'Het is een mooi gezicht', zei Koen dit keer oprecht. Het was alsof Koen zijn ogen werden geopend en hij de schoonheid van de natuur steeds meer begon te zien. Hij snoof de schone lucht in en genoot van de warme wind die over zijn onbedekte armen woei. De 4 A's wisselden elkaar af met fietsen, waardoor ze niet vermoeid raakten en de vaart erin bleef.
Koen vermoedde dat ze rond de 29 km per uur vlogen en binnen twee uur in Coevorden konden zijn.
'Hé Anghus, wat een fantastisch luchtschip!' Concidius kwam naast Koen staan. 'Nu moet je ons toch eens uitleggen, hoe wij nu kunnen stijgen en dalen met dit ding?'
Koen begon trots te vertellen: 'Warme lucht is lichter dan koude en daardoor stijgt het. De warme lucht zit nu vast in de ballonnen en drukt het schip omhoog. Met deze touwen, Koen wees naar twee lan-

ge touwen, die van boven op de ballonen tot naast hem liepen, kan ik klepjes boven op de ballonnen openen, waardoor er warme lucht ontsnapt.' Hij trok aan de touwen, waardoor het schip meteen begon te zakken.

Iedereen op het schip pakte van schrik de reling beet. 'Sorry!', riep Koen weer. Hij deed de klepjes snel dicht, waardoor het schip weer begon te stijgen.

'Duidelijk!', lachte Concidius, die ietwat onzeker over de reling keek. 'Hier, probeer het maar eens!'

Concidius nam het roer over. 'Dit is prachtig!' Hij speelde met het roer en de hoogte en leek het snel onder de knie te hebben.

Arrow die naast de ballon vloog krijste hard. 'We worden op de grond gevolgd', zei Will. Arrow kwam op zijn handschoen zitten. Will fluisterde wat in zijn oor en Arrow vloog weg en liet zich vervolgens als een baksteen naar beneden vallen. Hij verdween tussen het bladerdek. Niet veel later kwam de buizerd weer op Will zijn handschoen zitten en maakte wat geluidjes. 'Acht ruiters en beesten', zei Will ernstig.

Anne en de anderen keken naar beneden, of ze wat konden zien. Maar het enige dat ze zagen was het groene bladerdek van het bos onder hen.

'Gelukkig zitten wij hier hoog en droog', zei Koen optimistisch.

'Maar we moeten ooit wel landen en dan zullen zij ons geen warm welkom heten, vrees ik!', zei Gerwin.

Ze hadden tien minuten gevlogen, toen het einde van het bos in zicht kwam. Een grote vlakte strekte zich voor hen uit. Van beneden klonk een angstaanjagend gekrijs. Tot hun verbazing zagen ze vier paarden met daarachter strijdwagens het veld op komen, die gevolgd werden door vijf van de Wargulls. In elk van de wagens stonden twee figuren in donkere mantels. Een van hen hield de teugels vast en de ander stond achter een gigantische kruisboog, die op de achterkant van de wagen was bevestigd.

'Dat zijn die Wargulls en 'dwalers' waar Dougal het over had!', zei Anne 'Hoe kunnen die nu weten dat wij gingen vliegen?'

Anne keek argwanend in de richting van Klaas.

Klaas zag dat erop hem werd gelet en wendde zijn blik snel af.

'Jij hebt toch eerder met die 'dwalers' gevochten Morrigan?', riep Fergus. 'Je hebt ze toen gedood. Ze zijn nog niet onsterfelijk, dus we kunnen ze verslaan!'
Anne knikte.
'Ik heb een verassing voor onze vrienden beneden en het zit daar in die kratjes', riep Koen. Hij wees naar een paar kratten op het voordek. 'Maar voorzichtig, een dergelijk ding kan een hoop schade aanrichten.'
Fergus en Gerwin liepen naar de kratjes en maakten één open. Er zaten allemaal lemen kruikjes met lontjes in.
'Wat zijn dat?', vroegen Fergus en Gerwin in koor.
'Dat zijn explosieven. Als je dat lontje aansteekt en ze naar de vijand gooit, dan zullen zij het niet meer kunnen navertellen. Anne zal een demonstratie geven!'
De reisgenoten keken vol bewondering naar de kruikjes.
'Moeten we niet lager vliegen?', zei Anne 'Anders ontploffen ze al halverwege?'
'Je hebt gelijk. Daar had ik niet aan gedacht. Misschien moeten we een paar testen om de hoogte te bepalen en de anderen te laten zien, hoe het werkt. Ik heb er genoeg laten maken, om heel Coevorden op te blazen.'
Anne griste een bommetje uit het krat, stak het met een fakkel aan en liet het aangestoken bommetje naar beneden vallen. Het kruikje ontplofte halverwege het schip en de grond. 'Wij zitten nog veel te hoog!', riep ze.
De anderen staarden met open mond naar de kruikjes en bedekten hun oren met hun handen. Zoiets hadden ze nooit eerder gezien of gehoord.
Koen liet het schip zakken door aan de touwen te trekken.
Anne gooide opnieuw een explosief, dat dit keer op enkele meters boven de grond ontplofte. 'Nog een klein stukje lager.'
Koen liet weer een beetje lucht ontsnappen en ze daalden nog een meter of twee, zodat ze nu op tweehonderd voet zaten.
De 'dwalers' en Wargulls waren intussen weer verdwenen in een stukje bos aan het einde van het veld.
'Heeft iedereen een explosief klaar?', vroeg Koen. 'Will, Mariah, Galen

en Bowen jullie gaan aan de linkerkant staan en Fergus, Gerwin, Anne en Concidius aan de rechterkant. We steken ze aan en gooien op mijn commando, zodra zij uit het bos komen!'

Met een explosief in de hand stonden ze gespannen naar beneden te kijken en wachtten op het moment dat de vijand zou verschijnen. Maar nog voor ze het bos achter zich hadden gelaten, hoorden ze een fluitend geluid. Een harpoen schoot rakelings langszij. Een tweede kwam in de onderkant van het schip en een derde nam een stuk mouw van Klaas mee, die voor op het schip stond. Hij trok spierwit weg en met zijn handen boven zijn hoofd ging hij op de grond liggen.

De 'dwalers' waren blijkbaar snel door het bos gereden en stonden met hun strijdwagens op veertig meter vóór hen in een graanveld opgesteld, met naast hen de bloeddorstige Wargulls. Terwijl de ene 'dwaler' schoot, gaf de andere weer een nieuwe harpoen aan. De één na de andere vloog hun om de oren en de reisgenoten konden niets beginnen. Ze waren namelijk nog veel te ver om hun explosieven te ontbranden en te kunnen gooien.

'Zet je schrap!!', riep Koen. Hij trok aan de beide touwen naast hem en de ballon daalde snel, waardoor hij net wist te voorkomen, dat twee harpoenen de voorste ballon zouden doorboren.

'Aod en Artis! Maak jullie klaar om hard te trappen!', commandeerde Koen. Hij sloot de kleppen weer en ze vlogen nu nog maar enkele meters boven de grond. 'Trappen! Trappen, sneller, sneller!' Als een wielercoach moedigde Koen hen aan. Het drakenschip schoot met zijn buik door het graan naar voren. De strijdwagens kwamen snel dichterbij.

De 'dwalers' konden nu moeilijk richten en schieten. Het schip vloog daarvoor te laag en te snel.

'Steek allemaal je explosief aan en ga aan de rechterkant van het schip staan!', commandeerde Koen 'Houd je stevig aan de rand vast!'

Iedereen deed wat hij zei en ging gespannen langs de rand staan.

Toen ze op enkele meters voor de strijdwagens waren riep Koen: 'Terugtrappen!' De knechten deden wat hij zei en Koen gooide het roer naar rechts, waardoor de ballon scherp naar links draaide. Het luchtschip Donar kwam met zijn rechterkant vlak voor de strijdwagens tot stilstand. De 'dwalers' met hun mantels en holle zwarte ogen staarden hen aan. 'Pompen, pompen!', riep Koen. Atty pompte zo hard als hij kon olie in de fakkels, waardoor de ballon snel steeg. 'Nu gooien!', riep Koen. Niemand aarzelde, want het lontje was al bijna opgebrand.

'Trappen, trappen!', schreeuwde Koen. Hij duwde het roer weer naar links, waardoor ze recht naar voren vlogen. Ze waren nog niet weg of de strijdwagens explodeerden. Stukken van de 'dwalers' en Wargulls vlogen in het rond en veranderden in as. De paarden, die ervoor waren gespannen, vluchtten geschrokken weg met nog halve delen van de strijdwagens achter zich aan slepend. Slechts één Wargull had het overleefd en bleef verslagen het luchtschip nastaren.

Iedereen op het schip juichte en complimenteerde Koen. Maar de feeststemming was van korte duur.

Achter zich hoorden ze weer gekrijs. Ze zagen twintig 'dwalers' te paard het bos uit komen. In hun hand hadden ze een pijl en boog.

Klaas wees naar voren. Daar is het dorp *Exloo*, dan krijgen we *Valthe*, *Odoorn* en *Weerdinge*. Die plaatsen moet je volgen.

'Want?', vroeg Anne argwanend.

Klaas keek haar wat schichtig aan. 'We, we kunnen die 'dwalers' bij het *Emmermeer* afschudden', stotterde hij wat onzeker.

Anne kreeg wederom de kriebels van hem. Waarom wist ze niet, maar vanaf het moment dat zij hem voor het eerst had gezien, mocht ze hem niet. Misschien kwam het door zijn sluike haar, donkere diepliggende ogen, in combinatie met zijn zenuwachtige gedrag.

'Dat is een goed idee Klaas', zei Galen. Hij gaf hem een schouderklop. 'Ik ken Klaas al jaren', zei Galen, alsof hij het onbestemde gevoel van Anne aanvoelde. 'Hij was een van de vertrouwelingen van mijn vriend Roelof de Vos. Wat hebben wij samen een hoop avonturen beleefd.'

Maar Annes gevoel voor Klaas veranderde niet na deze opmerking van Galen.

'We verliezen hoogte', zei Will, die bezorgd naast Koen kwam staan.

Koen keek over de reling en zag verschillende harpoenen in de zij- en onderkant van de boot steken.

Koen gebaarde naar Atty, dat hij wat extra olie in het vuur moesten pompen, maar dit leek weinig effect te hebben.

Will was ook komen kijken en fluisterde wat in het oor van Arrow. De buizerd vloog uit en kwam even later weer terug en piepte wat. 'Er zit een scheur langs de zijkant van de ballon', zei Will.

'Hoever is het nog naar Coevorden?', vroeg Koen aan Klaas, die net een postduif losliet.

Klaas leek te schrikken. 'Èh...., we zijn er bijna', zei hij wat onzeker. Hij wees naar een groot meer, dat voor hen lag. 'Dat is het Emmermeer. Aan de overkant kunnen we tussen twee moerasgebieden doorvliegen naar Coevorden.'

De ballon vloog met een aardige gang over het meer, maar begon wel steeds meer hoogte te verliezen. De 'dwalers' hadden ze voor even afgeschud. Hun voorsprong bedroeg misschien een kwartier. Maar ze moesten snel gaan landen, om de ballon te repareren.

Ze vlogen over de moerassen en uiteindelijk kwam een kerk in zicht, waarvan de *toren los van het schip stond.

'Dat is *Oosterhesselen*', riep Klaas. Daarachter ligt een bosje, waar we veilig kunnen landen.

Koen liet op aanwijzingen van Klaas het drakenschip achter een stuk bos uit het zicht van het dorp en zijn bewoners landen. Hij vroeg aan de 4 A's, of ze de ballon konden repareren. Gelukkig bleek na inspectie van het gat, dat het met een stuk nieuwe linnen eenvoudig te repareren was.

'We zijn al dicht bij Coevorden', zei Klaas. 'We kunnen enkele kilometers buiten de stad in een stuk veengebied landen. Daar komen die 'dwalers' niet eenvoudig doorheen.'

'De ballon is bijna klaar!', zei Atty die op de houten stellages zat en bezig was de ballon te stikken.

Enkele minuten later vulden de ballonnen zich en zette het drakenschip koers richting de vestingstad.

Ze vlogen over de verlaten moerassen en Koen keek zijn ogen uit. 'Het lijkt wel of Drenthe een zompige bende is.'

'Dat was eeuwen geleden ook zo', zei Anne, die naast hem over de reling naar beneden keek. '*Vroeger bestond Nederland voor een groot deel uit ondoordringbaar moerassig veen. Hier konden geen mensen wonen en er kon niets verbouwd worden. Maar wij, Nederlanders, deden waar we goed in waren en dat is van waterrijke ge-

bieden land maken. De mensen kwamen erachter, dat als je kanalen ging graven in het moerassige veen, dat deze gebieden leegliepen en droog kwamen te liggen. En dat de grond geschikt werd om graan en groente te verbouwen. Dat noemde men ontginning. En tussen het jaar duizend en vijftienhonderd werden grote delen van Nederland ontgonnen. Wij, Nederlanders, werden er zo goed in, dat we het idee zelfs exporteerden naar andere landen. In Duitsland zijn zo gigantische gebieden drooggelegd. Maar het had ook zijn nadelen, want gebieden die indroogden begonnen te krimpen en lager te liggen, waardoor ze weer te vochtig werden om graan op te verbouwen. Maar hierdoor was het wel geschikt voor grasland om koeien te houden. Om de overige gebieden droog te houden, zette men molens in, die het water uit de gebieden in de sloten en kanalen pompten. Maar er waren ook hoogveengebieden die men ging afgegraven.'
'Voor turf toch?'
'Precies!', zei Anne. 'Er werd veel turf afgegraven, omdat die eeuwenlang de belangrijkste brandstof was. Later kwamen de kolen en nog weer later andere vormen van brandstof. Deze afgegraven gebieden kwamen vol met water te staan en daar kon geen molen tegen pompen. Hierdoor ontstonden de prachtige meren, die je in onze tijd overal in Drenthe en de rest van Nederland ziet.'*
Koen keek Anne aan. 'Het is voor het eerst in mijn leven dat ik geboeid naar een geschiedenisles heb geluisterd. ' zei hij. 'Misschien is het toch niet zo erg om hier te zijn. Zo steek ik er nog wat van op.'
Anne begon te blozen maar gelukkig zag Koen dat niet.
'We moeten hier zo landen.' zei Klaas die naast hen kwam staan. 'Anders zullen ze ons vanaf de vestingmuren al kunnen zien.'
Koen keek naar voren en zag dat hij gelijk had want in de verte konden ze Coevorden al zien liggen. Hij liet het schip midden in een stuk moerassig gebied landen dat groot genoeg was om het schip te verbergen en klein genoeg om er lopend uit te komen.
'Hoe gaan we het aanpakken?', vroeg Bowen.
Klaas nam het woord. 'We gaan via de gracht naar de afvoer. Via de afvoer kunnen wij bij de ontsnappingstunnel komen. Hij is alleen vanaf de binnenkant te openen. Ik heb een postduif gestuurd naar een bekende van mij. Die zal de toegang voor ons op een kiertje zetten.'

'Laten we maar hopen dat hij de duif heeft gekregen en nu niet op het ontbijtbordje bij Schenck ligt.' lachte Gerwin.

Klaas vervolgde. 'Eenmaal binnen gekomen kunnen we ongezien onder de cellen komen. Niemand zal door hebben dat we de Sargas hebben gered tot ze zien dat de cellen leeg zijn.'

'Ik zal vanaf een afstand alles in de gaten houden', zei Will die behendig uit het schip sprong.

'Wacht!', riep Koen. 'Hij pakte een langwerpige leren tas en klauterde uit het schip. Hij stond even met Will te praten en gebaarde een aantal keer naar boven.

Will verdween tussen de bosjes en Koen kwam weer het schip ingeklommen.

'Waar hadden jullie het over?', vroeg Anne nieuwsgierig.

'Ik heb hem een mortier gegeven.'

'Een mortier!?', zei Anne verbaasd. 'Waarvoor?'

Koen gebaarde naar Aod en Artis dat ze de leren tassen moesten ophalen die naast het roer lagen.

Koen haalde uit een van de tassen een houten buis. Aan de onderkant daarvan zat een lontje. Hij bevestigde dat op houten blok zodat de buis schuin omhoog gericht was.

Koen haalde trots een groot pakket met aan de bovenkant een lont van wel een meter en aan de onder kant een kleintje. 'Dit is een mortier', zei hij trots. 'Onder aan dit pakje zit een springlading. En dan komt de explosieve lading.'

Iedereen keek hem aan of hij Chinees sprak. 'We steken de lange lont aan en dan de kleine. Dan schuif je het in de buis. Het kleine lontje zorgt ervoor dat het pakketje de lucht ingeschoten wordt en seconden later zal pas de grote lont het kruit hebben bereikt en op honderd meter hoogte met een gigantische knal en flits exploderen.'

'En wat moeten wij ermee?', vroeg Mariah.

'We kunnen hiermee hulp van het drakenschip vragen. De knal en flits zullen mijlen ver te horen en te zien zijn!' Will heeft er een van mij meegekregen en diegene die met Klaas de vesting in gaat krijgt er ook een mee. Zo weten zij die bij het schip blijven, wanneer ze in actie moeten komen.'

'Geniaal Anghus!', zei Galen.

'Maar wie gaat er eigenlijk met Klaas mee!?', vroeg Koen zich terecht af.
'Wij!' Anne sloeg de arm om Koen heen en trok hem tegen zich aan.
'En wie staat er dan aan het roer?', vroeg Koen, die ook een arm om Anne heen sloeg.
'Ik!', zei Concidius stellig. 'We moeten dit schip kunnen verdedigen tegen die 'dwalers'. Klaas zegt dat het eenvoudig is, om in en uit de gevangenis te komen, dus dat moet voor jullie een peulenschilletje zijn. We moeten zoveel mogelijk Sargas hier houden. De 'dwalers' zijn onderweg. We mogen dit schip niet verliezen, anders wordt het een heel eind lopen. Wij zullen de 'dwalers' in een hinderlaag lokken. Wanneer jullie onze hulp nodig hebben, dan horen wij dat wel. Ik kan met Atty, Aod, Arlen en Artis het schip wel besturen.'
Koen leek niet eens te twijfelen. 'Prima. Waar wachten we op!'
Voor Anne nog iets kon zeggen, stond Koen met zijn mortier op de rug al naast het schip.
'Jullie kunnen die schilden en kruisboog niet meenemen. Dat past waarschijnlijk niet door de nauwe gang', meldde Klaas.
Met tegenzin lieten Anne en Koen hun schild en grote wapens achter. Ze trokken hun mantels over hun pakken en deden de capuchon over hun helm en liepen achter Klaas het moeras uit.
'Anghus, wat ben jij veranderd!', zei Anne.
'Wat bedoel je met anders?', vroeg Koen opgewekt.
'Zo zelfverzekerd en volwassen.'
'Geen idee? Het is vast de schone lucht', lachte hij.
Na enkele minuten stonden ze al buiten het moeras op een zandweg. Ze zagen de imposante vestingstad al liggen en liepen ernaar toe. Bij de poort stonden honderden soldaten- als het er geen duizenden waren- in een file voor de poort. Het was nog maar zeven uur in de morgen. Wat deden er zoveel soldaten hier op dat vroege tijdstip?
Ook Klaas keek verbaasd. 'Dat zijn Portugese, Spaanse en Nederlandse soldaten! Ik heb nog nooit van mijn leven zo een groot leger in Drenthe gezien!', zei Klaas verbaasd.
Hij gebaarde dat ze mee moesten lopen en ze liepen van het zandpad af en gingen rustig langs de gracht. Na ongeveer honderd meter stopte Klaas bij een rietkraag. Ze zagen de hoge vestingwallen liggen en

nog weer verder de stadsmuren.
Klaas zocht naar iets in het riet. 'Ah, hier is het.' Hij pakte een touw dat in het water lag. Hij trok er voorzichtig aan en vanaf de overkant kwam een rietpol langzaam hun kant op gegleden.
'Hier kunnen we met ons drieën prima op zitten', zei Klaas. Onder deze dekens van mos en gras kunnen we liggen, als wij ons rustig naar de overkant trekken.'
Midden in de rietpol zat een ring, waardoor een touw liep, zodat je net als bij een pontje heen en weer kon varen.
Langzaam gingen ze naar de overkant en gespannen keken ze vanonder hun mos dekens naar de vestingwal, die dichter en dichter bij kwam. Na enkele minuten kwamen ze tegen de wal tot stilstand. Ze zagen niets behalve aarde. Maar Klaas wees hen op een gat, dat onopvallend in de vestingwal zat. Ze gingen achter Klaas aan en halverwege de tunnel scheen een beetje licht uit de wand. Klaas trok aan een klein touwtje, dat naar buiten stak. Tot hun verbazing klapte er een klein deurtje open waarachter een kruipruimte zichtbaar was.
'Kruipen jullie er eerst maar in, dan sluit ik de gang achter mij.'
Ze kropen voorzichtig door de krappe gang en Anne vroeg zich af, hoe ze een eventuele gewonde Sarga hierdoor moesten krijgen. Ze was blij dat ze haar schild en kruisboog had thuisgelaten, want dat had inderdaad niet gepast.
Ze hoorden Klaas achter hen het deurtje vergrendelen en kropen minstens een halfuur, voor ze licht zagen. Ze kwamen in een met fakkels verlichte tunnel, die leek op de gang onder het huis van Mariah. Ze konden links en rechts.
'Wie heeft jou geholpen om binnen te komen?', vroeg Anne aan Klaas.
'Dat zal ik in verband met de veiligheid van die persoon niet zeggen.'
Anne wist nog steeds niet, wat ze van hem moest denken. Maar voorlopig had ze geen andere keuze, dan hem te vertrouwen.
Klaas kwam achter hen aan. 'Volg mij!', zei hij, terwijl hij linksaf sloeg.
'Hoe heette de drost die jij hebt gediend?' vroeg Anne.
'*Johan van Selbach*.'
'Wat is er met Selbach gebeurd?', vroeg Koen.
'Na een belegering van twee maanden werden wij door de huidige drost, Schenck, verdreven.'

'Maar weet die Schenck dan niets van deze gangen?'
'Selbach en ik hebben het hem in ieder geval niet verteld en ik ga er vanuit, dat niemand anders dat wel heeft gedaan', lachte hij.
Klaas stopte bij een rond luik van hout met een wiel in het midden. Hij draaide eraan en ze hoorden verschillende mechanismen draaien en vervolgens sloten openspringen.
Net als bij een watersluis van een onderzeeër klapte de deur aan een scharnier naar beneden open. In het vage licht zagen ze kleine metalen treden in een stenen schacht boven hen.
'Dit zijn de cellen, waarvan ik vermoed dat ze daarin gevangen worden gehouden.'
'Waarom deze?', vroeg Anne.
'De andere zijn gewone cellen. Hier worden mensen ondervraagd en gemarteld. En Schenck vindt dat een heerlijk tijdverdrijf.'
Koen en Anne pakten de treden beet en hesen zich omhoog en klommen vervolgens naar boven, tot ze bij een metalen rooster kwamen, dat door metalen schuifjes op slot zat. Koen schoof ze open en net toen hij het metalen rooster omhoog wilde duwen hoorde hij stemmen. 'Stil', fluisterde Koen tegen Anne en Klaas.
Boven hen hoorden ze een deur opengaan. 'Mag ik er aine afranselen, Pape?', hoorden ze een wel heel bekende stem zeggen. Het was de stem van reus Brammert.
'Dat help jem toch nie', zei Ellert.
'Er wordt hier niemand meer afgetuigd', hoorden ze een autoritaire man zeggen. 'Jullie halen die twee naar beneden!'
'Moar Schenckie, mien pape heeft wel moog'n sloan?'
'Jouw vader kreeg de informatie ook niet uit hen. Laat hen nu maar zakken en maak hen los. Ze gaan met mij mee.'
'Moar, Lalaing zei.......'
'Lalaing is hier niet de baas. Ik wel. Deze mannen hebben voorlopig genoeg geleden.'
Ze hoorden gekletter van kettingen en wat gekreun en vervolgens de deur weer in het slot vallen.
Koen duwde het rooster omhoog en klom de ruimte in. Je kon er weinig zien. Er viel een heel klein beetje daglicht door tralies hoog in de wand. Er hingen kettingen van boven uit het plafond en er stonden

banken, waar je mensen op vast kon binden en, zo leek het, uit elkaar kon trekken. 'Er is niemand. We zijn te laat!', zei Koen teleurgesteld.
Anne stond nu naast hem in het lege vertrek. Klaas bleef beneden in de gang op hen wachten.
'Ik denk dat het Donaghy en Eburacon net door Ellert en Brammert zijn meegenomen. We zijn te laat, te laat!', herhaalde Koen gefrustreerd en schopte tegen een lege waterbak.
'Schenck is ook geen vriend van jullie, begrijp ik?'
Anne en Koen schrokken en trokken instinctief hun zwaarden.
Ze hoorden en mannenstem vlakbij hen. Maar hun ogen waren nog niet goed gewend aan het donker. Ze zagen dus niemand. Toen ze beter keken, zagen ze dat de gevangenis door een hek in tweeën was gedeeld. Vanuit een hoek kwam een oude man naar de tralies lopen.
De man droeg adellijke kleding, die vuil was. Maar verder zag hij er gezond uit.
'Sorry, dat ik jullie liet schrikken. Mag ik mij aan jullie voorstellen. Mijn naam is Karel van Gelre, hertog van Gelre, graaf van Zutphen uit het huis Egmont!'
Koen keek de man aan. Hij wist precies wie Karel was. Hij had ooit noodgedwongen een spreekbeurt over hem gehouden. 'Mijn naam is Koe, ik bedoel Anghus en dit is Morrigan', zei hij.
'Ah Sargas, als ik mij niet vergis. Ik heb respect voor jullie vrienden. Ondanks de martelingen hebben ze niets losgelaten. Maar jullie zijn net te laat, ze zijn door de drost, Schenck, en die verschrikkelijke reuzen meegenomen.'
'Weet u toevallig waarheen?', vroeg Anne.
Gelre knikte en keek hen bezorgd aan. 'Ze worden naar de Etstoel gebracht en zullen daar aangeklaagd worden voor hoogverraad tegen de keizer.'
'Dan is er geen tijd te verliezen', zei Anne. 'Op hoogverraad staat de doodstraf. We moeten uitzoeken wat hier allemaal gebeurt en dan snel naar de Etstoel, om hen van de galg te redden!'
'Weet u misschien wat hier in het kasteel gebeurt? Waarom het zo zwaar bewaakt wordt?,' vroeg Anne.
'Ik heb geen idee. Ik zit hier al even vast. Ik ben vanmorgen hier in de cel naast jullie vrienden gezet. Aan het gereedschap te zien, ben ik

hier ook niet voor de gezelligheid', lachte hij

'Waarom zit u dan vast? U bent toch heerser over Friesland, Groningen en Drenthe?'

'Was heerser', zei hij met een gebogen hoofd. 'Ik heb kort geleden afstand moeten doen van deze gebieden en dat heb ik niet vrijwillig gedaan. Geloof mij!'

Koen herinnerde zich uit zijn spreekbeurt, dat van Gelre inderdaad door Schenck was gedwongen afstand te doen. Wat de *Vrede van Grave* werd genoemd.

'Maar u hebt toch afstand gedaan? Of hebt u dit verdrag ook niet echt ondertekend?' Koen doelde daarmee op een eerder verdrag tussen de keizer en hem, dat hij nooit ondertekend had en daardoor formeel heerser van de drie noordelijke gebieden was gebleven.

Er kwam een grijns op het gezicht van de oude man. 'Dat is nu niet het probleem, Anghus. Als ik de kans krijg vertel ik het jullie later nog wel. Jullie moeten hier nu weg en naar de Etstoel. Jullie vrienden hebben niet lang meer.'

'Voordat we gaan, moeten we eerst naar de kamer van die Schenck. Er is hier meer aan de hand. Dat voel ik', zei Anne.

'Maar eerst Meneer van Gelre eruit halen', zei Koen

Anne ging op de grond liggen en keek in de gang beneden. 'Klaas, fluisterde ze, loopt er ook een gang naar de gevangenis hier naast?'

Klaas schudde zijn hoofd.

'Je kunt toch zijn en onze deur openen met jouw Aillin?', zei Koen 'Dat deed je ook in de wijnkelder met die hendel.'

'Je kunt alleen de Aillin gebruiken als er direct gevaar voor iemand is. Dat wij opgesloten zijn is vervelend, maar het is niet zorgelijk genoeg, om de magie van de Aillin te laten werken', zei Anne.

Ze had die woorden nog niet uitgesproken of ze hoorden gebulder op de gang. 'Ik mag die Gelre wel sloan, hè pape?'

'Is dat gevaar genoeg?', zei Koen.

Anne keek rond. Boven bij de tralies, waar licht door naar binnen viel, zag ze grassprietjes. Ze concentreerde zich en haar Aillin begon helder te schijnen.

Op de gang kwamen de voetstappen dichter en dichter bij.

De grassprieten begonnen pijlsnel te groeien en kronkelden zich om

de tralies en trokken ze uit elkaar. Het gat was net groot genoeg, dat Van Gelre erdoor kon kruipen en in een flits waren de tralies weer recht en de grassprieten weer weg.
Er klonk nu sleutelgerinkel bij de cel van Van Gelre.
'Welke is 't pape? 'T ben d'r zo veul.'
'Kiek dan ook beter, stomkop. En hoal die kippenpoot uut dien hand! Je loopt alleen moar te vreetn. Kiek, het is die sleutel met 't bijltje erop!'
'Komen jullie nog?', fluisterde Klaas van onderen.
'U eerst!', zei Koen tegen Van Gelre en die klom voorzichtig maar snel langs de treden naar beneden.
Anne en Koen volgden hem zo stil mogelijk.
Intussen zwaaide de celdeur open en Ellert en Brammert stampten binnen en stonden met open mond te kijken.
'Woar is die Van Gelre?' Brammert zocht in de donkere hoeken en keek op de vloer. 'Hij is hier nait meer?' zei hij verbaasd. 'Is hij oplost?'
Koen deed het rooster voorzichtig dicht en op slot.
'Wat heur ik doar?', hoorden ze Ellert nog net zeggen, toen Koen ook het tweede luik sloot en het weer stil werd.
Ze stonden nu met hun vieren in de tunnel.
Klaas keek met grote ogen naar Van Gelre en maakte een diepe buiging. 'Uwe excellentie. Wat deed u daarboven? Bent u een Sarga?', vroeg Klaas verbaasd.
'Nee, ik ben geen Sarga. Maar Klaas? Wat doe jij hier?', vroeg van Gelre op zijn beurt.
'Kennen jullie elkaar dan?' vroeg Koen.
'Ik ken Klaas zijn vorige baas', zei van Gelre. 'Johan van Selbach. Een geweldige man en een even goede legeraanvoerder als mijn *Maarten van Rossum*. Maar hoe is het met jouw huidige baas, Roelof de Vos van Steenwijk?'
Klaas boog zijn hoofd. 'Hij is dood mijnheer.'
'Dood? Hoe kan dat?'
Anne vertelde over Dougal en zijn duistere krachten, over Roelof die was gedood en de Sargas, die het kwaad wilden stoppen. 'Dat is zeer ernstig', zei Van Gelre. 'Kan ik wat voor jullie doen?'

Anne knikte. 'Dat u zichzelf in veiligheid brengt. Klaas, wil jij Van Gelre naar het luchtschip brengen en de Sargas vertellen wat er is gebeurd?'
Klaas knikte.
'Weet jij hoe wij bij de kamer van de drost kunnen komen?', vroeg Koen aan Klaas.
'Jullie moeten deze gang volgen en telkens rechts aanhouden. De gang loopt dan hoger en hoger en uiteindelijk loopt hij dood. Jullie zijn dan bij zijn torenkamer. Door twee gaatjes kunnen jullie zijn kamer in kijken. Is de kust veilig, ga dan bij de wand staan en druk op de witte steen op de vloer. Jullie draaien dan met wand en al de kamer in!'
Voor het eerst vertrouwde Anne Klaas. Blijkbaar was haar gevoel niet altijd juist.

HOOFDSTUK 17
EEN GROTE ONTDEKKING!

Anne en Koen namen afscheid van Klaas en Van Gelre en volgden de gang, zoals Klaas hun had verteld, hoger en hoger gingen ze, tot ze niet meer verder konden en voor een muur stonden. Door twee gaatjes in de muur keken ze inderdaad in een torenkamer. Er was niemand aanwezig. Waarschijnlijk was Schenck al naar de Etstoel vertrokken. In de kamer stond een groot bureau, een kast met boeken, een grote tafel met kleine pionnetjes erop en een lessenaar waarop, een oud boek lag opengeslagen.
Anne keek Koen aan. Hij knikte en drukte op de witte steen. Ze draaiden, zoals voorspeld, met de wand de kamer in.
Koen liep direct naar de grote tafel met pionnetjes erop. 'Kijk, wat zal dit te betekenen hebben?'
Anne kwam kijken en zag dat de tafel een grote kaart van Drenthe was. De houten pionnetjes stonden bij verschillende plaatsen in Drenthe. Maar bij de ene plaats stonden meer dan bij de ander. Maar verreweg de meeste stonden tussen de plaatsen *Zuidlaren* en *Anloo*.
Anne pakte een stoel en ging er bovenop staan. Ze kon nu beter zien waar de pionnetjes precies op de kaart van Drenthe stonden.
'En, wat zie je van bovenaf?'
Anne keek naar de kaart en ging in haar hoofd alle plaatsen af waar de pionnetjes stonden.
'Het zijn de grafheuvels! Ik herken de kaart uit de kamer van mijn vader. Ze staan bij alle plaatsen waar grafheuvels zijn, maar de meeste pionnetjes staan tussen Anloo en Zuidlaren. Daar zijn ongeveer zestig grafheuvels*. Er moet een verband zijn tussen de vele pionnetjes en de grafheuvels.'
'Maar wat moet hij dan met die grafheuvels?'

Anne haalde haar schouders op en keek de kamer rond. Doordat ze nog op de stoel stond, kon ze recht in het opengeslagen boek kijken. Haar ogen werden groot en ze sprong van de stoel en rende naar het boek toe. 'Kijk, kijk!'
Koen kwam naar haast haar staan en zag in het boek een schets van een man met een bijl in zijn hand.
'Ja?', zei Koen vragend.
'Dat is de Bijl waarom mijn vader is ontvoerd!' Anne begon te lezen:

'Haldor, koning van Drenthe, heerser van de natte vlakten en drager van de machtige Thorstein.
Alle volken zullen buigen voor zijn macht, zijn kracht.
Een Bijl voor het volk. Een bijl van de doden. De onderwereldgoden!
Wanneer de zwarte zon schijnt en het licht verdwijnt, zal zijn macht onoverwinnelijk zijn.'

'Wat betekent dat?'
'Dat Dougal waarschijnlijk die magische bijl heeft!' zei Anne geschokt. Ze hoorden gestommel aan de andere kant van de deur en Anne schoof de stoel weer netjes terug. Ze gingen bij de muur staan en draaiden met de wand weer terug.
Door de gaatjes keken ze gespannen de kamer in.
Al kletsend kwamen drost Schenck en Lalaing het kamertje binnen.
'Hoe is het mogelijk!', zei Schenck. 'Van Gelre uit zijn cel verdwenen? Dat is onmogelijk. Hij kan toch niet zomaar opgelost zijn? Hebben die twee onnozele reuzen wel goed gekeken?'
'We hebben nu wel andere dingen aan ons hoofd', zei Lalaing. 'Jij moet naar de Etstoel en ik moet zien hoe ik al die wapens naar De Strubben-Kniphorstbos krijg.'
'Hoe zit dat met die Dougal?', zei Schenck. 'Ik vertrouw die magiër voor geen meter. Ik zit straks in Coevorden met een leger zonder wapens! Straks blijkt dat hij mij voor de gek houdt en samenwerkt met die Van Ham. Wie zegt mij dat het verhaal over die bijl geen fabeltje is? Ik wil overmorgen naar *Heiligerlee* om die *Van Ham te verslaan*. Dus hij zorgt er maar voor, dat het zogenaamde onoverwinnelijke leger van hem dan klaar staat! Anders geeft hij mij die

wapens maar weer terug en los ik het zelf wel op.'
Lalaing keek de drost doordringend aan. 'Ik heb gezien en gevoeld wat voor kracht die Dougal bezit. Ik heb gezien hoe hij demonische beesten, genaamd Wargulls, uit een veenmeer liet herrijzen. Ik heb gezien hoe hij eeuwenoude strijders uit die grafheuvels liet komen! Neem maar van mij aan, dat je die Dougal te vriend moet houden.'
Anne en Koen keken elkaar geschrokken aan.
'Jouw wapens zullen goed gebruikt worden', zei Lalaing. 'Stel je eens voor, dat je nooit meer een soldaat zult verliezen en ieder volk op de knieën ligt voor koning, keizer Schenck van Toutenburg! Aan het einde van de middag zal Dougal het leger bij De Strubben-Kniphorstbos presenteren.'
'En wie zegt mij dat hij mij niet vermoordt, zoals hij met die Sargas wil doen? Waarom zou hij zelf niet op de troon willen zitten?'
Lalaing gaf geen antwoord op die vraag. 'Kom na de Etstoel maar naar de Strubben', zei hij kortaf.
Schenck trok een sjieke mantel aan en verliet samen met Lalaing de kamer.
'Dat is dus wat hij doet, een leger opbouwen. Een leger van het Trechterbekervolk!'
'We moeten dit aan de Sargas vertellen.'
'Weet jij dan waar dat bos is?'
'Dat is het bos tussen *Anloo* en *Zuidlaren*. De plek op de kaart waar de meeste pionnetjes stonden. Het is ook de meest logische plaats. De plaats waar verreweg de meeste grafheuvels bij elkaar zijn en waar je dus een groot leger tot leven kunt wekken.
'En dat kan hij dus met die bijl doen?'
Anne knikte. 'Blijkbaar. Ik moet nog een keer in dat boek kijken. Misschien staan er aanwijzingen in, hoe wij Dougal kunnen stoppen.'
Anne en Koen draaiden weer de kamer in en liepen naar het boek. Op dat moment zwaaide de deur open.
Een vrouw kwam de kamer binnengelopen en liet de spullen, die ze in haar hand had, op de grond vallen.
'Wat, wat doen jullie hier?', vroeg ze geschrokken.
'Wij zijn Sargas en willen dit boek even lenen', zei Anne rustig. Anne pakte intussen het boek, klapte het dicht en deed het onder haar mantel.

De vrouw stond hen nog steeds aan te gapen.
'Als u het niet erg vindt, dan gaan wij nu weer.' Koen drukte op de tegel maar er zat geen beweging meer in. Ze probeerden het nog tien keer, maar het lukte niet. Anne wreef over haar Aillin, maar blijkbaar vormde de vrouw te weinig bedreiging.
'Als u het niet erg vindt, dan nemen wij de trap.' zei Anne, terwijl ze richting de deur liep.
De vrouw ging tegen de wand staan en keek Anne en Koen na.
Koen was zo slim om de deur achter zich te vergrendelen, zodat de vrouw niet om hulp kon roepen.
Anne en Koen deden de capuchon over hun helm en liepen voorzichtig de stenen traptreden af. Ze kwamen in een grote hal waar aan weerszijden harnassen stonden en aan de wand grote schilderijen hingen. Er waren deuren naar rechts en links. Maar de enige echte uitweg leek een grote deur te zijn aan het einde van de gang. Ze liepen voorzichtig door de hal om zo min mogelijk geluid te maken.
'Wat doen jullie daar?', hoorden ze een mannenstem achter zich roepen. Ze bleven stokstijf staan. Anne zag in het spiegelbeeld van een harnas, dat het een soldaat van de keizerlijke garde was. 'Rustig doorlopen, Koen', fluisterde ze.
'Wie zijn jullie? Wat doen jullie hier?', riep de soldaat.
Anne en Koen waren nu bijna bij de uitgang. Maar de deur voor hen zwaaide plotseling open en ze stonden nu oog in oog met twee andere soldaten, die meteen hun wapens trokken.
Anne gooide het boek naar Koen. 'Hier, vang!' Als een Kung Fu vechter schakelde Anne de twee met enkele trappen en klappen uit. 'Rennen, nu!', riep ze.
Anne en Koen renden naar buiten en stonden op een binnenplein, waar honderden soldaten keurig in een rij stonden, en één voor één hun riem en wapens afgaven.
Achter zich hoorden ze nu geschreeuw: 'Sargas, stop de Sargas!'
De soldaten in de rij keken even naar Anne en Koen, maar gingen verder met waarvoor ze gekomen waren en dat was hun wapens en capes afgeven.
Achter hen schalde nu een hoorn en vervolgens leek overal in de stad op horens geblazen te worden.

'Ze waarschuwen iedereen dat er indringers zijn!', riep Anne. Ze trok Koen een steegje in en ze renden zo hard ze konden.

Van alle kanten kwamen er soldaten aangelopen en het zou niet lang meer duren, voordat ze ontdekt zouden worden.

Ze sloegen rechts- en weer linksaf en renden door een straat, waar mensen geschrokken opzij sprongen. Koen en Anne hadden enkele seconden voorsprong en vlogen van steeg naar steeg, van straat naar straat. Maar geen van beiden kende Coevorden en hadden dus geen flauw idee, waar ze heen liepen.

Ze stonden uiteindelijk op een kruising, waar ze al eerder hadden gestaan. 'Kom mee, jullie!', riep een vrouw vanuit een winkel. 'Ik kan jullie helpen!'

Anne en Koen keken de vrouw aan en hadden geen andere keus, dan haar te vertrouwen.

'Blijf hier. Ik ben zo terug.'

Maar voordat Anne kon vragen, wat zij van plan was, was de vrouw verdwenen tussen de mensen op straat.

Na enkele minuten, die voor Anne en Koen wel uren leken, kwam ze weer terug. In haar handen had ze verschillende kledingstukken: een riem, hoed en soort sluier.

'Ze zijn toch op zoek naar Sargas?', zei ze. 'Doe jullie helm en mantel af!'

'Maar wie bent u?'

'Ik ben Wilma, de zus van Klaas. Ik heb gezorgd dat het luikje openstond en jullie de stad binnen konden komen. Maar jullie moeten opschieten. Schuif de helmen over elkaar en stop die capes in jouw helm!'

Ook al mochten Sargas hun ware identiteit nooit laten zien, toch deed Anne het. Er kende in deze tijd immers niemand hen en een ander alternatief hadden ze niet.

Wilma keek Anne en Koen verbaasd aan. Ze had blijkbaar geen tieners verwacht. Maar ze vroeg verder niets. 'Bind nu de helmen op jouw buik met deze riem.'

Anne kreeg een vermoeden wat haar plan was en niet veel later stonden er een keurige zwangere jonkvrouw en jonkheer op straat. Ze droegen mooie fluwelen kleren en een prachtige mantel, waar hun wapens goed onder verborgen bleven. Koen droeg een hoed en Anne een doek om haar hoofd.

Ondanks het vroege tijdstip was het al best druk op straat. 'Zou u dit boek meteen willen laten bezorgen bij de Achondra's?', vroeg Anne aan Wilma met ernst in haar stem. 'Dit boek mag absoluut niet in verkeerde handen komen. Houd het verborgen. Wilma knikte en jonkvrouw Anne en jonkheer Koen liepen rustig in de richting, waarvan Wilma had gezegd dat de poort, en tevens de enige toegangsweg van en naar de stad, was. Ze kwamen nu op een groot plein en zagen aan het eind de poort, waardoor nog altijd de lange rij soldaten met wapens binnenkwam en zonder bewapening de stad weer verliet. Ze zagen bij de poort soldaten van de keizerlijke garde staan die iedereen controleerden, die de stad wilde verlaten en er verdacht uitzag.

'Gewoon rustig blijven', zei Anne. 'Ze zoeken Sargas en geen zwanger stel.'

De soldaten controleerden inderdaad alleen mensen die en cape of helm droegen. Maar het zwangere echtpaar gunden ze geen blik waardig. Langzaam werden ze met de mensenmassa meegevoerd richting de poort.

HOOFDSTUK 18
VLUCHTEN OF GEDOOD WORDEN

Ze liepen nu onder de indrukwekkende poort door. Vanuit tegengestelde richting kwamen nog altijd de soldaten, die hun wapens in de stad moesten afgegeven. Anne en Koen waren nu bijna op de loopbrug en wilden net opgelucht adem halen, toen ze enkele meters voor hen gegrom hoorden. Aan de overkant van de brug stond een man in een zwarte mantel met een wolvenmasker. Het was Dougal en naast hem vijf Wargulls.
'Wat nu?, vroeg Koen geschrokken.
Enkele meters achter Dougal stonden zes ruiters met zwarte capes. Ze hoefden niet te raden wat voor ridders dat waren.
De roedelleider, dezelfde wolf als die uit de kelder, was hevig aan het grommen en snuiven. 'Wat ruik je mijn vriend? Sargavlees?', hoorden ze Dougal zeggen.
De grote Wargull keek door de mensenmassa recht in de ogen van Anne. Ze besefte dat ze ontdekt waren.
Anne pakte de arm van Koen beet en hield puffend haar buik vast. 'Schat, ik denk dat we even terug moeten. Volgens mij komt de kleine eraan.' Ze draaide zich om en mengde zich met Koen tussen de lange rij soldaten die schuifelend de poort in gingen.
'Die twee daar!', riep Dougal. 'Die vrouw en die man!'
Koen keek over zijn schouder en zag de 'dwalers' hun richting op rijden.
Anne en Koen versnelden en wurmden zich door de massa. Ze kwamen onder de poort door en op het plein. Ze sloegen direct links en renden zo hard als ze konden. Een rumoer achter hen steeg op. Ze hoorden mensen gillen, schelden en tieren.
'We zijn ontdekt. Ze deden al rennend de kleren uit en gooiden die naar een bedelaar, die dankbaar maar verbaasd naar het zwangere

stel keek. Anne maakte de riem om haar middel los en gooide Koen zijn helm en cape toe. Ze liepen door smalle steegjes en Anne haar hersenen maakten overuren. 'We moeten op de stadsmuur zien te komen. Misschien kunnen we in de gracht springen en ze van ons afschudden.'
Koen knikte.
Achter zich hoorden ze hoefgetrappel en het gekrijs van 'dwalers'. Ze kwamen nu in een brede en verlaten straat en renden die door, tot ze bij een hoge muur kwamen en niet verder konden. 'Het loopt dood', zei Koen angstig.
Achter hen werd het gekrijs steeds luider.
Op de muur boven hen draaiden soldaten, die de wacht hielden, zich om en keken naar beneden.
'Wat doen jullie daar?' De soldaten spanden hun bogen en richtten hun pijlen op hen. 'Blijf staan of wij schieten!'
Ook de 'dwalers' kwamen nu met getrokken zwaarden de hoek om rijden. Maar het waren er geen tien, het waren er intussen wel vijftig. Blijkbaar had Dougal met zijn bijl al eerder wat grafheuvels bezocht.
'AAARGGGG!!', hoorden Koen en Anne op de muur boven zich.
Ze keken omhoog en zagen hoe een man met cape en twee kromme zwaarden op zijn rug met soepele Kung Fu bewegingen de soldaten op de muur de gracht in sloeg.
'Will' riepen Anne en Koen in koor. Maar er was geen tijd voor vreugde, want de 'dwalers' kwamen nu ook dreigend dichterbij.
Koen bedacht zich niet en haalde de mortier uit zijn rugtas.
'Anne, gebruik je Aillin!'
Anne wreef over haar Aillin en de lontjes ontbrandden.
Koen schoof het pakketje explosieven in de buis en enkele seconden later schoot het projectiel naar voren en kwam tussen de ruiters tot ontploffing. Hun paarden begonnen te steigeren en wierpen veel van de 'dwalers' van hun rug.
Maar de 'dwalers' leken niet onder de indruk en krabbelden overeind. Ze stormden nu met getrokken zwaarden op Anne en Koen af.
Anne en Koen maakten zich klaar voor de confrontatie. Maar plots bleven de 'dwalers' staan en staarden naar boven.
Een schaduw gleed van achteren over Anne en Koen heen.

Donar was met een rotvaart over de muur komen aanvliegen.

Anne en Koen joelden het uit.

Concidius stond aan het roer en liet het schip snel zakken. Hij vloog nu laag door de straat recht op de 'dwalers' af. Aod drukte uit alle macht op de blaasbalg, waardoor de draak meters lange stralen vuur spuwde. De voorste 'dwalers' kregen de volle laag en vlogen krijsend in brand.

'Stijgen, stijgen!', riep Concidius. En terwijl ze over de 'dwalers' vlogen, gooiden Galen en Gerwin hun dolkjes en schoot Mariah achter elkaar haar pijlen af. Toen het luchtschip hoog genoeg was, zagen Anne en Koen Bowen, Klaas en Van Gelre over de rand naar beneden kijken en explosieven tussen de 'dwalers' gooien. Er volgden drie gigantische explosies en toen de rook optrok waren er nog een stuk of tien 'dwalers' over.

Artis pompte uit alle macht olie in de fakkels en Donar steeg weer bulderend op. Maar net niet snel genoeg, waardoor ze met de onderkant van het schip een torentje raakten. Stenen vlogen in het rond en kletterden op de daken en vervolgens op de straat.

De tien 'dwalers' stormden nu al krijsend en met getrokken zwaarden op Anne en Koen af.

Will kwam met een touw van de muur abseilen en kwam naast Koen en Anne staan.

Ze trokken alle drie hun zwaarden en vochten tegen de 'dwalers'. Ze doodden de ene na de andere, totdat er alleen nog as in de straat dwarrelde.

'Bedankt', zei Koen tegen Will 'Jij komt altijd op het juiste moment.'

Maar hun opluchting was van korte duur.

Dougal en de Wargulls waren nu de hoek omgekomen. Ze stonden op tientallen meters van hen.

'Jullie kunnen misschien mijn 'dwalers' verslaan, maar mij niet!'

'Daar zou ik maar niet zo zeker van zijn', zei Anne en ze wreef over haar Aillin, maar dat leek geen enkel effect te hebben.

'Daag jij mij uit?', bulderde hij kwaadaardig

Maar Dougal had niet had gezien, dat Donar was gedraaid en van achter de huizen weer opdoemde.

De Wargulls voelden instinctief de dreiging en draaiden zich grom-

mend om. Dougal keek over zijn schouder en liet zich, nog net op tijd, op de grond vallen. Donar raasde vlak over hem heen en miste hem met zijn bodem letterlijk op een haar na. De Wargulls vlogen angstig weg, omdat de draak weer meterslange stralen vuur spuwde.
Gerwin en Fergus gooiden twee touwladders over de reling, die ze kletterend over de straatstenen naar Anne en Koen toe sleepten.
Pak elk een ladder', riep Will.
'Maar jij dan?', vroeg Anne
Maar Will had zich al omgedraaid en rende richting de muur. Hij pakte het touw en liep soepel tegen de wand op.
Donar kwam dichter en dichter bij de vestingmuur. Anne en Koen grepen elk een ladder en werden met lader en al over de grond gesleept, recht op de muur af.
'Stijgen, stijgen!!!', riep Koen angstig.
'Achteruit trappen!' hoorden ze Concidius commanderen. De ballon minderde vaart en net voor de muur kwam hij tot stilstand en ging vervolgens recht omhoog.
Anne en Koen klommen het laddertje op en klauterden in het schip. Will sprong vanaf de muur ook op het dek. Ze keken naar Dougal, die intussen weer overeind was gekrabbeld! Hij deed zijn rechter hand onder de mantel en zijn linker richtte hij op de zwaarden van de gedode 'dwalers' die nog op straat lagen. De zwaarden begonnen te zweven en alle punten draaiden nu in de richting van het schip. Dougal maakte met zijn hand een werpbeweging en de vijftig zwaarden vlogen als pijlen richting Donar, die net over de muur en de gracht wegvloog.
'Allemaal duiken!', riep Bowen.
Iedereen dook op de grond en de zwaarden boorden zich overal in het schip.
Toen de zwaardenregen voorbij was krabbelden Anne en Koen weer overeind en zagen dat knecht Arlen en Sarga Galen roerloos op het dek bleven liggen. Anne en Koen renden naar hen toe en zagen dat ze door meerdere zwaarden geraakt waren.
'Snel doeken en water!' Ze begonnen direct met het verlenen van eerste hulp.
De anderen konden niet anders dan hulpeloos toekijken. Na een half-

uur waren de twee gewonden verbonden en gestabiliseerd. Galen had door zijn beschermende Sargakleding gelukkig alleen vleeswonden. Maar de verwondingen van Arlen waren veel ernstiger. Een zwaard was door zijn schouder en een ander door zijn been gegaan.
'Arlen moet zo snel mogelijk naar de Achondra's!' zei Anne, die naast de knecht bleef zitten en zijn pols in de gaten hield.
Bowen was naast Galen gaan zitten en sprak geruststellend tegen hem.
Koen ging naast Concidius staan en keek op de kaart. 'Waar zitten wij nu Klaas?'
Klaas keek over de rand. 'We zitten, als ik mij niet vergis, net boven Aalden.'
'Dan schat ik dat we nog een uur moeten vliegen', zei Koen
'Dat redt Arlen niet! Kunnen we niet sneller? ', zei Anne bezorgd.
Koen dacht na: ' We kunnen 'hunen'! Waar is het dichtstbijzijnde hunebed?'
'Geniaal idee, Koen!' Anne sprong op en kwam naast hem staan en keek naar de kaart. Ze probeerde de kaart van de hunebedden voor zich te zien.
'Als we nu boven Aalden zijn, dan moeten we rechtdoor naar Schoonoord vliegen. Daar ligt een hunebed.'
Anne knikte. 'Daar ligt *D 49*. Het is een heel bekend hunebed. Het heeft de bijzondere naam *De Papeloze Kerk*', zei Anne 'Het is een groot hunebed, waar we met meer dan twee tegelijk kunnen 'hunen'.
'Maakt de grootte dan uit?', vroeg Koen.
'Dat maakt zeker uit. Hoe groter het hunebed des te groter de poort wordt. We kunnen dan met wel vier tegelijk 'hunen'. Maar je kunt alleen naast een Sarga 'hunen'. Dus we zullen het goed moeten verdelen.'
'Wat is 'hunen'?', vroeg Van Gelre, die naast hen kwam staan.
Ook Klaas was nieuwsgierig en kwam erbij staan,
Anne realiseerde zich, dat ze niet anders kon, dan hun de waarheid te vertellen. Hun geheugen wissen kon later nog altijd. 'Reizen tussen hunebedden. Dit zijn de stenen grafmonumenten, die je overal in Drenthe vindt.'
'Reizen? Maar dat is onmogelijk!'

'Niet dus', zei Koen droog.
'Zou iemand met mij dan naar Groningen kunnen 'hunen'?', zei Van Gelre verontwaardigd.
'*Noordlaren* ligt het dichtstbij. Verder liggen er in Groningen geen hunebedden', zei Bowen 'Maar ik kan u daar heen 'hunen' als u dat wilt.'
'Dat is goed genoeg. Ik heb nog wat dingen te regelen.'
Anne was weer naast Arlen gaan zitten.
Koen kwam naast Van Gelre staan. 'Mag ik u nog wat vragen?'
'Natuurlijk. Ga zitten.'
Koen en Van Gelre zaten nu naast elkaar, tegen de zijkant van het schip.
'Waarom zat u nu eigenlijk gevangen? Dat had u nog niet verteld.'
Van Gelre keek hem aan. 'Jammer, dat ik jouw gezicht niet kan zien. Dat praat een stuk gemakkelijker. Maar ik geloof dat jullie anonimiteit belangrijk is. Onze keizer wil mijn vriend in Denemarken aanvallen*.'
'U bedoelt koning Christiaan de derde?'
Van Gelre keek hem verbaasd aan: 'Maar hoe weet jij dat?'
'Ik heb veel over u gehoord en gelezen', zei Koen. Hij kon Van Gelre natuurlijk niet vertellen, wat er allemaal stond te gebeuren, anders zou hij de toekomst beïnvloeden. En daarom veranderde hij van onderwerp. 'U bent een held in Arnhem.' En dat had hij niet gelogen. Er stond een standbeeld van Van Gelre in Arnhem en hij lag daar in de Grote of Eusebiuskerk begraven.
Van Gelre keek hem dankbaar aan. Maar ik heb jou nog steeds niet verteld, waarom ik gevangen zat. 'Karel de vijfde en de drost Schenck zijn niet mijn beste vrienden. Ze hebben mij eerst gedwongen al mijn gebieden af te staan en nu willen zij mijn vriend in Kopenhagen aanvallen. Dat kan ik niet toestaan. Zelf ben ik te oud om het tegen de keizer op te nemen en daarom heb ik mijn Duitse bondgenoot Meindert van Ham opdracht gegeven met drieduizend man de Noord Groningse stad *Appingedam* in te nemen, om de keizer te dwingen zijn vloot niet naar Kopenhagen te sturen. Zou hij dat wel doen, dan dreigde ik heel Holland in te nemen. Keizer Kareltje was natuurlijk niet blij, dat ik hem bedreigde.' Van Gelre zuchtte en keek Koen recht

in zijn ogen. 'Nu heb ik mijn zin gekregen. De vloot vaart niet uit. Maar die vijfenveertighonderd Spaanse, Portugese en Nederlandse soldaten, die op het punt stonden naar Kopenhagen te varen, zijn nu op weg naar *Heiligerlee*, om daar een veldslag te leveren met mijn bondgenoot Meindert van Ham.

Koen keek hem aan. 'Die vijfenveertighonderd soldaten, waar u het over heeft, zijn op dit moment in Coevorden en geven al hun wapens af.

Van Gelre keek hem vragend aan.

'Deze wapens zal de magiër Dougal gaan gebruiken voor zijn eigen leger. Een leger van demonische ridders, genaamd 'dwalers'. Met dit leger wil hij eerst Van Ham verslaan en daarna de rest van de wereld veroveren.'

Van Gelre keek hem geschrokken aan. Dan heb ik des te meer reden, om naar Groningen te gaan.

Plotseling hoorden ze touwen knappen en doeken scheuren. Het luchtschip begon naar achteren te hellen, waardoor alles begon te schuiven. Blijkbaar hadden Dougal zijn vliegende zwaarden in Coevorden veel meer schade aangericht dan ze dachten.

Koen keek naar de achterste ballon. Enkele touwen, die deze op de plaats hielden, waren al geknapt en het zou niet lang duren, tot de anderen zouden bezwijken.

'Houd je allemaal stevig vast!', riep Koen. 'We zullen neerstorten!'

De laatste touwen knapten en het doek van de eerste ballon scheurde.

'Pas op!', riep Koen. Kisten en tonnen schoven over het dek naar achteren en Mariah en Will konden net op tijd opzij springen.

'Ik houd Donar niet meer!', schreeuwde Concidius, die nu meer aan het roer hing, dan erachter te staan.

Koen kroop via een touw naar de reling, om te zien hoe snel ze daalden. Dat ging veel sneller, dan hij dacht. Onder hen was het bos 'Zet je schrap. We storten neer', riep Koen.

De Sargas hadden te weinig tijd om hun Aillin te gebruiken. Het ging allemaal te snel.

De achterkant van het schip schampte eerst de boomtoppen en vervolgens was er een luid gekraak, gevolgd door een harde klap. En toen... Stilte, doodse stilte.

Anne deed haar ogen open en zag dat Donar in tweeën gebroken was. De zwaargewonde Arlen lag naast haar. De draak lag dood tussen de boomtoppen en tot overmaat van ramp was er brand uitgebroken bij het vat olie dat onder de fakkels had gestaan. Het vuur greep gevaarlijk snel om zich heen.

Ook Koen keek of iedereen het goed maakte. Hij zag Van Gelre, die kreunde, naast hem liggen. Mariah, Will en Concidius leken weinig te mankeren. Maar Anne zag hij nergens. 'Anne, Anne!', riep Koen.

'Ik ben hier!', riep Anne vanaf het andere stuk. 'We moeten iedereen zo snel mogelijk van het schip halen, voordat het helemaal in de brand staat.'

Mariah en Will hielpen Van Gelre overeind. Bowen ondersteunde Galen.

Artis lag onder het puin en Aod, Concidius en Klaas trokken hem eronder weg. Gelukkig had hij alleen wat schaafwonden.

'We moeten nu het schip verlaten. Als we die twee touwladders aan elkaar binden, kunnen we naar beneden', zei Concidius.

Koen begon direct met ze aan elkaar te binden en liet de knoopconstructie naar beneden zakken. Die leek lang genoeg te zijn.

'Maar hoe krijgen we Arlen beneden? Die is te slap', zei Anne bezorgd.

'Ik heb wel een idee', zei Koen 'Maar eerst de anderen eraf!'

Het vuur breidde zich snel uit en delen van het schip braken af en stortten de diepte in en sloegen te pletter tegen de grond.

Will, Mariah, Klaas, Aod, Atty, Van Gelre, Bowen en Artis waren al beneden en keken gespannen naar boven.

Fergus en Gerwen hadden Arlen naar een deel van het schip getild, dat nog niet in brand stond.

Koen pakte een stuk doek van de luchtballon en bond er samen met Anne twee touwen aan. Ze legden Arlen erin en lieten hem met hun vieren voorzichtig naar beneden zakken. Fergus en Gerwin klommen vervolgens zelf naar beneden. Koen liep nog snel naar de kist met explosieven en deed zo veel mogelijk in een tas. Anne pakte haar kruisboog en hun schilden en ze verlieten net op tijd het schip. Want ze stonden nauwelijks beneden, of was er boven hen een luide explo-

sie en het schip knalde in honderdduizend splinters uit elkaar.
'We moeten snel gaan. Ik voel dat het kwaad ons op de hielen zit', zei Concidius.
Galen was door de werking van zijn Aillin al weer voldoende hersteld, om met hulp van Gerwin en Fergus voorop te lopen. Daarachter liepen Atty en Artis met Arlen, in het stuk doek, tussen zich in. De anderen liepen daarachter en Klaas en Aod sloten de rij.
Het was intussen benauwd warm geworden en de lucht boven hen was dreigend donker en zo nu en dan rommelde het. Na een halfuur te hebben gelopen, zagen ze het veld met het grote hunebed genaamd De Papeloze Kerk.
'Ik moet Van Gelre richting Groningen brengen', zei Bowen. 'Ik zie jullie straks in het Arendsnest.'
Van Gelre nam afscheid van iedereen en 'huunde' samen met Bowen weg.
Maar ze waren nog niet verdwenen, of de zanderige grond begon te beven en achter hun spleet de aarde open. Bomen werden omhoog gedrukt door iets groots, dat zich uit de grond los probeerde te maken.
'Geen tijd te verliezen. Galen, Atty en Artis, neem Arlen mee naar het hunebed', schreeuwde Concidius. 'Huun weg en blijf weg!'
Ze hoorden nu het getetter van olifanten en uit de aarde kwamen drie slurven tevoorschijn.
'Wat is dat is in vredesnaam', riep Klaas, die verstijfd van angst vlak voor de slurven stond. Aod trok zijn zwaard en probeerde de slurven weg te slaan en Klaas mee te krijgen.
De grond barstte open en er verschenen zes gigantische slachttanden, die al snel gevolgd werden door drie behaarde koppen.
'Wat zijn dat in vredesnaam?', vroeg Mariah.
'Mammoeten!', riep Anne. 'Maak dat jullie weg komen.'
Intussen waren de mammoeten helemaal uit de aarde tevoorschijn gekomen en op de rug van de beesten zaten vreemde figuren. Het leken net uit leer gesneden, gedroogde, platte mensen.
Anne besefte dat het *veenlijken* waren. Ze herkende *het meisje van Yde* aan het touw om de nek en ze gokte dat de andere twee *het paar van Weerdinge*was. Als ruiters zaten ze op de rug van de

kolossen. De mammoeten stormden door het bos op hen af en ze leken voor niets en niemand te gaan stoppen.

Klaas kon niet op tijd weg komen en werd door de slagtanden van een van de mammoeten als een pop tegen een boom geslingerd.

Aod gleed net op tijd onder de slurf door en haalde met zijn zwaard uit en raakte een van de voorpoten van de mammoet van het meisje van Yde. Een luid getetter volgde en de mammoet trok zich even geschrokken terug. Klaas lag nog steeds stil onder de boom en Aod ging nu voor hem staan om hem te beschermen tegen de andere twee. Maar dit had hij beter niet kunnen doen. Een van de mammoeten spietste hem op zijn slachttand en wierp hem naast Klaas.

'Mariah, Will, Fergus en Gerwin, jullie halen Klaas en Aod, dan proberen wij de mammoeten af te leiden', riep Concidius.

Anne en Koen keken naar de beesten, die op hen afstormden.

'Wat kunnen we doen?', vroeg Koen.

Anne vuurde haar cilinder met pijlen leeg op de mammoeten en ondanks dat ze raak schoot leken het niet meer dan speldenprikjes voor deze oerbeesten te zijn.

'We moeten ze bij het hunebed weg zien te krijgen. Ren achter mij aan', zei Anne.

Concidius en Koen deden wat Anne zei en het plan leek te werken. De mammoeten schonken geen aandacht aan de anderen en zetten de achtervolging op het drietal in. Iedere boom, die hun in de weg stond, braken ze als luciferhoutjes af.

Ondertussen hadden de anderen de lichamen van Klaas en Aod naar de grafheuvel weten te tillen.

'Concidius, laat de planten achter ons groeien, dan zien ze ons niet meer!', riep Anne, die naar de lucht boven haar keek.

Concidius wreef over zijn Aillin en in een flits waren de varens, gras en sterremos zes meter hoog.

Anne liep nu weer richting het hunebed en zag dat alleen Mariah, Will, Fergus en Gerwin nog met de lichamen van Aod en Klaas bij het hunebed stonden.

'Concidius, huun met hen weg', zei Anne. 'Anghus en ik redden ons wel!'

Concidius keek haar aan. 'Weet je het zeker?'

'Ga!', zei Anne zelfverzekerd.

De mammoeten kwamen nu uit de hoge planten tevoorschijn en kwamen dreigend op Anne en Koen af.

'Wat ben je van plan?', vroeg Koen.

'Kom maar achter mij staan', zei Anne. Ze keek naar de lucht en wreef over haar Aillin. Uit de wolken boven hen verscheen de slurf van een tornado, die naar beneden kwam en de mammoeten greep. De mammoeten tolden enkele seconden half boven de grond rond. Gedesoriënteerd stonden ze op hun poten, terwijl de veenlijken demonisch gilden.

'En nu zal ik het afmaken!', riep Anne

Koen zag hoe Anne haar Aillin op de lucht richtte en vanuit de donkere wolken schoten drie bolbliksems als vuurballen naar beneden. De veenlijken vlogen als aanmaakblokjes in de brand. Vervolgens was er een lichtflits, gevolgd door een gigantische klap en de drie mammoeten en brandende veenlijken explodeerden.

Anne pakte Koen bij de hand en liep naar De Papeloze Kerk, wreef over haar Aillin en ze 'huunden' weg.

HOOFDSTUK 19
DE ETSTOEL

De reisgenoten en heel het Achondravolk stonden naar twee bulten aarde te kijken op een mooie begraafplaats in het bos. De grond waar hun geliefde Aod en de dappere Klaas hun laatste rustplaats hadden gevonden.
Trahern sprak de menigte toe. 'We zijn twee goede vrienden verloren. Zij hebben hun leven gegeven om anderen te redden en de natuur te beschermen. Het kwaad wordt sterker en sterker. Twee van onze Sargas zullen vanmiddag vrijwel zeker veroordeeld en daarna ter dood gebracht worden. Hoe moeilijk het ook klinkt. Er is nu geen tijd om te rouwen. Dat komt later. We moeten nu sterk zijn en onze vrienden redden!'
'Nec Temere, Nec Timidi. Nec Temere, Nec Timidi!', riep de menigte.
Trahern keek Anne en Koen aan. 'Het is 11 uur. We moeten zorgen dat we Eburacon en Donaghy bevrijden. Zonder hen is er geen evenwicht in kracht. Mijn voorstel is dat jullie samen met Mariah en Will naar de Etstoel gaan om hen te bevrijden. Bowen en Galen. Jullie blijven hier.
'Nec Temere, Nec Timidi!'
Anne, Koen, Will en Mariah trokken hun cape weer over hun pakken. Trahern had gelijk. Er was geen tijd te verliezen. Het liefst waren ze gaan 'hunen'. Maar dat kon helaas niet omdat er bij Bunne geen hunebed lag en daarom sprongen ze op hun paarden en reden, zo snel als ze konden, over de zandwegen langs Vries, Tynaarlo en Zeegse richting Anloo.
Veel van de omgeving kreeg Anne niet mee. Maar ze passeerden een groot huis met daar omheen een gracht. Op de gevel prijkten de letters *Huize Ubbena* Anne wist dat het een havezate was, die tot de 17^e eeuw bij het plaatsje *Oudemolen* had gestaan. Dat betkende dat

Anloo nog maar een klein stukje rijden was.

Arrow kwam naar beneden en piepte weer. 'We moeten van het zandpad af. Verderop staan er 'dwalers', zei Will.

Ze verlieten de zandweg en reden zo stil mogelijk langs een riviertje, dat parallel aan de weg liep.

Ze hoorden luid gepraat en Arrow kwam weer aangevlogen. 'Er zijn Achondra's in gevaar!' Will sprong van zijn paard en Mariah, Koen en Anne volgden zijn voorbeeld en liepen achter hem aan door de bosjes richting de zandweg.

Ze zagen twee paard en wagens op het zandpad stil staan. Voorop elke wagen zaten twee Achondra-mannen. Ze waren omsingeld door acht 'dwalers' en twee soldaten van de keizerlijke garde.

'Jullie geven ons die vaten!', commandeerde een van hen.

'Wij geven niets!', schreeuwde een van de Achondra's. 'Wij zijn handelaren die eerlijk ons brood verdienen.'

'Jullie geven ons nu jullie buskruit en andere spullen, anders krijgt jullie koning straks per bode vier lelijke Achondrahoofden cadeau!'

De andere soldaat van de garde moest hier luid om lachen.

'Wij geven niets!'

De soldaat gebaarde naar de 'dwalers'.

De 'dwalers' sprongen van hun paarden en trokken hun wapens. Ze krijsten demonisch en liepen dreigend op de Achondra's af.

Anne haar Aillin gaf haar weer kracht en ze zag de 'dwalers' in slow motion op de Achondra's afkomen. Ze trok haar kruisboog en schoot vanuit de struiken haar cilinder leeg. Zes van de acht waren in as opgelost, voordat ze het door hadden. Will en Mariah sprongen uit de bosjes en schakelden in een snelle beweging de andere twee uit.

Koen stond intussen met de punt van zijn enorme zwaard voor de twee gardesoldaten, die hem angstig aan keken.

'Ik denk dat onze vrienden toe zijn aan andere kleren', lachte Will.

Niet veel later kwamen een grote en iets kleinere ruiter van de keizerlijke garde, gevolgd door Achondrahandelaren met hun paarden en wagens, bij Anloo aan.

De toegangsweg van het dorp werd bewaakt door vier soldaten van de keizerlijke garde.

'Halt!', riep een van de soldaten.

Koen en Anne stopten. Hun harten klopten snel.
'Moeten jullie niet het zandpad bewaken?', meldde de voorste van de vier.
'Wij hebben in opdracht van de drost buskruit en ander handelswaar van deze Achondra's in beslag genomen', zei Koen op een zelfverzekerde toon. 'De drost zei die dringend nodig te hebben. Hij wacht erop, dus laat ons er langs', zei Koen op een arrogante manier.
Tot opluchting stelden ze geen vragen en lieten ze de karavaan passeren.
Koen en Anne kwamen in het dorp en gaven hun paarden aan een schildknaap. De Achondra's parkeerden hun wagens uit het zicht van de menigte.
Mariah en Will, die zich verscholen hadden tussen de vaten op de wagens, sprongen eraf en verdwenen tussen de boerderijen.
Anne en Koen mengden zich tussen de vele mensen die op de markt rondliepen. Ze keken hun ogen uit. Anloo was een klein maar prachtig middeleeuws dorp. Ze zagen de kerk aan de rand van het dorp, met rondom een groot veld, dat omheind was door een muur.
Aan de brink stonden prachtige met rietgedekte boerderijen en enkele kleine huisjes. Er waren honderden kraampjes en oude ambachten te zien. Klompenmakers, imkers met hun honing, boeren met vee, kruidenvrouwtjes, rietvlechters, stoffenverkopers en nog veel meer. Maar Koen zijn oog viel op, hoe kon het ook anders, eten! Er waren vrouwen die broodjes zwijnenvlees verkochten. Koen kocht een broodje en begon het, tot afschuw van Anne, direct naar binnen te werken. Toen hij het op had ging hij naar de kraam ernaast. Hier verkochten ze *kniepertjes*, een Drentse lekkernij: een plat wafelachtig koekje. Het werd gemaakt van een soort pannenkoekenbeslag, dat men tussen twee gietijzeren wafelvormen deed en vervolgens boven een vuurtje opwarmde. Het rook heerlijk en ook bij Anne liep het water al in de mond. Koen kocht er zes. Voor elk drie. De vrouwen keken wat argwanend naar de twee soldaten, maar stelden geen vragen. Koen en Anne gingen bij het muurtje van de kerk staan, vlak naast het toegangshekje. Tijdens het eten genoten ze van de muziek en de kunstjes die op het veld naast de kerk werden vertoond. Er liepen steeds meer nette mensen door het hekje richting de kerk.

'Etten?', vroeg Koen.
Anne knikt en ze draaide zich om. Al snel zagen ze Calahan bij een aantal mannen staan. Blijkbaar hadden ze Calahan gemist, of was hij via een ander ingang naar binnengekomen. Ze besloten hem te begroeten. Een van de mannen, die met Calahan in gesprek was, wees naar hen 'Daar heb je weer van die lui van de garde.'
Calahan draaide zich om. Koen wenkte hem. Calahan liep verbaasd op hen af en schrok toen hij hen zag. 'Beste soldaten, ik heb jullie net al gezegd, riep hij overdreven luid, dat ik niets van die Sargas weet en er niets mee te maken heb.' Calahan keek hen aan en fluisterde snel: 'Jullie moeten hulp halen. Donaghy en Eburacon zijn hier. Ze worden zo ter dood veroordeeld.' Hij vervolgde weer overdreven luid: 'Ik hoop nu mijn werk als et te mogen doen.' Calahan draaide zich om en liep weer naar de andere etten.
Anne en Koen keken hem na.
Koen gebaarde naar Anne hem te volgen. 'Calahan weet natuurlijk niet, dat wij dat allang wisten. Ik denk, dat we moeten uitzoeken waar Donaghy en Eburacon worden vastgehouden.
Het geschal van een hoorn klonk over de brink. 'Dames en heren, riep een heraut, de Etstoel zal zo aanvangen! Als u belangstelling hebt, wordt u vriendelijk verzocht plaats te nemen in de kerk.'
Een grote groep mensen liep richting de kerk. Anne trok Koen mee en ze liepen met de massa de kerk in. Ze namen plaats achter in de kerk en gingen naast de wand staan, alsof ze daar de wacht hielden. Voor in de kerk stond een tafel, waarachter twee mannen zaten. Ze herkenden drost Schenck meteen. Hij zag er rijk en adellijk uit. Hij droeg een gouden ketting om zijn nek en een vreemd hoedje en keek zelfingenomen en keurend de kerk rond. De andere man droeg een zwarte hoed met een soort gesp en zwarte kleren en een wit befje. Hij was blijkbaar de griffier, want hij maakte met een veer en inkt aantekeningen. Rechts en links van de tafel stonden lege tribunes. Toen alle mensen hun plaats hadden ingenomen, kwamen de etten door het gangpad de kerk binnengelopen. Het waren er, zoals Anne al had verteld, vierentwintig. Ze waren keurig gekleed en Calahan was door zijn imposante figuur duidelijk te herkennen. Nadat de etten plaats hadden genomen op de tribunes, nam de griffier het woord. 'Welkom

etten en andere aanwezigen. Hierbij open ik de Etstoel!'
Een luid applaus ging door de zaal.
'Dan geef ik nu het woord aan de drost George Schenck, hertog van Toutenburg!'
De kleine Schenck ging staan en nam het woord. 'Voor we beginnen zullen we door omstandigheden eerst twee nieuwe etten beëdigen en installeren', zei hij op vrome toon.
Er volgde een officiële ceremonie en de twee nieuwe etten namen plaats.
'We behandelen als eerste een zeer ernstige zaak. Laat de gevangenen maar komen!'
Zoals gebruikelijk in die tijd in Anloo, werden de gevangenen onder de kerktoren vastgehouden, voordat ze werden voorgeleid. Tien soldaten kwamen binnengelopen met tussen hen in twee bont en blauw geslagen mannen in vreemde pakken. Niet vreemd voor Anne en Koen, maar wel voor de andere mensen.
Anne en Koen keken elkaar aan. 'Eburacon en Donaghy.'
Calahan ging staan en keek de drost doordringend aan. 'Wat is hun ten laste gelegd?'
Schenck reageerde op een autoritaire manier. 'De aanklacht luidt: 'Het deelnemen aan een geheime orde genaamd de Sargas. Het plannen van een aanslag in Coevorden en daarmee het ondermijnen van het gezag van Zijne Hoogheid Koning Keizer Karel de Vijfde!"
'Wie zegt dat? Hoe komen jullie aan die informatie?', reageerde een kleine maar zeer gespierde et, die naast Calahan zat.
'Van mij!', riep een vals uitziende magere et. Hij had een ingevallen gezicht en sluik lang haar dat onder zijn hoed uitstak. Hij keek schichtig in het rond. Als Klaas een broer had gehad, dan was dat deze man. 'Ik ben kasteelbeheerder in Coevorden. Deze twee Sargas en nog één kwamen gisternacht in Coevorden. Ze waren bezig met het in brandsteken van de kruitvoorraden.
'Is daar hard bewijs voor?', vroeg een andere et.
De magere et pakte een piepklein briefje, dat door de griffier aan de drost gegeven werd. De drost nam amper de moeite het te lezen. 'Dit briefje was gericht aan deze twee leden van de Sargas en nog een derde, Johan van Echten!'

Een rumoer steeg op uit de menigte en mensen begonnen druk te praten.
'Stilte! Stilte!', riep de drost en sloeg met een hamer op de tafel.
'Maar dat is nog niet alles! Het briefje komt van Trahern, de koning van de Achondra's. Hij heeft opdracht gegeven, om alle wapens van de keizer in Coevorden te vernietigen! Het briefje heeft het zegel van Trahern koning van de Achondra's!'
Het briefje ging door de handen van alle etten en ook Calahan las het aandachtig. Na het lezen keek hij ernstig naar de twee Sargas, maar Eburacon en Donaghy leken niet onder de indruk te zijn.
'Ik vraag u, Klaas de Mepsche uit het eerste dingspel Zuidenveld en Fredericus van den Cloosen uit het tweede dingspel Middenveld, zijn jullie lid van de orde van Sargas? En hebben jullie deze opdracht gekregen van Trahern koning van de Achondra's?'
Eburacon en Donaghy knikten.
'Het staat nu onomstotelijk vast, dat deze mannen een strafbaar feit hebben gepleegd!', zei de drost. 'Hebben de verdachten hier nog wat op te zeggen? Schuldig of onschuldig?'
'Hartstikke schuldig!', antwoordde Eburacon.
'Heel erg schuldig', lachte Donaghy.
Schenck was zichtbaar geïrriteerd door deze laconieke houding. 'Jullie beseffen toch wel, dat dit een zeer ernstig feit is, waar maar één straf op staat?'
De twee knikten en vertrokken geen spier.
De mensen in de kerk mompelden en keken bezorgd naar de twee adellijke mannen in die vreemde pakken.
Schenck werd roder en roder, maar wist zich nog te beheersen. 'Omdat deze adellijke mensen een voorbeeldfunctie hadden, weegt het strafbare feit des te zwaarder. Ik veroordeel ze tot veertig zweepslagen en de doodstraf door middel van verhanging!'
De mensen in de kerk schrokken. Een rumoer van 'oh' en 'ah' steeg op.
'Stilte, stilte! Hierbij verklaar ik Trahern koning van de Achondra's, Johan van Echten en de Sargas vogelvrij! In naam van de koning loof ik een beloning uit van duizend Carolusguldens voor Trahern, Van Echten en andere Sargas. Dood of levend!'

Weer steeg er een rumoer op. Schenck keek Calahan even strak en zelfingenomen in de ogen en richtte zich daarna op de menigte.
'Na de Etstoel zal het vonnis voltrokken worden op de Galgenberg te Anloo!'
'Wie van de etten is voor?' Alle etten, onder wie Calahan, stemden voor.
'Vierentwintig stemmen voor. Dan is daarmee het vonnis getekend', zei Schenck koel.
Donaghy en Fredericus werden door een zijdeur weggebracht en Koen en Anne liepen de kerk uit.
'Wat moeten we doen?', vroeg Koen. 'Waarom protesteerden ze niet en waarom stemde Calahan met het vonnis in?'
'Calahan had geen keus. Kom we gaan achter de kerk kijken', zei Anne. 'Misschien kunnen wij dicht bij hen komen en hen even spreken?'
Ze liepen over de markt tussen de vele mensen door richting de achterkant van de Kerk. Ze konden de koets al zien staan met de kooi erop, waarin Donaghy en Eburacon rustig zaten. Voor de koets waren vier paarden gespannen. Tot opluchting van Koen en Anne stonden er slechts twee soldaten bij de kar. Ze keken elkaar aan en liepen tussen de mensen op de markt door richting de koets. Maar toen ze dicht langs een huis liepen, werden ze van achteren wreed beetgepakt. Hun mond werd door een stevige hand dicht gedrukt en ze werden een huis binnengesleept. Toen ze in het halletje stonden, werden ze weer losgelaten.
'Rustig maar, ik ben het!', hoorden ze een bekende stem zeggen. Ze draaiden zich om en zagen Will en Mariah voor hen staan. 'Het spijt me, dat ik jullie zo ruig moest beetpakken, maar ze hadden jullie bijna gezien. Het was een valstrik!' Hij gebaarde hun hem te volgen. Ze liepen een trappetje op en kwamen op een krap zoldertje. Will nam hen mee naar de voorgevel van het huis, waar ze door een ruitje de markt en zijkant van de kerk goed konden zien. Will wees naar de gevangeniskoets die recht voor hen stond. Ze konden de Sargas duidelijk zien zitten. 'Maar twee bewakers! Dat moet jullie toch ook zijn opgevallen?' Will gaf hen beiden een belerende tik op het achterhoofd. 'Kijk, daar achter die huizen en daar verderop, achter het kraampje. Koen en Anne zagen de zwaarbewapende soldaten verdekt

opgesteld staan. Ze schoven weer voor het raam weg en liepen naar beneden waar ze met Will en Mariah aan een tafel in het achterhuis gingen zitten. 'Donaghy en Eburacon zijn lokaas en wij de prooi. Die hele rechtszaak is nep', zei Will terwijl hij Anne en Koen gedreven aankeek. 'Jullie zijn dan wel gekleed als soldaten, maar ik denk dat het te opvallend was geweest, als twee jonge soldaten met hen een babbeltje wilden maken. We moeten onze vrienden bevrijden, voor ze worden opgehangen!'

'Hoe wil je dat doen?', vroeg Koen.

'Als ze van hier naar de Galgenberg rijden, zijn ze het meest kwetsbaar. Maar dat is vast wat ze ook verwachten. De Galgenberg bevindt zich bij de *marke*steen, die zich op het punt van samenkomst van de markegrenzen van Anloo, Schipborg en Zuidlaren bevindt. Maar gezien de ligging is het onmogelijk, om ze daar te bevrijden.'

'Wat heb je dan in gedachten?', vroeg Anne

'Om ze hier te bevrijden! De plaats waar ze dat het minst verwachten.'

'Maar hoe dan?', vroeg Mariah.

'Door chaos te creëren', lachte Will ondeugend. 'Daarom moeten wij het hier in Anloo doen. We hebben hier alle ingrediënten, om het tot een succes te brengen. Er zijn een hoop mensen op de been en genoeg ontsnappingsroutes. Hier zijn relatief weinig soldaten. De meesten wachten ons waarschijnlijk op in het bos of bij de Galgenberg!'

Koen leek nog niet overtuigd.

Mariah keek hem aan. 'Anghus jij bent al een held. Jij hebt Johan gered, een luchtschip ontworpen en Van Gelre uit Coevorden bevrijd. Dit is kinderwerk, vergeleken met wat jij al hebt gedaan!'

Koen kreeg weer energie. 'Jullie hebben gelijk. Er zijn twee Sargas die onze hulp nodig hebben!

'Nec Temere, Nec Timidi'!'

Will vertelde wat hij in gedachten had en Koen kwam met heel wat creatieve aanvullingen. Toen het uiteindelijke plan was doorgesproken, gingen Will, Anne en Koen ieder apart de markt op.

Mariah verliet het dorp om andere zaken voor te bereiden.

Koen praatte uitgebreid met de Achondra's die ze een uur eerder hadden gered. Vervolgens kocht hij wat kleine kruikjes op de markt.

Anne bracht een bezoekje aan de schildknaap die de paarden van de keizerlijke garde verzorgde en
Will ging op verkenning uit. Nog geen halfuur later zaten ze weer om de tafel in het huis.
'En Anne, was de schildknaap om te kopen?', vroeg Will.
Anne knikte. 'Die wilde het zelfs wel gratis doen, toen hij hoorde wat wij van plan zijn', lachte ze.
'En Koen, zagen de Achondra's het zitten?'
'Die piesten in hun broek van het lachen toen ze ons plan hoorden. Ze wilden maar al te graag mee werken. We hebben een vaatje buskruit, lontjes en het touw gekregen', glunderde Koen.
Will keek hen trots aan. 'Dan gaan we het feest maar eens voorbereiden.'
Hij hielp Koen kruikjes te vullen met buskruit. Anne maakte gaatjes in de kurken doppen en deed er een lont in, die zij vervolgens op de kruikjes drukte.
Toen ze klaar waren, spraken ze het plan nog een laatste keer door en namen afscheid van elkaar.
Het was drie uur toen de deuren van de kerk open gingen en de mensenmassa zich naar buiten begaf. Een jonge soldaat, die midden op het pad van de kerk stond, wees naar het dak van een huis aan de brink. 'Kijk, kijk!', riep hij. De mensen bleven geschokt staan en keken van schrik omhoog. Ook de mensen op de markt hoorden het rumoer en zagen al snel het ongebruikelijke tafereel. Op de rand van het dak stond een Achondraman met een touw om zijn nek. Een golf van ontzetting steeg op uit de mensenmassa. Een groepje soldaten, dat eigenlijk de opdracht had gekregen, uit te kijken naar twee kinderen, nam polshoogte. 'Hé, jij daar, kom van dat dak af!', riepen ze. Maar de kleine man lachte en sprong zonder te aarzelen van het dak af. Volwassenen en kinderen gilden en deden van schrik hun handen voor hun ogen en mond. Er waren er zelfs bij die flauwvielen. Het was een verschrikkelijk gezicht om de Achondra op vier meter boven de grond aan een touw te zien bungelen. Maar wat ze niet zagen, was dat het touw in werkelijkheid niet strak getrokken om zijn nek zat, maar doorliep tot onder zijn kleding. Daar zat het vast aan zijn borst en middel. De Achondra hield zijn lichaam slap. Maar van binnen lachte

hij zich kapot en wist dat het feest nog groter zou worden.
Soldaten probeerden het huis binnen te komen om de Achondra, die zich zojuist had opgehangen, daar weg te halen. Maar op het moment dat ze de deur forceerden, werd de voorgevel van het huis door een enorme explosie eruit geblazen. De soldaten vlogen door de lucht en bleven kermend op de grond liggen. De omstanders renden in paniek alle kanten op. Het was één en al chaos op de brink.
Andere soldaten kwamen aangesneld, om hun gewonde kameraden te helpen. Aan de ander kant van de kerk, waar de mensen nu massaal heen renden, volgde weer een explosie. De mensen werden nu als een op hol geslagen kudde koeien een straat ingedreven. De soldaten van de keizerlijke garde, die daar al die tijd op wacht hadden gestaan, werden omver gelopen. De achterdeur van de kerk vloog open en Lalaing stond met een verwilderde blik naar de chaos te kijken. Hij vloekte en tierde en had meteen door, dat dit geen toeval kon zijn. Tot zijn opluchting zag hij, dat de koets met de gevangenen er nog stond. Twee jonge soldaten, die net aan kwamen lopen, kregen de opdracht de gevangenen het dorp uit te rijden. Lalaing probeerde in de chaos paarden te vinden voor hem en zijn mannen. Maar er was geen doorkomen aan. Tot zijn geluk kwam er net een schildknaap met zes paarden aangelopen, zodat ze direct de achtervolging konden inzetten. De koets denderde intussen door de straten van Anloo en Lalaing en vijf soldaten lagen honderd meter achter op hen. De koets was al snel in het bos, net buiten Anloo. Hij reed in volle vaart over een zandpad tussen de bomen door. Lalaing en zijn mannen begonnen nu op hen in te lopen. Maar plotseling kwamen er, vanuit het bos, twee boomstammen aangevlogen. De twee voorste soldaten werden van hun paard gesmeten. Lalaing en de andere drie konden de stammen net op tijd ontwijken.
'Het is een hinderlaag! Hierheen!', riep Lalaing. Ze verlieten het zandpad en reden door het bos, maar verloren de koets niet uit het oog.
'Hé stokbrood, ben je verdwaald?' Van schrik keek Lalaing achter zich. Tussen de bomen achter hen reed Will. Hij had zijn zwaarden getrokken en reed dreigend op hen af.
'Pak die man!', beval Lalaing twee van zijn mannen.
Will deed zijn zwaarden op zijn rug, draaide zijn paard en slalomde

soepel tussen de dikke bomen door dieper het bos in. Wat de soldaten niet doorhadden, was dat de riemen van hun zadels steeds verder doorscheurden. Toen Will weer een scherpe bocht maakte, smakten de twee tegen de grond.

'Jullie moeten een waardeloze schildknaap hebben gehad dat hij jullie riempjes half heeft doorgesneden', lachte Will, die even was gestopt om hen uit te lachen. Hij spoorde zijn paard weer aan en zette de achtervolging op Lalaing in.

Tot ergernis van Lalaing ging de koets langzamer en langzamer rijden en tot zijn verbazing sloeg hij ook nog een hobbelig bospad in. 'Wat heeft dat te betekenen!', riep hij geïrriteerd. De koets stopte en Lalaing reed woedend naar de koetsiers. 'Wat heeft dit in vredesnaam te be... .' Toen hij echter de koetsiers zag, zweeg hij abrupt.

Een van de koetsiers had een vreemde kruisboog op hem gericht en de ander zat met een gigantisch zwaard hem dreigend aan te kijken.

'Doe dan wat, flapkeutel', riep Lalaing naar de enige soldaat die nog bij hem was. Maar zijn soldaat reageerde niet en viel met een doffe dreun naast zijn paard. In zijn hals zag Lalaing een klein pijltje steken.

'Alruin! Een klein beetje is al genoeg om iemand in diepe slaap te brengen!', riep Mariah die op haar paard met een lange buis in haar hand kwam aangereden.

'Jij weer? Wat heeft dit te betekenen?', reageerde Lalaing geïrriteerd.

Mariah deed de buis voor haar mond en Lalaing zijn ogen werden groter. Maar het was al te laat. Een pijltje boorde zich in zijn hals en hij viel, net als zijn soldaat, met een doffe klap in het mos onder de eikenbomen.

'Dat irritante stokbroodaccent was ik zo zat', lachte Mariah.

Koen en Anne die voor op de koets zaten, gooiden hun helmen en capuchon af.

Ook Will was intussen bij hen gekomen en keek tevreden.

'Worden we er nog uitgehaald, of moeten we hier voor eeuwig blijven zitten!', hoorden ze Eburacon en Donaghy roepen.

'Koen, aan jou de eer', zei Anne

Koen liep naar het slot van de kooi. Pakte uit een schoudertas een kruikje met lont en gooide driekwart van het kruit eruit en deed de kurk en lont er weer op.

'Zouden jullie voor in de kooi willen gaan zitten?', vroeg Koen vriendelijk. Hij sloeg twee vuursteentjes tegen elkaar en het lontje begon al snel te branden. Enkele seconden later volgde een kleine explosie, waardoor het slot eruit sprong.

Donaghy en Eburacon sprongen eruit en gaven Koen een schouderklop. 'Bedankt, je bent een waardige Sarga.'

'Nec Temere, Nec Timidi!', zei Koen trots.

Ze gooiden de soldaat en Lalaing in de gevangeniskar en gaven de paarden een flinke klap op hun kont, waardoor ze geschrokken met de kar het bos in denderden.

'Zo, die zullen straks hoofdpijn hebben!', lachte Donaghy.

Mariah had verderop een viertal paarden staan, dat ze van de schildknaap in Anloo had meegekregen. Ze reden nu in draf over een zandpad richting Vries.

'Ik vroeg mij af, zei Koen, waarom jullie niet jullie Aillin gebruikt hebben, om uit Coevorden te ontsnappen?'

'Er was een duistere kracht in het kasteel', zei Eburacon. 'Onze Aillin had totaal geen effect. Gelukkig gaf ze nog wel wat verlichting tijdens de martelingen, die we ondergingen', lachte hij.

Terwijl ze door het bos reden beefde de aarde een aantal keren hevig. Plotseling werd het weer onheilspellend stil. Ze trokken hun wapens en bleven waakzaam rond kijken.

Ze hoorden nu het gegrom van de Wargulls.

'Geen tijd om op die beesten te wachten!', riep Will. 'Volg mij!'

Ze verlieten het zandpad en gingen in galop tussen de bomen door. Achter hen hoorden ze het gegrom dichterbij komen.

'We moeten naar de rivier!', riep Mariah. 'Daar kunnen wij ze afschudden.'

Ze kwamen nu in een dal, maar Mariah stopte abrupt. Halverwege het zanderige grasland stonden honderden ruiters. Stukken huid misten, waardoor je hun kaken kon zien en hun ogen waren hol als van de Wargulls. Ze droegen dierenvellen als kleding en waren bewapend met zwaarden, pijlen, bogen en speren.

'Zombies van het *Trechterbekervolk*!', riep Anne 'Dit zijn die 'dwalers'. Dougal is blijkbaar al begonnen met het tot leven wekken van zijn leger!'

Ze konden geen kant op. Achter hen kwamen de Wargulls steeds dichter bij.

'De rivier de *Drentsche Aa* ligt achter die 'dwalers'!', riep Mariah. 'We moeten zorgen, dat we die oversteken.'

Arrow kwam aangevlogen en landde bij Will op zijn handschoen. In zijn poot had hij een briefje. 'Calahan is met zijn manschappen onderweg. Hopelijk komt hij op tijd.'

Koen zijn hersenen liepen op volle toeren. 'Opsplitsen!', commandeerde Koen. 'Eburacon en Donaghy links. Will en Mariah rechts erom heen. Morrigan en ik gaan door het midden. We kunnen hen zo uit elkaar drijven.

Mariah en Will en Eburacon en Donaghy deden wat Koen zei en reden in een grote boog om het leger heen.

Het werkte. Het leger 'dwalers' splitste zich in drieën. Hierdoor bleven er vijfendertig tegenover Anne en Koen staan.

'Ik kom bij jou op het paard zitten', zei Koen, die met hulp van Anne op het paard klom.

'Wat ben je van plan?'

Koen keek achter zich en zag nu zes Wargulls uit de bossen op hen af komen rennen. Ze waren slechts vijftig meter van hen verwijderd. Koen pakte twee explosieven in zijn handen. 'Nu recht op de 'dwalers' af rijden!', riep hij.

Anne spoorde het paard aan en ze reden nu in galop op de 'dwalers', die hen stonden op te wachten, af.

De Wargulls kwamen sneller en sneller dichterbij en Koen keek over zijn schouder. 'Zou je over jou Aillin willen wrijven? Ik heb geen aansteker bij de hand.'

Anne deed wat hij zei en de lontjes van zijn twee explosieven begonnen spontaan te branden.

Koen liet ze achter zich op de aarde vallen en enkele seconden later volgden twee explosies. De drie voorste Wargulls werden uiteengescheurd. Stukken vlees vlogen door de lucht en een van de koppen van de Wargulls kwam over hen heen vliegen en veranderde boven hun hoofden in as.

Anne verminderde vaart en Koen kon de adem van de drie overge-

bleven Wargulls haast voelen.
De Trechterbekerzombies stonden rustig en met getrokken zwaarden hen op te wachten. Anne verminderde vaart. 'Blijf doorrijden!', riep Koen.
'Maar we zitten nu toch op ramkoers?' 'Mag ik jouw kruisboog even lenen?' Koen pakte de kruisboog en richtte naar voren.
'Waarom schiet je niet op die Wargulls? Ze zitten bijna in jouw kont.'
'Rij nu maar en wanneer ik het zeg, dan ga je naar links!', zei Koen.
Koen legde de kruisboog over Anne haar schouder en schoot de cilinder leeg op de 'dwalers' voor hen. Hij trof vier keer doel. De overgebleven 31 zombies schreeuwden demonisch en kwamen nu op hen afgereden en dat was precies Koens bedoeling.
Anne keek Koen lachend aan en reed nu nog harder. Nog even en dan zouden ze aan de zwaarden van de 'dwalers' gespietst worden.
Anne trok stevig aan de teugels en het paard draaide in één keer naar rechts.
Koen kon nog maar net blijven zitten.
De Wargulls en Zombies hadden dit te laat door, waardoor ze elkaar frontaal raakten en een stuk of acht 'dwalers' door de drie Wargulls van het paard werden gestoten.
Anne was behendig om hen heen gereden. Maar er was geen tijd te verliezen. De Wargulls waren als een locomotief door de 'dwalers' gebeukt en hadden de achtervolging op Anne en Koen weer ingezet.
Anne en Koen zagen hoe Will, Mariah, Eburacon en Donaghy druk in gevecht waren met de 'dwalers'. Maar ze konden hen niet helpen. Ze moesten eerst van die Wargulls zien af te komen.
Een boerhoorn schalde door het dal. Vanuit het westen kwamen tweehonderd ruiters in volle vaart aangereden. Hun zilveren harnassen, schilden, zwaarden, lansen en helmen glommen in de middagzon. Zelfs het hoofd en enkels van de paarden werden beschermd door een harnas. Over hun lijven hing een prachtig wit kleed, versierd met wapenschilden. Het was Calahan met zijn leger. Anne en Koen herkenden zijn imposante harnas.
De 'dwalers' staakten hun gevecht en hergroepeerden zich in het midden van het veld.
Anne zag voor haar de rivier de *Drentsche Aa* opdoemen. 'Houd je

vast, Koen. Ik weet een manier om die Wargulls te stoppen.' Ze spoorde haar paard aan om in de rivier te springen. Ondanks de sterke stroming kwamen ze vrij eenvoudig aan de overkant. Anne draaide het paard en ze zag de Wargulls in slow motion op het water af komen. Op de achtergrond waren de soldaten van Calahan, Eburacon, Donaghy, Will en Mariah druk in gevecht.

De Wargulls versnelden en maakten een onnatuurlijk grote sprong, om over de rivier te komen.

Maar Anne concentreerde zich en wreef over haar Aillin. Een hand van water greep de Wargulls, die boven het midden van de rivier waren. Er volgde nog een flits en het water veranderde in ijs.

'Wow geniaal!', riep Koen. Hij liet zich van het paard glijden en liep naar de rand van de rivier. Het was een bizar gezicht om drie van de Wargulls, in een hand van ijs, boven de rivier te zien hangen. Koen stond nu op enkele centimeters van het ijs en stak zijn tong uit en trok gekke bekken. 'Stelletje losers! Nu zijn jullie niet zo stoer meer, hè?' Hij had dit nog niet uitgesproken, of een van de Wargulls knipperde met zijn ogen en beukte met zijn scherpe klauw door het ijs. Koen schrok zo, dat hij achteroverviel.

'Ze blijven niet eeuwig bevroren', zei Anne. 'Laten we naar de anderen gaan en nog wat 'dwalers' terugsturen naar waar ze vandaan zijn gekomen.

HOOFDSTUK 20
THORSTEIN

Een halfuur na het gevecht bij de Drentsche Aa zaten alle Sargas, inclusief Koen, Mariah en Will, in het Arendsnest aan de tafel der verlichting en vertelden alles dat ze hadden meegemaakt en gehoord.

Het boek, dat Anne en Koen uit het Kasteel van Coevorden hadden gestolen en later aan de zus van Klaas hadden gegeven, lag open voor Trahern.

'Sargas, ik ben blij dat iedereen weer veilig is', begon Trahern. 'Maar de prijs die op onze hoofden is gezet en de beproevingen die jullie hebben meegemaakt zijn nog maar het begin van een grotere strijd die wij nog moeten leveren!' Het gesprek tussen Lalaing en Schenck, dat Anghus en Morrigan hebben afgeluisterd, is zeer verontrustend. Dit boek uit Coevorden bevestigt de kracht die magiër Dougal bezit.' Trahern keek de tafel rond. 'Dougal bezit een magische bijl genaamd Thorstein. Deze Thorstein is tienduizenden jaren oud en behoorde toe aan Haldor koning van het Trechterbekervolk. Hiermee heerste Haldor over alle volken in Drenthe en waarschijnlijk ver daarbuiten. Thorstein zuigt de energie uit de natuur. Des te ouder het gebied, des te sterker wordt zijn kracht. Dat verklaart de vele leeggezogen oude natuurgebieden in Drenthe. Degene die Thorstein bezit kan wat verborgen ligt in de diepten van de aarde uit de dood laten herrijzen. De 'dwalers' zijn van die demonische wezens. Maar dat zijn slechts levenloze zielen. Zielen die verslagen kunnen worden door Sargastaal. Maar eens in de tweehonderd jaar schijnt er de vijfde zwarte zon. Als Thorstein de energie van deze zon zal opzuigen, kan hij de levenloze zielen vrijwel onsterfelijk maken.'

'Wanneer is dat dan?', riep Donaghy geschrokken.

In Trahern zijn stem klonk bittere ernst door 'Dat is morgenmiddag om vier uur. Dan is de vijfde zonsverduistering. Even wordt het licht

van de wereld ontnomen door het duister.'
'Staat er nog in het boek hoe wij deze Thorstein kunnen stoppen of vernietigen?', reageerde Bowen.
Trahern knikte. 'We kunnen Thorstein stoppen door een druppel reuzenbloed gemengd met adellijk bloed op de Thorstein of op zijn bezitter te sprenkelen. Zo zal de kracht van de Bijl voor tweehonderd jaar gebroken worden.'
'Dus we moeten die Ellert en Brammert gevangen nemen?,' zei Calahan.
Trahern knikte. 'We moeten voor morgenmiddag vier uur een druppel bloed van een van deze onnozele reuzen hebben. En geloof me, dat is nog de gemakkelijkste opgave. Het bloed op de Bijl of Dougal sprenkelen wordt een grotere uitdaging vrees ik.'
'Dan moeten we naar De Strubben-Kniphorstbos!', riep Koen. 'Ik durf te wedden, dat ze bij de presentatie van dat leger zullen zijn.'
Anne knikte. 'Ik denk het ook. We kunnen hier vandaan daar naartoe 'hunen'. Er bevinden zich namelijk twee hunebedden.'
Trahern knikte. 'Dat is waarschijnlijke onze enige en laatste kans! Morrigan en Anghus, kunnen jullie dat alleen af?'
Anne en Koen keken elkaar aan. Anne pakte zijn hand en ze voelden beiden een onnatuurlijke energie door hen stromen. Het leek of hun twee zielen samensmolten.
'Ja!', zeiden ze in koor.
Trahern keek de anderen aan. Dan gaan wij kijken hoe we dat leger kunnen stoppen, voordat het Heiligerlee heeft bereikt.
'Hier, pak aan!', Mariah gooide het blaaspijpje met giftige pijltjes naar Anne. 'Als de reuzen slapen, zal gemakkelijker zijn bloed af te nemen', lachte ze.
Anne wreef over haar Aillin en de poort verscheen.
Nec Temere, Nec Timidi!!, schalde het achter hen, terwijl ze door de poort stapten.
Ze kwamen in een hunebed terecht dat midden in een heideveld stond.
Koen wilde wat zeggen, maar Anne hield haar vinger voor de mond.
Boven hun hoofd hoorden ze stemmen. Blijkbaar stonden er mensen bovenop de dekstenen.
Anne en Koen keken door een opening dicht bij de uitgang. Wat ze

zagen was bizar. Op het veld waren honderden 'dwalers' hard aan het houthakken, schaven en timmeren. Ze konden niet precies zien wat ze aan het bouwen waren, maar aan de wielen te zien, moest het iets worden, dat kon rijden. Verder stonden er wel vijfhonderd 'dwalers' keurig in linie en die kregen van soldaten van de garde wapens en harnassen die op grote wagens lagen. Meer naar links zagen ze de zestig grafheuvels duidelijk liggen. Door een opening aan de achterkant van het hunebed zagen ze het *Strubbenbos*. Het bestond uit grillig gevormde eikenhakhout van struikachtige bomen.
Er was geen spoor van Dougal of de reuzen te zien. Misschien waren ze nog te vroeg of had de magiër zijn plannen op het laatste moment gewijzigd.
Koen rook een heerlijke BBQ-geur. Het water liep hem in de mond.
'Kom. We gaan het bos in', fluisterde Anne.
Achter elkaar wurmden ze zich door het gat aan de achterkant. Maar ze waren er nog niet uit, of boven hun hoofden hoorden ze een bekende ijzige stem.
'Dus jullie zijn toch gekomen?'
Anne en Koen draaiden zich geschrokken om.
'Nu zullen jullie de kracht van Thorstein met eigen ogen zien!', riep Dougal.
Tot opluchting van Koen en Anne stond Dougal op het hunebed met de rug naar hen toe.
Anne en Koen keken voorzichtig over het randje en zagen Lalaing en Schenck net op de dekstenen klauteren en naast Dougal komen staan. Hij had het tegen hen gehad.
Dougal haalde onder zijn mantel een *vuursteenbijl* vandaan. 'Dit is Thorstein! Het wapen van de machtige Haldor, koning van het Trechterbekervolk!' Dougal boog voorover.
'Ellert en Brammert houd eens op met dat geschrans en geef mij die urn,'
'Moar Dougal, mien swientje is net gaar', hoorden ze Brammert teleurgesteld zeggen.
De twee grote reuzen, die blijkbaar uit het zicht naast het hunebed hadden zitten te eten, kwamen zuchtend overeind. Door hun lengte kwamen ze met hun borst boven de dekstenen uit en Anne en Koen

verscholen zich achter wat struiken, die tegen de achterkant van het hunebed groeiden.

Ellert overhandigde hem de urn. 'Nu zullen jullie kennis maken met een zeer groot man.' Dougal hief met zijn linker arm Thorstein op en uit het handvat kronkelden boomwortels om zijn pols. Uit de aarde kwam een straal van zwarte energie, die door de Bijl werd opgezogen. Het gras en mos waar Anne en Koen opstonden verschrompelden. De urn spatte uiteen en de as werd door een vreemde wervelwind meegevoerd de lucht in. De as begon te draaien, steeds sneller en sneller. Langzaam verscheen er in de lucht een zwarte gedaante. De wervelwind bracht de gedaante naar het hunebed en zette die in het midden daarvan. Toen al het zand en stof was verdwenen, zagen ze een grote man. Hij droeg kleding gemaakt van dierenhuiden en zijn ogen waren diep zwart. Delen van de huid van zijn armen en gezicht waren weg, waardoor zijn botten en spieren zichtbaar waren. Om zijn pols droeg hij armbanden en op zijn hoofd droeg hij een ivoren kroon.

'Dit is Haldor!', zei Dougal triomfantelijk. 'Ik zal hem zijn leger geven. Een leger dat hij tienduizenden jaren geleden naar vele overwinningen heeft geleid.' Dougal richtte de Bijl op de vele grafheuvels. De hele aarde begon te schudden en te beven. Alle bomen, heide en andere planten rondom het veld werden leeggezogen en de grond werd inktzwart. De grafheuvels barstten open en een zwarte zandstorm blies tussen de heuvels door. Vanuit de storm kwamen duizenden 'dwalers' op het hunebed af gelopen en bleven naar Dougal en zijn bijl staren.

'Aanschouw het Trechterbekervolk van Haldor!', riep Dougal! 'Dit zijn mijn 'dwalers' die, onder leiding van hun koning, de wereld voor ons op de knieën zal brengen!'

Schenck keek Dougal aan. 'Maar zijn ze wel sterk genoeg? Ze zien er een beetje halfbakken uit. Die Sargas en dat leger van Calahan hebben vanmiddag al honderden verslagen.'

'Nu zijn ze nog niet sterk genoeg', zei Dougal. 'Het zijn inderdaad niet meer dan levenloze zielen, die doen wat ik hun opdraag. Maar dat zal morgenmiddag anders zijn. Eens in de tweehonderd jaar zijn er vijf zonsverduisteringen en morgen zal de laatste van de vijf zonsver-

duisteringen zijn. De profetie zegt, dat op die dag ieder leger onder de macht van Thorstein tweehonderd jaar onsterfelijk zal zijn!'
Morgenvroeg wanneer de zon opkomt, zullen wij eerst met mijn leger 'dwalers' naar het Achondra- bos gaan en daar hun magische boom Ygdrassil vernietigen!'
'Morgenvroeg? Kun je niet wachten tot het leger onoverwinnelijk is?', zei Lalaing. 'En waarom een boom vernietigen? Daar hebben we geen tijd voor. We moeten die Van Ham bij Heiligerlee verslaan en daarna die koning Christiaan in Denemarken.'
'Nee!', bulderde Dougal. 'Wij moeten die vervloekte boom vernietigen. Die boom geeft kracht aan de Sargas! Zonder boom werkt hun magische taxustak niet en zijn ze kwetsbaar. Wij vallen de Achondra's morgenvroeg aan, wanneer ze nog op een oor liggen. Zij zullen niet weten wat hun is overkomen!', lachte hij. 'Daarna hebben we alle tijd om die Van Ham te verslaan.
Dougal, Lalaing en Schenck stapten van het hunebed af en liepen tussen de duizenden 'dwalers' door, die keurig in formatie opgesteld stonden.
Anne en Koen keken elkaar geschrokken aan.
'Laten we dat bloed halen en de Orde waarschuwen', zei Anne.
Tot hun geluk hoorden ze de reuzen nog aan de andere kant lachen en bulderen om hun eigen domme grappen.
Anne en Koen slopen om het hunebed heen en zagen Ellert en Brammert voor een kampvuur zitten. Boven het vuur hing een speenvarken aan het spit en, aan de veren te zien en de geur te ruiken, waren ze nu bezig met kippenboutjes.
'Dit is een piece of cake, fluisterde Koen.
Anne pakte het blaaspijpje en stopte er een pijltje in. Brammert ging net staan, om aan het spit te draaien en greep verschrikt naar zijn achterwerk. 'Auw', schreeuwde Brammert, die over zijn kont wreef. 'Er prikte een wesp in mien bil', zei hij heel sloom.
Maar voor hij nog iets kon zeggen, zakte hij ineen.
Ellert kroop geschrokken naar zijn zoon en schudde aan zijn lichaam. 'Brammert, Brammert.'
Maar een seconde later lag ook hij in diepe slaap, naast zijn zoon.
Anne en Koen gingen achter de grote lichamen van de reuzen zitten.

'Nu moeten we dit kruikje vullen met bloed', zei Anne. Ze trokken het pijltje uit de nek van Ellert, waardoor er bloed uit de wond liep. Anne hield het kruikje eronder. Al snel was die vol gedruppeld en ze drukte de kurk erop.
Koen trok het andere pijltje uit Brammert zijn bil, die op dat moment een gigantische scheet liet.
'Bleh...', riep Koen, die zijn neus dichtkneep. 'Ik wilde net een kippenboutje pakken, maar laten we nu maar snel gaan, voordat wij zelf bewusteloos raken door die stank.'
Anne wreef over haar Aillin en ze 'huunden' rechtstreeks naar het Arendsnest.

HOOFDSTUK 21
VOORBEREIDING OP EEN GROOT GEVECHT

Alle Sargas, Will, Mariah, Gerwin en Fergus hadden ademloos naar het verhaal van Koen en Anne geluisterd.
Trahern wreef door zijn baard en fronste zijn wenkbrauwen. Hij keek iedereen aan. 'We staan aan de vooravond van de grootste strijd in de geschiedenis van de Sargas. Ygdrassil mag niet vernietigd worden. Zonder onze levensboom zal het licht van onze Aillin niet meer schijnen en er geen balans zijn tussen goed en kwaad. Het Achondrabos is door onze magie beschermd. Maar Thorstein is een duistere oerkracht. Ik hoop dat onze kracht bestand is tegen dit kwaad.' Trahern ging staan. 'Maar er is een lichtpuntje. Zij weten niet dat wij van hun plannen weten. Hierdoor zullen ze geen enkele tegenstand verwachten en dat is in ons voordeel. We moeten ons direct voorbereiden op deze strijd.'
'NEC TEMERE, NEC TIMIDI!'
Koen voelde een bijzondere kracht door zijn aderen stromen en ging staan. 'Ik heb een aantal ideeën over hoe wij hen kunnen verslaan.'
Trahern keek hem met een trotse blik aan. 'Vertel, Anghus, welke briljante ideeën heb jij nu weer?'
Koen zag alle films en strategy games, die hij ooit gespeeld had, voor zich. In zijn hoofd maakte hij razendsnel een selectie van de beste en meest effectieve manieren, om een groot leger te verslaan.
'Anne, zei Koen, jij bent goed in het maken van schetsen. Zou jij op die houten bijzettafel zo gedetailleerd mogelijk het Achondrabos en omgeving kunnen schetsen?'
Anne knikte en ging meteen aan de slag. Binnen enkele minuten had ze met een stuk houtskool een redelijke schets op de tafel staan van het Holtveen, Vries en de landerijen eromheen.
Koen pakte daarna het stuk houtskool en begon te vertellen en pijl-

tjes op de schets te zetten 'Ze zullen ons waarschijnlijk vanaf het oosten aanvallen. Dit zullen ze doen, omdat de ochtendzon in hun voordeel is. Via het korenveld is voor hen de meest gemakkelijke route. Zoals gebruikelijk in een veldslag zullen ze in linie op het bos af komen.'
Iedereen hing aan Koen zijn lippen. Koen legde zijn, soms zeer bizarre, creatieve plannen duidelijk uit.
Anne vond dat Koen het geweldig deed. De jongen die zij eerst een grote lompe nerd en sulletje vond had zich de afgelopen dagen ontpopt tot een stoere strijder en leider.
Na Koen zijn presentatie klopte Trahern hem op zijn schouder. 'Je hebt al een fantastisch luchtschip ontworpen en nu kom jij met een complete oorlogsstrategie. En jij zei dat jij nooit had gevochten! Ik begin haast te denken, dat jij ons voor de gek houdt en stiekem een groot legeraanvoerder bent', lachte Trahern.
Alle Sargas sloegen met de vuisten op tafel en Koen kreeg van iedereen complimenten.
'We moeten direct aan de slag. Er is geen tijd te verliezen!', riep Trahern.
'NEC TEMERE, NEC TIMIDI!', riepen ze allemaal in koor en sloegen nog een keer met hun vuisten op tafel.

HOOFDSTUK 22
EEN DODELIJKE STRIJD

Nevel hing boven het korenveld. De eerste zonnestralen verschenen aan de horizon en honderden vogels floten hun ochtendlied. Herten sprongen vredig tussen het koren door en een moederzwijn met haar kleintjes stak een zandpad over. Je zou haast vergeten, dat deze zonnige morgen waarschijnlijk snel zou veranderen in een dodelijke strijd.
Anne, Koen, Trahern en de Sargas stonden bovenop de loopbruggen en keken tussen de bomen door over het koren met op de achtergrond Vries. Honderden Achondra's hadden die nacht gedaan, waarin ze goed waren. Houthakken en bouwen. Zodoende was er door het bos, in een ruime cirkel rondom het Achondradorp, een hoge muur van palen gebouwd, met daarvoor en achter een geul met scherpe speren. Er was slechts een poort aan de oostkant die zwaar bewaakt werd door Achondrasoldaten en op muren stonden boogschutters. Verder waren er in en rondom het bos veel valstrikken gemaakt, die met het blote oog niet zichtbaar waren. Koen was superblij dat de Achondra's zijn plannen weer in perfectie hadden uitgevoerd.
Anne staarde voor zich uit en dacht aan de avond ervoor. Ze was naar Vries en Tynaarlo gegaan, om de inwoners te waarschuwen voor het naderende gevaar en hulp te vragen bij hun strijd. Veel mensen hadden daaraan gehoor gegeven. De vrouwen en kinderen hadden veiligheid gezocht in het Achondradorp en de mannen uit Vries en Tynaarlo hadden de Achondra's vannacht meegeholpen met bouwen, smeden en graven. Anne had na haar bezoek aan de inwoners van Vries nog een moment rust gezocht in de Sint Bonifatiuskerk. Een heilige plek die ze al jaren niet had bezocht. Ze had geknield voor het *doopvont* en gebeden. Alle negatieve energie had plaatsgemaakt voor licht. Licht dat alleen de hemel kon schenken. En nu stonden ze hier. Twee tieners die in een duistere veldslag gezogen zouden worden.

Vanuit het oosten hoorden ze gedreun als dat van onweer, dat met de minuut dichter en dichterbij kwam. Het was het gestamp en wapengekletter van duizenden 'dwalers'.
Koen zijn hartslag steeg en hij merkte, dat hij gespannen werd. Hij pakte de hand van Anne en keek haar aan. Hij besefte dat dit allesbehalve een game of film was. Hij vroeg zich nu af, of zijn plannen tegen de duizenden zombies zouden werken. Trahern had hun verteld dat Koens hoofdtelefoon, horloge en mobieltje bijna helemaal verdwenen waren en dat het maar één ding kon betekenen: Dougal had de geschiedenis op sommige punten al herschreven, waardoor de toekomst, die Anne en Koen kenden, mogelijk al anders was.
Anne dacht aan haar vader, Thorstein en de natuur die leeggezogen werd. Dezelfde natuur die moeder aarde liet ademen en de mensen het leven gaf. 'Zouden zij Dougal kunnen stoppen en daarmee hun toekomst redden?'
Aan de rand van het dorp verschenen een zwarte vlek en vier gigantische hoge silhouetten.
Het kwam dichter en dichter bij en halverwege het korenveld stopte het.
Ze konden nu duidelijk zien wat het was. Er stonden ongeveer tweeduizend zwaarbewapende 'dwalers', met daarachter vier grote houten katapulten, die voortgetrokken werden door harige neushoorns.
'Wat zijn dat voor rare neushoorns?', vroeg Koen, die zo langzamerhand nergens meer van op keek.
'Wolharige neushoorns', zei Anne. 'Dougal heeft blijkbaar ook de prehistorische neushoorn uit de Drentse grond laten herrijzen.'
Er blies een hoorn en de duizenden 'dwalers' maakten ruimte voor een verrijdbare troon in de vorm van een wolvenkop, die door een wolharige neushoorn werd voortgetrokken. Op de troon zat Dougal met de Bijl in zijn hand en naast hem stond Haldor met een grote hoorn in zijn hand.
Dougal hief de Bijl en het hele bos begon te schudden. De beschermende koepel over het bos was af en toe zichtbaar.
'Dougal is onze magische bescherming aan het aanvallen', zei Trahern. 'De kracht van onze Aillin is zwak. Ik ben bang dat we het vooral op eigen kracht moeten gaan doen. We moeten dus voorzichtig zijn.'

Dreun na dreun volgde en het hele bos schudde. Langzaam zagen ze de magische koepel afbrokkelen.

Zijn kracht is te groot voor onze Aillin', zei Trahern verontrust.

Haldor blies een keer op zijn hoorn en hief zijn zwaard.

De voorste linie van vijfhonderd 'dwalers' kwam op het bos af stormen.

Koen wist dat nu <u>het</u> moment was gekomen en zette zijn boerhoorn aan de mond.

De eerste 'dwalers' renden het bos in en Koen blies drie keer kort.

Tientallen Achondra's hakten touwen door. Gigantische boomstammen met punten kwamen los en boorden zich in de lichamen van de 'dwalers'. De een na de andere loste krijsend op in as. Andere 'dwalers' verdwenen in diepe valkuilen, waarin ze op speren werden gespietst. De 'dwalers' die niet in de kuilen vielen of door de boomstammen werden geraakt kwamen dieper in het bos ten val door touwen die laag over de grond strak getrokken werden. Nog voor de gevallen 'dwalers' overeind konden krabbelen, werden ze door een regen van pijlen en harpoenen gedood door Achondrasoldaten, die op de loopbruggen boven tussen de bomen stonden. Bewapende Vriesenaren, die zich gecamoufleerd hadden met takken en bladeren, doodden geruisloos de 'dwalers' die bijna de muur rondom het dorp hadden bereikt. Door het hele bos klonk het afgrijselijk gekrijs van deze demonen, die terug werden gestuurd naar de onderwereld.

De eerst aanval leek afgeslagen en de Sargas sloegen met hun rechter vuist op hun borst.

'Nec Temere, Nec Timidi!'

Dougal leek geen krimp te geven en Haldor blies opnieuw op zijn hoorn.

Weer kwamen vijfhonderd 'dwalers' op het bos af.

'Nu wordt het een echt knalfeest!', lachte Koen. Hij blies een keer lang op zijn hoorn. Vijf Achondra's staken met een fakkel een lont aan. Razendsnel trok er een brandende streep door het korenveld en er volgden vijf gigantische explosies. Aarde en stukken 'dwalers' vlogen alle kanten op. In één keer waren er honderden 'dwalers' gedood. Nadat de rook was opgetrokken, konden vijf enorme kraters in de grond worden waargenomen.

De vaten buskruit, die Koen halverwege het veld had laten ingraven, hadden hun werk gedaan. Blijkbaar hadden Dougal en Haldor dit niet zien aan komen. Haldor blies vier keer en de troon kwam in beweging. Samen met de overgebleven duizend 'dwalers' begonnen zij zich terug te trekken.

Koen blies vlug zes keer op zijn hoorn en vanuit het noorden en zuiden verschenen honderd ruiters. Het waren Calahan, Gerwin en Fergus met hun manschappen, die de terugtrekkende 'dwalers' de pas probeerden af te snijden.

Gejuich steeg op uit het bos. De honderden Achondra's, die op de loopbruggen stonden te kijken, waren door het dolle heen.

De zwarte vlek 'dwalers' zagen ze snel kleiner en kleiner worden.

Maar Koen zag opeens iets verontrustends. Aan de horizon verschenen vier vuurtjes. Koen keek door zijn kijker en zag brandende ballen, die enkele seconden later met een fluitend geluid over Anne en Koen heen vlogen en zich in het bos boorden. Een gigantische vuurzee was het gevolg en het kurkdroge bos vatte meteen vlam. Dit was iets waar Koen, Anne en de rest geen rekening mee hadden gehouden. De vuurballen uit de immense katapulten werden afgewisseld met keien zo groot als die van hunebedden. Bomen braken als luciferhoutjes en steeds meer van het Achondrabos stond in brand.

Tussendoor voelden ze de aarde schudden en van de magische koepel leek nog weinig over te zijn.

Dougal en Haldor hadden zich met slechts honderd 'dwalers' achter de katapulten verscholen. Een groep van vijftig 'dwalers' schoot nu met hun pijlen en boog op alles wat bewoog in het veld. Zelfs het eigen volk werd daarbij niet gespaard. De Achondrasoldaten van Fergus en Gerwin hadden een muur van schilden gevormd tussen de boogschutters van Dougal en de soldaten van Calahan, die met de 'dwalers' in gevecht waren.

'Anne en Mariah, dit is jullie kans. Jullie moeten je tussen de vluchtende 'dwalers' mengen en Dougal stoppen', riep Trahern.

Anne en Mariah knikten en lieten zich langs een touw naar beneden zakken. Beneden pakten ze een helm, cape, zwaard en boog van 'dwalers' die al in as waren opgelost en snel sloegen ze de cape om en zetten de helm op.

Anne keek nog even naar Koen en stak haar duim op.

Koen deed hetzelfde terug.

'Koen jij blijft hier de boel aansturen. Zorg dat die katapulten en boogschutters worden uitgeschakeld', riep Trahern. 'Ik zal met de andere Sargas Calahan gaan helpen.'

Trahern en de andere vijf Sargas gingen via de touwen naar beneden en even later reden ze op hun paarden richting het slachtveld.

Koen zag hoe iedere Sarga zijn eigen speciale wapen pakte. Anghus schoot met zijn kruisboog een schijf af, waaruit tijdens de het vliegen messen kwamen. Vijftig meter verder werden vier 'dwalers' door midden gezaagd. Bowen had een lange ketting in zijn hand, met aan het uiteinde een bol met tientallen punten. De een naar de andere 'dwaler' werd recht in zijn gezicht geraakt en loste op. Donaghy sprong al rijdend van zijn paard en pakte zijn vechtstokjes. Hij drukte op een knopje en uit de zijkant van de vechtstokjes kwamen weerhaken. Razendsnel draaide hij ze rond en schakelde elke 'dwaler' die voor, naast of achter hem was uit. Concidius en Eburacon hadden een gewone pijl en boog. Maar ze waren de beste boogschutters die Koen ooit had gezien. Ze waren achter de mannen van Fergus en Gerwin gaan staan, die nog altijd een muur van schilden vormden tegen de pijlen- regen van de 'dwalers'. Concidius en Eburacon schakelden met hun pijlen de een naar de andere boogschutter van Dougal uit. Ze misten niet één keer. En Trahern deed waar alle Achondra's goed in waren. Klieven! Maar deze keer bewerkte hij geen hout, maar de botten van 'dwalers'. Als een machine denderde hij door de massa duistere ridders en sloeg alle ledematen af die zijn scherpe staal tegenkwam.

Koen moest zorgen dat de vuurballen- en pijlenregen zou stoppen, want steeds meer Achondrabos ging verloren en ook uit het dorp kringelden rookwolken omhoog. Hij liep naar een bakje naast de touwbrug en ging erin zitten. Hij blies twee keer en het bakje schoot in volle vaart naar het Arendsnest. Op het dak van het Arendsnest stonden tientallen Achondra's, met elk een deltavlieger startklaar. Aan de stang, waaraan ze zich vast moesten houden, hing een zak met kleine kruikjes, die met een touwtje aan de onderkant geopend konden worden.

Koen had voor een verrassingsaanval speciale vuurbommen ontworpen. In de kruikjes zaten drie verschillende lagen. In de bovenste laag olie, dan buskruit en op de bodem vuursteentjes. Het kruikje was van onderen verzwaard, zodat het kruikje op deze kant zou neerkomen. In theorie zouden de vuursteentjes het kruit moeten laten ontvlammen en vervolgens de olie, zodat er een vuurzee zou ontstaan. Maar dat was theorie. Ze hadden geen tijd gehad om de werking van de kruikjes te testen. De deltavliegers hadden ze wel getest, maar dat was met de nodige botbreuken gepaard gegaan. Uiteindelijk waren er tien Achondra's bereid gevonden, om vandaag van de toren te springen en de gok te nemen, dat ze zouden zweven en niet neer zouden storten. Voor dit project hadden ze de omheining en andere spullen van het dakterras verwijderd. Zo was er een start- en landingsbaan ontstaan. In dit geval zou die alleen dienen als startbaan. De landing zou een ander verhaal worden.
Ze keken Koen gespannen aan. 'Jullie moeten mij vertrouwen. Het is volkomen veilig', lachte Koen.
De eerst Achondra nam een aanloop en sprong met zijn deltavlieger het dakterras af. In eerste instantie leek hij de diepte in te storten. Maar net boven de boomtoppen steeg hij op en vloog hoger en hoger. De anderen volgden dapper zijn voorbeeld en enkele minuten later zweefden er tien delta- vliegers geruisloos op de vier katapulten en de boogschutters af, die nog altijd onophoudelijk aan het vuren waren. Veel van Calahans, Fergus' en Gerwins soldaten waren intussen al gesneuveld.
Koen keek door zijn verrekijker, die hij de nacht ervoor met geslepen glas en een koker zelf had gefabriceerd. Hij kon nu tot in de verre omtrek kijken.
De deltavliegers maakten een bocht en vlogen vlak over de boogschutters en katapulten heen. Ze lieten hun lading vallen en het effect overtrof al Koen zijn verwachtingen. Er ontstond een streep van vuur. De torens stonden in lichterlaaie en de 'boogschutterdwalers' losten al brandend op. Eindelijk hield de regen van vuurballen, stenen en pijlen op.
Anne en Mariah waren net langs de torens, toen de deltavliegers hun lading lieten vallen. Alles achter hen brandde er was nu geen weg

terug meer. De enigen die op tijd aan de vuurzee waren ontkomen waren de vier wolharige neushoorns. Die stonden schaapachtig naar de brandende en gillende 'dwalers' te kijken.

Anne en Mariah waren nu dicht bij de troon gekomen en zagen Dougal rustig op zijn troon zitten met Thorstein in zijn hand. Haldor stond er rustig naast en blies zo nu en dan op een hoorn, om zijn troepen aan te sturen. Ze leken beiden niet onder de indruk te zijn van de vuurzee, want ze gaven geen krimp.

Anne kreeg het gevoel dat er iets niet klopte. Ellert en Brammert en de Wargulls waren altijd bij Dougal. Maar nu waren ze in geen velden of wegen te bekennen. Ze staarde naar de Bijl die Dougal omhooghield. Het gedreun ging door en Dougal stond op het punt, de bescherming rond het bos te verbreken. Anne keek nog eens goed, maar kon niet bedenken wat er niet klopte. En daar was ook geen tijd voor. Dit was hun enige kans om hem uit te schakelen. Zij en Mariah stonden nu naast de troon en onder hun mantel deden ze elke een pijltje met het Sargareuzenbloedmengsel in hun blaasbuis. Ze hadden elk slechts twee pijltjes, dus maar vier keer kans. Anne en Mariah haalden de blaasbuizen onder hun mantels vandaan en vuurden hun eerste pijltjes op Dougal af. Maar blijkbaar had Haldor dit zien aankomen. Hij sprong net op tijd voor Dougal waardoor de pijltjes in het lichaam van de koning van het Trechterbekervolk drongen. Hij krijste demonisch en lost op in as. Dougal was in de tussentijd opgesprongen en kwam, met de Bijl in de ene en het zwaard in de andere hand, op Anne en Mariah afgestormd. Ze hadden moeite om de zware slagen van Dougal tegen te houden.

Mariah was niet snel genoeg en kreeg een harde dreun met de achterkant van de Bijl tegen haar helm. Ze liet kermend haar zwaard vallen.

Anne voelde de kracht van haar Aillin opwellen. Maar ondanks haar kracht was Dougal snel, veel te snel. Wat ze ook probeerde het lukte haar niet, hem met haar zwaard te raken. Maar vanuit het niets werd Dougal tegen de grond gesmeten. Vanuit de lucht was een Achondra bovenop hem gevallen. Dougal probeerde overeind te krabbelen en uit alle macht zich uit de greep van de Achondra te bevrijden. Maar wat hij ook probeerde dit lukte hem niet. De Achondra had zijn armen stevig om Dougal zijn schouders geklemd en was niet van plan los te laten.

Mariah was weer opgestaan en kwam naast Anne staan. Het leek gelukkig mee te vallen. De helm had de zwaarste klap opgevangen. Anne en Mariah keken elkaar aan en knikten. Dit was hun laatste kans. Ze pakten hun buisjes en schoten. Een pijl drong bij Dougal, via de Achondra, in zijn bovenarm binnen en de ander in zijn rechter borstkas. Dougal liet geschrokken zijn zwaard en bijl vallen. Hij zakte door zijn knieën en greep naar zijn getroffen borst. De Achondraman liet nu ook los. Maar het gedreun ging door en Anne voelde nog altijd de kracht van het duister. 'Dat kon niet. Dat was onmogelijk. Ze hadden hem toch geraakt?' Anne haar aandacht werd naar de bijl getrokken en ze bleef er naar staren. Ineens besefte ze wat er niet klopte. De steel van de bijl was langer. Veel langer en van een andere houtsoort. 'Het is nep. Het is Thorstein niet!', riep Anne. 'En ik durf te wedden dat het Dougal ook niet is', riep Anne boos.

Ze liep naar de man met wolvenmasker en rukte het van zijn hoofd.

'Jij weer!', riep Mariah geïrriteerd.

'Jullie zullen nooit winnen!', lachte Lalaing vuil. 'Dougal zal winnen!'

'Daar lijkt het anders niet op?', zei de Achondra, die naar de brandende katapulten en het slachtveld wees, waar het leger 'dwalers' nog altijd kleiner werd.

'Dat dachten jullie!' Dit is nog maar het begin!', zei Lalaing op zijn welbekende arrogante toon. Hij dook naar de hoorn van Haldor, die op de grond naast hem lag en blies daarop.

Anne rende naar hem toe en trapte de hoorn uit zijn handen en vervolgens gaf ze hem een klap in de nek, zodat bij Lalaing het licht uitging.

Anne en Mariah gingen op de troon van Dougal staan en konden over de vlammenzee heen het gevecht zien. Ze zagen vanaf de linker- en rechterkant van het veld twee grote legers 'dwalers' aankomen.

'Onze vrienden zijn in gevaar. Wij moeten Dougal zo nel mogelijk zien te stoppen. En als die Dougal niet hier is, dan is er maar een plek waar hij kan zijn', riep Anne.

'Ygdrassil', zei Mariah. 'Maar het is onmogelijk om nu naar het bos te gaan en ik zie hier ook geen paarden, zodat we erom heen zouden kunnen rijden.

'Ik heb een idee!', riep Anne, die richting de demonische neushoorns liep, die nog altijd apathisch naar de vuurzee staarden. Ze ging voor een van de beesten staan. Net als bij de andere demonen misten delen huid en haar, waardoor je botten en pezen kon zien. De ogen waren, net als van de Wargulls, diep- en diepzwart en leken door hen heen te kijken.

'Je gaat toch niet doen wat ik denk?', vroeg Mariah onzeker.

'We hebben toch vervoer nodig', lachte Anne, die voor een van de beesten ging staan en haar hand op zijn neus legde. Ze pakte haar Aillin en sloot haar ogen, om zich te concentreren. De wolharige neushoorn brieste woest. Maar na enkele seconden werd het beest rustiger. De ogen van het beest kregen een groenige kleur en Anne maakte voorzichtig de ketting los en aaide het beest over de kop. De neushoorn liet zich op de grond zakken en Anne sprong op de rug van het beest. 'Kom je nog?'

Onzeker klom Mariah achter Anne. 'Maar hoe komen we nu bij het bos?'

'Daar heb ik wel een manier voor!'

Anne draaide de neushoorn en reed in oostelijke richting, weg van het strijdtoneel.

Koen had met zijn verrekijker gezien hoe een Achondra, vlak naast de troon van Dougal, zijn delta- vlieger had los gelaten en naar beneden was gevallen. Maar door de vlammenzee had hij niet kunnen zien, wat zich daar had afgespeeld. 'Maar omdat de zware dreunen aanhielden en de koepel bleef oplichten, kon het maar een ding betekenen. Dougal leefde nog. Het was Anne en Mariah niet gelukt hem te stoppen. Maar waar waren ze dan? Ze zouden toch niet...? Nee, dat kon niet, dat mocht niet.' Hij had vanuit de richting van de troon een hoorn horen schallen. Koen tuurde de omgeving af en schrok. Hij kreeg geen adem meer. Vanuit het zuiden en noorden kwam er een nieuw leger 'dwalers' aan. Net nu ze dachten de slag gewonnen te hebben, kwamen er nog eens duizend zwaarbewapende vijanden aan. Zijn vrienden, die midden in het korenveld een zware strijd leverden, stonden op het punt te worden overlopen. Koen pakte zijn hoorn en bleef aan een stuk doorblazen. Dat betekende dat iedereen zich moest terugtrekken. Maar het was al te laat. De soldaten van

Calahan, Fergus, Gerwin en de Sargas werden ingesloten door het immense leger. De Sargas probeerden met hun Aillin en wapens de 'dwalers' op afstand te houden. Maar daarmee leken ze het leger alleen maar te vertragen, maar niet te kunnen stoppen.
Koen had als zijn troeven verspeeld en kon niets meer uit zijn hoge hoed toveren. Hij kreeg een misselijk gevoel en tranen welden op in zijn ogen. 'Anne en Mariah waren daar ergens achter de linies. Wat was er met hen gebeurd?' Hij kon niets doen. Hij zakte door zijn knieën en deed zijn helm af om zijn tranen weg te vegen.
Boven hem hoorde hij een kierend geluid. Arrow kwam aangevlogen en landde naast hem. 'Wat doe jij hier vriend?', zei Koen snikkend. In de verte hoorde hij weer een geschal. Maar nu van een vreemde hoorn. Een die hij niet eerder had gehoord. Arrow gaf hem een vriendelijk kopje en steeg op en vloog richting het noordoosten. Koen pakte zijn kijker om hem te volgen en wat hij toen zag was bizar. Vanuit het noordoosten kwam een grote stofwolk hun kant op. Boven de stofwolk staken honderden lansen met vaantjes uit. Hij tuurde nog een keer en schreeuwde het toen uit. Op de vaantjes stond het bekende familiewapen van Van Gelre. Hij bleef kijken en zag dat het minstens duizend ruiters met harnassen, zwaarden, schilden, bogen en lansen waren. Voorop reden Will en Karel van Gelre. Achter hen reed een grote ruige man. Een man die Koen direct herkende van de plaatjes van zijn spreekbeurt. Het was *Maarschalk Maarten van Rossem*, de grote legeraanvoerder van Van Gelre. Een die bekend stond om zijn oorlogstactieken en de vele veldslagen die hij had gewonnen. De duizenden ruiters kwamen nu door het koren op de 'dwalers' afgereden. Maarten van Rossem wachtte niet af en hief zijn zwaard. Samen met zijn duizend ruiters stormde hij op de 'dwalers' af. Een groot lawaai van staal op staal en demonisch gegil steeg op.
Koen was blij en bang tegelijk. Waar hij ook keek, Anne en Mariah kon hij niet vinden.
'Anghus!', hoorde hij plotseling achter zich.
Koen draaide zich geschrokken om. Achter hem stonden Anne en Mariah. Hij rende op Anne af en sloeg zijn armen om haar heen. 'Hoe zijn jullie hier gekomen? Wat is er met Dougal gebeurd.
'Het waren Dougal en zijn Thorstein niet!', zei Anne geïrriteerd. We

hebben al ons bloed verspild aan die vervelende en arrogante Fransman Lalaing. Hij lachte ons uit en zei dat Dougal zou gaan winnen. Wij besloten naar jou toe te komen en zijn via het hunebed in Tynaarlo naar hier gehuund. Wij denken dat Dougal ergens hier is om Ygdrassil te vernietigen.

Koen pakte direct zijn kijker en zocht het brandende Achondrabos af, op zoek naar het veenmeer, waaronder de levensboom zich bevond. Het meer lag er vredig bij en daarom liet hij zijn blik langs de muur rondom het dorp glijden. In eerste instantie leken er geen vreemde activiteiten te zijn. Hij deed nog een keer hetzelfde rondje en in een flits dacht hij wat vreemds te hebben zien. Hij ging terug naar het punt, waar hij de vreemde beweging meende te zien. Bij de westelijke muur waren Achondrasoldaten druk bezig met het barricaderen van de muur. 'Vreemd', dacht Koen. 'Waarom zouden ze dat nu doen?' De soldaten reden wagens naar de muur en plaatsten er boomstammen tegenaan. Koen keek nu beter en boven de muur uit staken twee grote bossen haar. 'Kijk daar eens!', riep Koen, die de verrekijker aan Anne gaf.

'Ellert en Brammert', riep ze. 'Dan moet die Dougal ook in de buurt zijn.'

Koen pakte weer de verrekijker en tuurde de omgeving af. 'Jullie hebben gelijk. Daar is hij!' Vanuit het westen zag hij Dougal en zijn Wargulls, gevolgd door honderden 'dwalers', richting de westelijke muur rennen. 'Nog even en de reuzen zullen door de muur heen breken en dan zijn het dorp en Ygdrassil verloren!', riep Koen. 'We moeten de Sargas waarschuwen!' Hij blies zeven keer op zijn boerhoorn. Dat was het teken dat de Sargas zich moesten verzamelen in het dorp.

Koen tuurde naar de veldslag. Het gevecht was nog in alle hevigheid gaande. Tot zijn opluchting zag hij Trahern en nog drie Sargas het strijdtoneel verlaten en naar het dorp toe komen.

'Er komen een aantal Sargas aan', riep Koen. 'We moeten de oostelijke poort openen.'

'Waar wachten wij dan nog op', zei Anne.

Ze gingen door het deurtje van de olijfboom, de trap af en sprongen in de boomstam. Met een duizelingwekkende snelheid vlogen ze naar

beneden 'Mis de tak niet', riep Anne naar Koen. En dat deed hij ook niet. Ze kwamen uit de boomstam en renden door het bos, naar het dorp en vervolgens op de oostelijke poort af.
De wachters bij de poort keken verbaasd naar Mariah en de twee Sargas die op hen af kwamen lopen.
'Open nu de poort! Trahern komt eraan!', riep Koen.
De poort ging een stukje open en even later kwamen Concidius, Bowen, Galen en Trahern het dorp binnen.
Trahern keek Mariah en Anne aan. 'Wat is er gebeurd? Hebben jullie Dougal niet kunnen stoppen?
Anne schudde haar hoofd: 'Het was Dougal niet die op de troon zat. We hebben het bloed verspild aan een arrogante Fransman. Ellert en Brammert proberen nu een gat te maken in de westelijke muur. Dougal, zijn Wargulls en honderden 'dwalers' staan aan de ander kant en hebben maar een doel en dat is Ygdrassil.'
Trahern leek even na te denken. 'Ik denk niet dat die Dougal weet waar Ygdrassil is. We moeten Dougal zo lang mogelijk tegenhouden en hopen dat de anderen hier snel zullen zijn. Dougal mag in ieder geval het meer nooit bereiken. Maar om hem en de Bijl te stoppen, moeten we opnieuw Ellert en Brammert te pakken krijgen.' Trahern hief zijn zwaard: ' Nec Temere, Nec Timidi!'
Ze renden tussen de plaggenhutten door richting de westmuur. De aarde begon hevig te schudden en ze hadden moeite op hun benen te blijven staan. Ze zagen in de verte hoe Ellert en Brammert steeds meer palen uit de muur sloegen. De Sargas waren bijna bij de muur toen ze onverwacht door een gigantische explosie tegen de grond werden gesmeten. Palen kletterden overal om hun heen neer. Ze hielden hun Sargaschilden boven zich, om niet door grote stukken hout geraakt te worden. Een groot deel van de muur was weggeblazen en de honderden 'dwalers' kwamen nu door het gat het dorp binnen. De Achondra's vluchtten alle kanten op, maar er was geen ontkomen aan. Ze krabbelden overeind en vielen de 'dwalers', die door het gat naar binnen kwamen, aan. Maar er waren veel te veel om tegen te houden. De 'dwalers' liepen nu overal en Achondramannen,
-vrouwen en zelfs -kinderen werden uit hun huizen gehaald en naar

het veld in het midden van het dorp gebracht. Het was verschrikkelijk, om de kinderen en vrouwen te horen huilen en gillen. Iedereen die weigerde mee te lopen werd hardhandig tegen de grond geslagen en over de grond meegesleept. De Sargas deden wat ze konden, maar het was dweilen met de kraan open. Voor elke 'dwaler', die ze lieten oplossen, kwamen er drie andere op hen af.
Na een tijdje verschenen Dougal en zijn Wargulls in de opening.
Trahern pakte zijn Aillin en een groene flits liet de grond opensplijten richting Dougal.
Maar Dougal kon hem met zijn duistere kracht net op tijd blokkeren. Hij richtte Thorstein op Trahern en een zwarte straal schoot eruit en tilde Trahern op en smeet hem tegen de grond, waardoor zijn zwaard en schild uit zijn handen vielen en zijn helm van zijn hoofd rolde.
Trahern pakte met een trillende hand zijn Aillin weer op en boomwortels schoten uit de grond en pakten Dougal bij zijn enkels en trokken hem onderuit.
Trahern leek zich na deze krachtsinspanning nog amper te kunnen bewegen.
'Mariah, Morrigan en Anghus', riep Concidius. 'Zorg dat Trahern in veiligheid wordt gebracht.' Wij houden ze zo lang tegen.
Anne en Koen ondersteunden Trahern met hun schouders en namen hem mee. Ze liepen tussen de huizen door in de richting van het bos.
De andere Sargas hadden hun Aillin gepakt en met al hun kracht een lange magische wand tussen Dougal en de rest van het dorp opgeworpen, zodat Trahern in veiligheid gebracht kon worden.
Dougal richtte de Bijl op de wortels, die nog altijd rond zijn enkels waren gekronkeld. Er was een zwarte flits en de wortels verbrandden. Nu zijn enkels weer vrij waren, kwam hij overeind en liep rustig op de magische wand af. Uit Thorstein kwam flits na flits en de Sargas konden het geweld niet langer tegenhouden. De wand brokkelde af.
Anne, Koen en Mariah waren nu uit zicht en kwamen in het bos. Trahern zag er slecht uit. Uit zijn mondhoek liep bloed en zijn benen stonden in een rare stand. Dat betekende waarschijnlijk, dat ze allebei gebroken waren.
'Stop maar. Laat me hier maar zakken. Ik wil jullie wat laten zien', fluisterde Trahern.

'Maar we moeten door. In het bos zijn we pas veilig', zei Mariah.
'Leg me hier neer. Bij deze mooie boom.'
Anne en Koen hoorden ernst in zijn stem en lieten hem voorzichtig bij de stam van de eeuwenoude eik zakken.
'Mariah, kom eens hier.' Trahern gebaarde dat ze met haar hoofd naast dat van hem moest komen. Hij fluisterde haar wat in het oor. Mariah knikte en streelde liefelijk over zijn gezicht.
'Ik moet gaan', zei Mariah. 'Doe wat Trahern jullie laat zien.' Ze draaide zich om en verdween in het bos.
'Morrigan, kom eens hier.'
Anne ging op haar knieën naast hem zitten en deed haar helm af.
'Anne. Zoals ik al eerder zei, is jullie komst naar hier niet zonder reden. Wat ik jou zal laten zien is alleen bestemd voor jezelf. Wees niet bang, want jij bent immers een Sarga en kunt dit aan.'
Trahern legde zijn Aillin tegen die van haar. Een golf van energie schoot door haar heen. Anne zag een visioen. Ze werd meegenomen naar de nabije toekomst. Ze zag droevige dingen en ook mooie dingen. Ze moest huilen en lachen tegelijk. 'Ik zal u niet teleurstellen.'
'Anghus, kom ook eens naast mij zitten.'
Koen deed zijn helm af en knielde naast de zwaargewonde Trahern.
Trahern pakte trillend zijn gouden Aillin en hing hem om Koen zijn nek.
'Maar dat kan ik niet aannemen. U hebt haar nodig. U bent zwaargewond', zei Koen met een snik.
'Geloof me, jij hebt hem harder nodig dan ik', glimlachte Trahern.
De Aillin gaf Koen een bovennatuurlijke energie. Zijn zorgen verdwenen en hij voelde zich onnatuurlijk groot. Al zijn spieren leken zich op te blazen, waardoor zijn pak begon te knellen. Hij voelde zich sterker en sterker worden.
'Pak nu Surtalogi', proestte Trahern.
Koen moest even nadenken. 'Surtalogi? O ja, zijn zwaard.' Koen pakte het lange stuk staal, dat nu zo licht als een veertje voelde. Energie stroomde van zijn Aillin door al zijn aderen en vervolgens leek hij één te worden met het zwaard. Plotseling zag ook hij een visioen en alle puzzelstukjes leken op hun plek te vallen. Hij kon het nauwelijks geloven. 'Dat hij anders was wist hij, maar dit was toch wel heel bizar.'

Koen keek Trahern aan. 'Bedankt voor alles', zei Koen eerbiedig. Trahern gaf hem een knikje. 'Jij, Koen, bedankt.'
'Ga nu. Ga, het is echt tijd. Nec Temere, Nec Timidi', kreunde Trahern.
'Nec Temere, Nec Timidi!', zeiden Koen en Anne in koor.
Koen en Anne deden hun helm weer op en omhelsden elkaar. Anne gaf haar kruisboog en andere wapens aan Koen. Hij stelde geen vragen, omdat hij wist wat hem te doen stond.
Ze maakten een kleine eervolle buiging naar Trahern en Koen verdween in het bos in en Anne liep voorzichtig tussen de plaggenhutten door richting het veld, waar ze de andere Sargas voor het laatst had gezien. Op de muur rondom het dorp stonden nu 'dwalers' met bogen en speren, zodat niemand het dorp meer uit of in kon komen. Alle Achondra's, Vriesenaren en Tynaarloërs, die in het dorp waren, zaten midden op het veld naast de huizen, omringd door demonische soldaten. Concidius, Galen en Bowen zaten geknield voor Dougal op de grond. Hun wapens lagen naast hen en het leek alsof er onzichtbare touwen om hun lichamen zaten, waardoor ze zich niet konden bewegen.
'De machtige Sargas', lachte Dougal. 'Mijn Wargulls zullen de ontsnapten zo meteen wel te pakken hebben'
Anne hoorde gestamp vlak bij haar. Boven de huizen staken de twee ruige hoofden van Ellert en Brammert uit.
'Kiek eens wie we hier hem', riep Ellert.
De reuzen gooiden het lichaam van Trahern als een stuk vuil bij Dougal neer.
'Zo te zien is jullie koning meer dood dan levend', lachte Dougal. 'Misschien moeten mijn Wargulls maar even wat vlees van zijn botten halen, voor het bedorven is.'
Dougal gebaarde en de Wargulls pakten Trahern bij de armen en benen en begonnen eraan te trekken.
Concidius, Bowen en Galen werden woest en probeerden zich uit alle macht los te breken. 'Laat hem los. Neem het op tegen mij als je durft', riep Bowen.
'Ik verspil geen energie aan jullie. Ik heb het druk. Er is een boom die ik moet vernietigen.' Dougal richtte zijn Bijl op de Sargas.
Ze voelden pijn door hun lichaam gaan. Een duistere kracht, waar

hun Aillin niet tegen bestand was, deed hun spieren verkrampen. Het onzichtbaar touw om hun lichaam kneep hen haast fijn.

De Wargulls bleven aan Trahern zijn lichaam trekken. Hij kermde het uit en leek ieder moment te kunnen bezwijken aan zijn verwondingen.

Buiten de westelijke muur klonk een gedreun en wapengekletter. Het was precies het geluid dat Anne die ochtend had gehoord, toen het leger van Dougal eraan kwam.

Er klonk een hoorn. Schenck en tientallen ruiters van de keizerlijke garde kwamen het dorp ingereden.

'Kijk eens aan', zei Dougal op cynische toon. 'Het zware werk is gedaan en onze toekomstige koning, George Schenck van Toutenburg, komt er nog eens aan. Hoe staat het met mijn leger, koning?'

Schenck leek zich niet erg op zijn gemak te voelen. 'Het leger is bewapend en staat buiten deze muur klaar, om de genadeslag toe te dienen.'

'Genadeslag?', zei Dougal. 'Genade kennen mijn duizenden 'dwalers' niet. Wat zij zullen brengen is angst, verdriet, pijn en dood', lachte hij hard. 'Zoals jullie nu wel zullen begrijpen, Sargas, heb ik nog een leger achter de hand. Een leger dat ik weken geleden al uit de grafheuvels op het Noordscheveld heb doen herrijzen. Jullie, stommelingen, hadden alleen maar aandacht voor andere dingen... Nog een paar uurtjes en dit leger zal oppermachtig zijn. Jullie vrienden op het strijdveld zullen intussen hun energie wel verspeeld hebben. Maar voor ik hen afslacht, gaan jullie mij vertellen waar die o zo machtige boom Ygdrassil zich bevindt. Anders zal jullie koning in drieën getrokken worden.'

'Wij vertellen niets', riep Concidius.

Dougal ging met de Bijl voor Concidius staan. 'Is het niet zo, dat een Aillin alleen maar onvrijwillig kan worden verkregen door het hoofd van jullie romp te scheiden?'

Anne wist dat ze niet langer kon wachten. Als Dougal het hoofd van Concidius af zou hakken, dan zou haar bloedlijn verbroken en zij nooit geboren worden en hier niet meer staan.

'Jullie zwijgen!', riep Dougal. Hij hief zijn Bijl en stond op het punt haar te laten vallen.

'Ik zal u naar Ygdrassil brengen!', riep Anne, die achter de huizen weg stapte en haar helm afdeed.
'Zo, zo, zo, een vrouwelijke Sarga! Gelukkig een die begrijpt dat ik niet bluf!'
Anne liep rustig op Dougal af.
'Ik wist niet dat er tegenwoordig ook vrouwelijke Sargas tot de Orde werden toegelaten? Hoewel, kijkende naar jouw zielige leider en deze drie hulpeloze Sargas zouden jullie allemaal vrouwen kunnen zijn.'
Ellert en Brammert bulderden van het lachen.
'Vertel mij vrouw. Waar vind ik die boom?'
'Zo een eenvoudig is dat niet', blufte Anne. 'Er zijn bepaalde beschermingen die ik moet opheffen.'
Dougal keek haar aan en Anne voelde dat zijn ogen vanachter het masker in haar ziel probeerden te kijken. Maar ze bleef rustig en dacht alleen maar aan wat Trahern haar had laten zien.
Dougal hief zijn Bijl en Anne voelde een onzichtbaar touw rond haar armen kronkelen en zich strak trekken. Haar handen kon ze net op tijd voor haar lichaam doen.
'Breng mij naar Ygdrassil en ik zal hen sparen. Maar als ik maar even het idee krijg, dat jij mij in de val probeert te lokken, dan blaas ik op mijn hoorn en onze nieuwe koning zal jouw Sargavrienden onthoofden! Of niet Schenck?!'
'Ja natuurlijk, meester', stamelde Schenck.
Vier soldaten gingen met getrokken zwaarden achter de Sargas staan. Anne liep naar het bos. Voor haar liepen veertig 'dwalers' en achter haar Ellert en Brammert. Daarachter Dougal en zijn drie laatste Wargulls, omringd door nog eens vijftig 'dwalers'.
Anne liep dieper en dieper het bos in en ze kwamen nu uit op een lange laan, waar honderden eeuwenoude bomen keurig aan weerszijden van het pad stonden. Anne hoorde een prachtig gezang en stemmen die haar moed inspraken. Het was de laan van de eeuwige strijder, waar ze al eens met Trahern doorheen waren gewandeld. Ze keek naar de stammen en zag de koningen, ridders en Sargas in de stammen verschijnen. Ze keken haar vredig en bemoedigend aan en volgden haar met hun ogen. Anne was bewust naar deze laan gegaan. Dit was wat Trahern had laten zien. Ze wist wat haar te doen stond.

Maar daarvoor moest ze nog even wachten op een teken.
De 'dwalers' werden onrustig en de Wargulls begonnen waakzaam te grommen.
'Kiek, pape, ik zie doar gezichten in de boom.'
Ellert en Brammert pakten hun knotsen en liepen waakzaam naast Anne.
Ook Dougal leek te merken, dat er iets vreemds aan de laan was. Hij keek onzeker om zich heen.
'Wat is dit voor pad? Waar breng jij ons heen?', vroeg Dougal argwanend
'U wilde toch naar Ygdrassil', zei Anne en liep rustig door.
De 'dwalers' die voorop liepen stopten en een boos gekrijs steeg op.
'Wat heeft dit te betekenen?', riep Dougal. 'Doorlopen jullie!'
'Doar stoat iemand met n schild op sien rugge', zei Brammert, die met zijn vader over alles en iedereen heen kon kijken.
'Hoe bedoel je?', snauwde Dougal, die de 'dwalers' opzij duwde en naar voren liep. 'Houd die meid in de gaten', commandeerde hij de reuzen. 'Als ze maar een beweging maakt slaan jullie haar tegen de grond.'
Dougal baande zich een weg naar voren. Midden op het pad stond een Sarga met de rug naar hem toe. Op zijn rug droeg hij een schild met de bekende afbeelding van de Sargas. Over zijn schouder hing een vreemde kruisboog, waar een cilinder onder zat. Een buizerd vloog laag over het pad en landde even op de schouder van de Sarga. Kierde en vloog vervolgens weg.
Dougal hief zijn Bijl. Wortels begonnen uit de steel om zijn pols te kronkelen. Maar tot zijn verbazing trokken ze zich weer terug. Er was iets aan deze laan, dat zijn duistere kracht deed verzwakken.
Op dat moment draaide de Sarga zich om. Het was Koen. In zijn handen had hij Surtalogi, het zwaard dat ooit van de reus Surtr was geweest. Surtr die met hetzelfde vlammende zwaard de toegang tot de vuurwereld Muspelheim, het thuisland van de vuurreuzen, bewaakt had. Dezelfde reuzen wier bloed Koen door zijn aderen had stromen. Bloed waar Koen, tot zijn visioen die Trahern hem had laten zien, niets vanaf had geweten. Dit was wat Calahan had gevoeld bij hun kennismaking. Daarom had hij het zwaard aan Koen gegeven. Een

zwaard voor iemand met reuzenbloed. Tijdens de vechttraining had Koen zich niet verbeeld, dat Surtalogi even in brand leek te staan. Het was waar. Alle puzzelstukjes waren op hun plek gevallen.

Hij keek Dougal koeltjes aan. Hij voelde een vuur door zijn aderen stromen en dat ging door zijn armen over in zijn zwaard. Surtalogi begon te branden, waardoor de hele laan verlicht werd.

'Dood hem!', commandeerde Dougal de voorste 'dwalers'.

'Zij mij doden?', lachte Koen, terwijl de eerste 'dwalers' op hem af stormden. Hij bewoog zijn zwaard soepel, zoals hij het van Calahan had geleerd. Als een warm mes door de boter gleed het zwaard door de lichamen van de demonen. Ze gilden het uit en losten op. Koen liep langzaam richting Anne. Geen 'dwaler' ontkwam aan Koen zijn vlammende zwaard.

Dougal rende terug naar Anne. 'Jij brengt me nu naar die boom!'

Anne wist dat dit het moment was en drukte op een knopje, dat op de bovenkant van haar handschoen zat. Stalen punten van Sargastaal kwamen als klauwen tevoorschijn. In een soepele beweging sneed ze de demonische touwen door. Ellert en Brammert zagen het gebeuren en haalden uit met hun knuppels. Maar Anne maakte een snelle koprol, waardoor Ellert en Brammert elkaar zo hard tegen het hoofd raakten dat ze knock-out achterover vielen. Anne ging in de schuttershouding zitten en wreef over haar Aillin. Die begon feller te schijnen, dan Koen zijn zwaard en duizend zonnen. Iedereen werd verblind. Uit de zilveren taxustak schoot een groene straal rakelings langs Dougal zijn hoofd in de bomen achter hem.

'Die was mis meisje.'

Anne keek hem doordringend aan 'Ik ben geen meisje. Ik ben Morrigan voor u! En geloof mij, ik mis nooit.'

Achter Dougal ging de groene gloed van boom naar boom. De stammen begonnen te kraken en te piepen. Langzaam leken de lichamen in de bomen zich los te maken uit de stammen.

Dougal keek angstig achterom. 'Als jij dit nu niet stopt, zullen jouw vrienden hun hoofd verliezen.'

Intussen was Koen ook bij Anne gekomen. 'Geef je over Dougal, je kunt nergens heen!'

'Jullie vrienden in het dorp zullen sterven', riep Dougal, die met zijn

vrije hand zijn hoorn pakte en aan de mond zette. Maar op het moment dat hij wilde blazen, werd de hoorn door twee pijlen uit zijn hand geschoten.
Will en Mariah kwamen op hun paarden achter de bomen vandaan.
'Ik ben de machtigste!', bulderde Dougal. Een zwarte straal vloog uit Thorstein op Anne en Koen af.
Anne probeerde de straal met haar Aillin nog te blokken, maar ze werden door de duistere kracht meters achteruit gesmeten. Het duizelde voor hun ogen en even werd alles wazig.
'Eet hen op!', schreeuwde Dougal tegen zijn Wargulls. De drie wolven kwamen bloeddorstig op Anne en Koen afgesprongen.
Anne en Koen konden niets beginnen. Ze waren nog te zwak. Ze probeerden overeind te komen. Maar het lukte niet. De Wargulls waren nu nog maar enkele meters bij hen vandaan.
'Deze is voor Alida!!!', hoorden ze een bekende stem vaag achter zich schreeuwen.
Uit de richting van het dorp kwamen twee wolharige neushoorns met groene ogen de laan over gedenderd. De 'dwalers' die op het pad stonden draaiden zich om en werden alle kanten op gesmeten. Op de rug van de voorste neushoorn zat Donaghy en op die daarachter Eburacon. Ze zwaaiden wild met hun wapens en doodden iedere 'dwaler', die niet op tijd weg sprong. Een van de Wargulls werd op de hoorn van Donaghy zijn neushoorn gespietst en loste op. De andere twee konden net op tijd opzij springen. Donaghy sprong al rijdend van de rug van zijn neushoorn en stond nu tussen Koen, Anne en de Wargulls in.
'Kom maar puppy's, dan zal ik mijn vrouw en dochter wreken', zei Donaghy. 'Ik zal jullie weer terug sturen naar waar jullie vandaan gekomen zijn, de hel!' Donaghy pakte zijn vechtstokjes met de vlijmscherpe messen. De Wargulls sprongen op hem af. Donaghy draaide zijn vechtstokjes snel rond en raakte een tussen de ogen. Die huilde en loste op. Maar de ander beet hem in de arm, waardoor hij zijn stokjes verloor. Maar hij gaf niet op. Hij liet zich op de rug vallen en gooide de wolf met zijn benen achter zich. Die krabbelde snel overeind en viel Donaghy aan, die nog altijd op zijn rug lag. De wolf sprong met opengesperde bek op zijn hoofd af. Maar dit was juist wat

Donaghy wilde. Hij trok zijn zwaard en stak die in de opengesperde bek dwars door de schedel. Op enkele centimeters van Donaghy zijn hoofd loste de laatste van de Wargulls op.

Eburacon was intussen ook van zijn beest afgesprongen en hielp Anne en Koen overeind.

Een zwarte straal schoot op hen af. Maar Eburacon liet zijn Aillin schijnen. De grond voor hen kwam als een muur omhoog en Dougal zijn aanval werd afgeweerd.

Mariah en Will schoten hun koker met pijlen leeg op de laatste 'dwalers'. Intussen lag de laan bezaaid met helmen, bogen, zwaarden en ander wapentuig van de opgeloste 'dwalers'.

Dougal zag zijn kans schoon. Doordat er een muur aarde tussen hem en de Sargas stond, kon niemand zien dat hij vluchtte. Dougal rende op een van de wolharige neushoorns af en richtte zijn Bijl op hem. Een zwarte straal schoot op zijn kop en de ogen van het beest veranderden van groenig weer naar diepzwart. Dougal sprong op de neushoorn zijn rug en reed tussen de bomen weg.

Intussen was de wand van aarde weer gezakt en Mariah zag Dougal nog net het bos in rijden. 'Anne en Koen. Hij gaat ontsnappen! Neem onze paarden!', riep Mariah

Anne en Koen keken elkaar aan. 'Jij kunt goed rijden Anne. Ik spring bij jou achterop.'

Ze sprongen op het paard van Will en zetten de achtervolging in. Maar Dougal was al verdwenen tussen de dichte bomen en struiken.

'Ik weet hoe we hem kunnen stoppen', riep Koen

'Ja, met bloed dat we niet hebben', zei Anne

'Dat hebben wij wel.'

'Hoezo?', riep Anne verbaasd.

Op dat moment kwam Dougal op zijn neushoorn uit de bosjes recht op hen af gestormd.

Het paard waarop ze zaten schrok en begon te steigeren en Anne en Koen vielen eraf. Zo snel als ze konden, kropen ze elk achter een dikke beukenboom.

Snuivend stond de neushoorn met Dougal op de rug aan de andere kant.

'Kom er maar achter vandaan. Jullie hebben geen schijn van kans.'

'Maar ik wil nog even wat belangrijks met u bespreken', zei Koen.
Anne keek hem vragend aan.
Koen was intussen druk bezig met de stalen pijltjes uit de cilinder van Anne haar kruisboog te halen.
'Weet u meneer Dougal', vervolgde Koen, die nu met de scherpe punt van een van de pijlen een snee in zijn hand maakte. 'Ik ben zo benieuwd waar u..'
'Wat zit jij nou te bazelen, Sarga! Kom achter die boom weg en leid mij naar Ygdrassil, of ik ga naar het dorp om jouw vrienden af te maken.'
'Maar, maar ik wilde u gewoon wat vragen. Ik wilde u vragen, waar u dat verschrikkelijk lelijke wolvenmasker hebt gekocht?'
Dougal werd woest. Hij hief Thorstein en een flits deed de boom, waar Koen tegenaan zat, verschrompelen.
'Anne, vang!' Koen wierp Anne eerst de kruisboog en vervolgens de pijl toe.
'Doe jouw bloed op die pijl en schiet. En alsjeblieft niet missen', fluisterde hij.
'Maar..?' Voordat Anne antwoord kreeg, sprong Koen achter de boom vandaan. 'Daar ben ik dan!', riep Koen, terwijl hij met zijn zwaard op Dougal afrende.
Dougal wist even niet wat hem overkwam. Maar richtte snel Thorstein op hem. Een zwarte flits raakte Koen vol op zijn borst en hij viel voorover in de aarde.
Terwijl Koen zijn vreemde actie uitvoerde, had Anne haar eigen bloed op de pijl gesmeerd, die in de cilinder onder de kruisboog gedaan, vervolgens de boog schietklaar gemaakt en haar pijl op Dougal afgeschoten. De pijl kwam recht in de steel van Thorstein.
'Weer mis, dom meisje.' Er was een zwarte flits en ook Anne stortte neer en bleef roerloos liggen.
'Jullie wilden mij dus niet helpen?'
Anne en Koen werden door onzichtbare touwen bij de enkels gegrepen en vastgebonden. Ze begonnen te zweven en werden op de kop aan een tak gehangen.
'Denk er maar even over na, terwijl het bloed naar jullie zaagselkopjes loopt. Dan zal ik intussen een voor een de vrouwen en kinderen

uit het dorp doden. Wie weet vertellen jullie Sargavrienden dan wel waar Ygdrassil is. Dougal spoorde zijn neushoorn aan en verdween uit het zicht.

Anne en Koen kwamen weer bij. 'Wat had dat te betekenen, Koen? We hadden dood kunnen zijn.'

'Maar dat zijn we niet. Heb je gedaan wat ik zei?'

Anne knikte. 'Maar ik begrijp het niet?'

'Haal ons hier maar eerst uit, dan vertel ik het.'

Dougal kwam in het dorp aan, waar de Achondra's, Vriesenaren, Tynaarloërs en Sargas nog altijd gevangen werden gehouden.

'Beste Sargas, jullie vrienden hebben gekozen voor de moeilijke weg. Ik zal nu een voor een de vrouwen en kinderen doden. Ik ga door tot een van jullie mij vertelt, waar die vervloekte boom van jullie is!!!'

Dougal klonk nu echt woest en prikte met zijn zwaardpunt in de rug van een vrouw.

Concidius snoof: 'Je laat haar met rust. Ik breng jou er wel naartoe'

'Jij brengt mij niet, maar jij vertelt het mij.'

'Ik had u toch beloofd, te vertellen waar Ygdrassil is!', riep Anne.

Dougal draaide zich om. 'Jullie weer!?'

Anne en Koen stonden op een houtwal aan de rand van het bos. Will, Mariah, Donaghy en Eburacon kwamen naast hen staan.

'Schenck, hak nu de hoofden van die Sargas eraf.'

Maar Schenck en zijn soldaten van de garde deinsden achteruit. Om de gevangen Sargas, Vriesenaren Tynaarloërs en Achondra's heen verschenen zwevende vrouwen in witte jurken. Ze hadden holle angstaanjagende ogen en leken allesbehalve vrolijk. Schenck en zijn bijgelovige soldaten pakten hun paarden en reden hard weg.

'Kom hier mietjes!', schreeuwde Dougal hen na. 'Die witte wieven zijn niet meer dan een weerspiegeling van jullie eigen angst.'

Dougal keek woest naar Anne en Koen en de anderen, die nog altijd op de houtwal stonden.

Dougal hief zijn Bijl en plotseling was alles doodstil. De aarde begon te trillen en te beven. De palen uit de muur achter hem werden uit de grond getrokken en begonnen te zweven. Dougal bewoog zijn hand en de palen vlogen als pijlen op Koen en de andere vier af.

Ze konden net op tijd achter het dijkje springen, want overal boorden de palen zich in de grond om hun heen.

Het leger van duizenden 'dwalers', dat al die tijd buiten de muren had gewacht, verscheen nu op de plek waar eerst de palen stonden.

'Ik zal iedereen doden en dan dit bos binnenste buiten keren', riep Dougal triomfantelijk. Hij hief zijn Bijl en wortels kronkelden om zijn polsen. Maar langzaam verschrompelden de wortels om Dougal zijn polsen en losten op in as. 'Wat, wat heeft dit te betekenen?'

De 'touwen' waardoor Concidius, Galen en Bowen vastgebonden waren vielen af. Ze liepen rustig naar het levenloze lichaam van Trahern. Ze tilden hem op en namen hem op een eervolle manier mee naar Koen en Anne.

Dougal stond nu voor de duizenden 'dwalers'. 'Jullie zullen mijn leger van demonen niet kunnen verslaan. We zijn met veel meer!'

'Dat dacht u!', riep Anne.

Over de houtwallen kwam een leger van duizenden schimmen. Het was het leger van zielen: koningen, ridders en Sargas uit vervlogen tijden. Ze trokken hun zwaarden en bleven als een muur voor Anne en Koen en de anderen staan.

De 'dwalers' die op de muur van het dorp stonden werden door pijlen getroffen en de oostelijke poort werd open geblazen. Calahan, Fergus, Gerwin, Van Gelre en Van Rossem kwamen met hun soldaten de poort door gereden en bleven in linie staan. Anne pakte Koen zijn hand en deed die omhoog. 'NEC TEMERE, NEC TIMIDI!!!', schreeuwden ze in koor.

Dit was het teken. Dougal en zijn 'dwalers' werden nu van twee kanten aangevallen. Een hevige strijd barstte los. Maar na een uur was de strijd voorbij. Het enige dat van de 'dwalers' was overgebleven was een vlakte van mantels, helmen en wapens. Dougal werd zwaargewond bij de Sargas gebracht. Anne pakte Thorstein, die hij nog altijd vasthield, en deed de Bijl tussen haar riem. 'Laten we eens kijken, wie achter dit lelijke masker zit verscholen', zei Koen, die het wolvenmasker van Dougals hoofd trok. Een man met rood haar en blauwe ogen keek hem verward, alsof hij net ontwaakt was uit een enge droom, aan.

'Roelof de Vos van Steenwijk?!', reageerde Calahan geschokt. 'Je was mijn vriend? Waarom heb jij dit gedaan?'

Roelof proestte: 'Tien jaar geleden kwam er s' nachts een Sarga op mijn landgoed. Hij vroeg of ik een van hen wilde worden. Ik kende de fantastische legendes van deze geheime orde en voelde mij zeer vereerd. Ik trainde hard en na een lange periode van trainen was ik er klaar voor. Maar de Sarga die mij rekruteerde bedacht zich. Hij zei dat het niet goed voelde. Dat mijn duistere kant te sterk was en dat ik niet mocht toetreden tot de Orde. Ik heb het de Sargas nooit kunnen vergeven en zwoor wraak te nemen. Maar dat was niet eenvoudig. Ik wist niet wie jullie waren en waar jullie je schuil hielden. Ik wist niet eens dat jij er een was Calahan. Ik vond bij toeval een boek over een magische bijl. Een bijl waarmee ik zou kunnen heersen over de doden. Een bijl die mij misschien wel kon helpen de Sargas te vinden. Ik vond Thorstein in een meertje met de naam 'Het Vagevuur'. Ik voelde haar kracht door mijn lichaam stromen. Al snel nam het duister bezit van mij en kon ik niet meer helder denken. Ik zette mijn eigen dood in scène en probeerde jullie uit de tent te lokken door de natuur leeg te laten zuigen. Al snel kwam ik erachter dat Trahern het hoofd was. ' Tranen welden op in zijn ogen. 'Wat heb ik gedaan? Wat heb ik gedaan?'

'Wij zullen ons later beraden over jouw lot', zei Concidius. 'Fergus en Gerwin, behandel zijn wonden en zet hem, in afwachting van zijn proces, vast onder de toren van de kerk in Anloo.'

Gerwin en Fergus ketenden hem en namen hem mee.

Het was vier uur. Het leger van zielen stond arm aan arm, schouder aan schouder om het lichaam van Trahern heen. De zon werd even verduisterd, maar daarna scheen hij feller en mooier, dan ooit te voren. Een straal kwam op Trahern zijn lichaam en zijn ziel kwam los en stond op. De koningen legden hun handen bij elkaar op de schouder en met Trahern tussen hen in liepen ze richting het bos.

Trahern draaide zich nog even om en keek Anne en Koen vredig aan. Hij sloeg zijn vuist op zijn rechter schouder. Samen met de zielen verdween hij in het bos.

Anne, Koen, Will, Mariah en de Sargas deden hun vuist op hun rechter schouder. 'Nec Temere, Nec Timidi!'

Na het blussen van de laatste branden, begraven van de doden, de daarbij horende ceremonies en rouwen werd in het Achondradorp de overwinning tot in de late uurtjes gevierd. Anne en Koen hadden met al hun nieuwe vrienden gesproken, gelachen en gedronken.

Moe maar voldaan lagen Anne en Koen onder hun dekens en op hun matrassen, bovenop het Arendsnest, onder de sterrenhemel. Ze waren hier gaan liggen, omdat ze het vreemd vonden om in Trahern zijn huis te slapen. Ze waren voor het feest aan nog naar zijn huis gegaan, om al hun spullen weg te halen. Tot hun opluchting waren al hun spullen weer zicht- en tastbaar. Dat betekende dat de toekomst, zoals zij die hadden achtergelaten, nog bestond. Alleen wisten ze niet of ze die ooit weer zouden zien.'

De lucht begon al anders te kleuren en vogels te fluiten, omdat de zon opkwam.

'Wat een avontuur', zuchtte Koen. 'Ik ben blij dat ik het heb meegemaakt. Eindelijk weet ik wie ik werkelijk ben.'

Anne pakte zijn hand en op dat moment schoot er energie door hun lichamen heen. Hun Aillins begonnen te schijnen.

Voor hen verscheen Trahern, die hen vriendelijk aankeek. Hij wees naar hun spullen en ging naast de olijfboom staan.

Anne en Koen deden hun Sargapakken aan, pakten hun wapens en leren tassen met de kleding en spullen uit hun eigen tijd en gooiden die over hun schouders.

Trahern verdween door het deurtje en Anne en Koen volgden hem. Trahern zat al in een boomstam en met hun drieën vlogen ze met een rotvaart de bobsleebaan af.

Ze liepen door het bos achter hem aan en kwamen uit bij de grafheuvel, waar ze Trahern voor het eerst hadden ontmoet. Trahern liep naar de grafheuvel en draaide zich om. Hij maakte een buiging en loste op in een klein lichtje, dat naar de hemel vloog en als een ster bleef schijnen. Er verscheen een poort. Boven de poort was een wapenschild afgebeeld, hetzelfde als op de spullen met in het midden een ridder met kroon. Aan weerszijden daarvan stonden drie zwarte ridders. De zeven ridders droegen allemaal hetzelfde pak. In hun linker hand droegen ze een zilveren taxustak en in hun rechter een zwaard.

Koen pakte de hand van Anne en samen stapten ze de poort in.

Bij een hunebed net buiten het plaatsje Zeijen stond een man met hoed, lange jas en twee honden naar een hunebed te staren. Van on-

der zijn jas haalde hij een pistool vandaan. 'Ik weet dat jullie hier ergens zijn! Kom nu tevoorschijn! Ik heb een vuurwapen en zal het ook echt gebruiken.'
'Laat nu uw wapen vallen of u bent er geweest!' Van schrik liet de man zijn pistool vallen en draaide zich langzaam om.
Achter hem stonden twee mensen in vreemde middeleeuwse pakken. De een met een vlammend zwaard en de ander met een vreemde kruisboog.
'En nu vertelt u ons waar professor Van Echten is!'

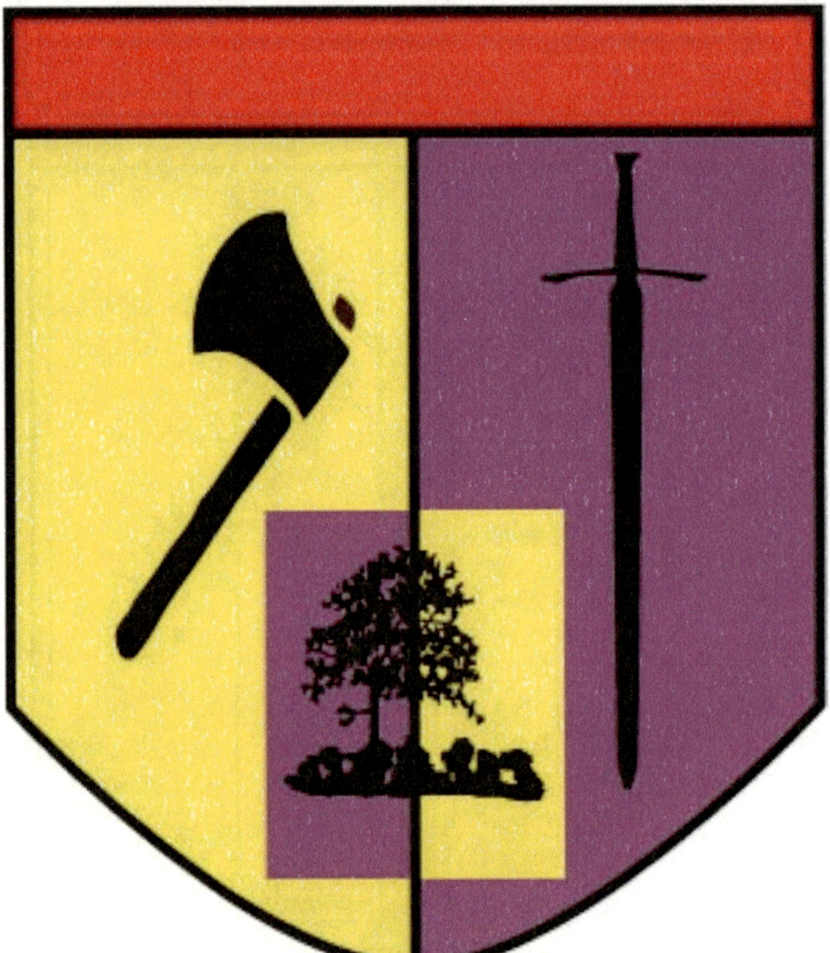

DANKWOORD

Onze droom was ooit een boek te schrijven en nu is het daar. Maar alleen was dit niet gelukt en daarom willen wij een aantal mensen bedanken.

Ralf Onvlee, bedankt voor de fantastische boekcover. Jij hebt de beelden die wij in ons hoofd hadden om weten te zetten in een fantastisch magische foto.

Harrie Wolters, bedankt voor jouw geloof in het boek en ondersteuning vanuit het Hunebedcentrum.

Corien Dijkstra, bedankt voor het lezen en eerste maal corrigeren van het boek.

Ineke Vos, bedankt voor het redigeren van het totale boek. Wat een fantastisch correctiewerk! En dat in een zeer korte tijd.

Onze gezinnen, bedankt dat jullie al die jaren ons hebben gesteund en ons de tijd en ruimte hebben gegeven om aan dit boek te werken.